弦歌行

2024
中国年度精短散文

葛一敏 ■ 主编

XIAN
GE
XING

漓江出版社
·桂林·

图书在版编目（CIP）数据

弦歌行：2024中国年度精短散文 / 葛一敏主编．

桂林：漓江出版社，2025.1. -- ISBN 978-7-5801

-0115-0

Ⅰ . I267

中国国家版本馆 CIP 数据核字第 20240PX102 号

XIANGE XING : 2024 ZHONGGUO NIANDU JINGDUAN SANWEN

弦歌行：2024中国年度精短散文

葛一敏　主编

出版人：梁志

责任编辑：刘红果

书籍设计：石绍康

责任监印：张璐

出版发行：漓江出版社有限公司

社址：广西桂林市南环路 22 号　邮编：541002

发行电话：010-85891290　0773-2582200

邮购热线：0773-2582200

网址：www.lijiangbooks.com

微信公众号：lijiangpress

印制：北京中科印刷有限公司

［北京市通州区宋庄工业区 1 号楼 101 号　邮编：101118］

开本：690mm×1000mm　1/16

印张：17　字数：240 千字

版次：2025 年 1 月第 1 版

印次：2025 年 1 月第 1 次印刷

书号：ISBN 978-7-5801-0115-0

定价：45.00 元

目 录
contents

重构记忆的蝴蝶

崭新的乡愁

怀抱大地的心灵

重构记忆的蝴蝶

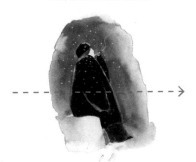

《河山传》后记（外一篇）

贾平凹

屋外一棵大树，从窗子里望出去，就是一堆绿。这绿浑厚，有疏有密，或浓或淡，每股枝条的伸出，枝条上每片叶子的生成，都组织得那么合理，风怀其中。

从 2022 年春季到 2023 年的夏天，我就在这窗子里进行着《河山传》的写作。

写作着，我是尊贵的，蓬勃的，可以祈祷天赐，真的得以神授，那文思如草在疯长，莺在闲飞。不写作，我就是卑微、胆怯、慌乱，烦恼多多，无所适从。我曾经学习躲闪，学习回避，学习以茶障世，但终未学会，到头来还是去写作。这就是我写作和一部作品能接着一部作品地写作的秘密。

《河山传》依然是现时的故事，我写不了过去和未来。故事里写到了西安，那只是一个标签，我的老家有个叫孝义的镇子柿饼有名，十里八乡的柿饼都以"孝义"贴牌。我出门背着一个篓，捡柴火，采花摘果，归来，不知了花果是哪棵树上的，柴火又来自哪个山头。藏污纳垢的土地上，鸡往后刨，猪往前攻，一切生命，经过后，都是垃圾，文学使现实进入了历史，它更真实而有了意义。

因出生于乡下，就关心着从乡下到城市的农民工，这种关心竟然几十年了，才明白自己还不是城市人，最起码不纯粹。

理性和感性如何结合，决定了人的命运。《河山传》中的角色如此，我也如此。写作中纵然有庞大的材料，详尽的提纲，常常这一切都作废了，角色倔强，顺着它的命运进行，我只有叹息。深陷于泥淤中难以拔脚，时代的洪流无法把握，使我疑惑：我选题材的时候，是题材选我？我写《河山传》，是《河山传》

写我?

这样写行吗? 这是我早晨醒来最多的自问。如果五十年, 甚至百余年后还有人读, 他们会怎么读, 读得懂还是读不懂, 能理解能会心还是看作笑话, 视为废物呢? 这使我警惕着, 越发惊恐。

写作的乐趣在于自在, 更在于折磨。这如同按摩, 拍打疼痛后的舒服。《河山传》的进度并不快, 每日写几千字或几百字, 或写了几百字几千字后, 又在第二日否决了, 拿去烧毁, 眼看着灰飞烟灭。除却焦虑是坐在马桶上的时候, 要么, 去睡吧, 闭上眼, 看到更多更清晰的山川人物、鱼虫花鸟。

《河山传》写完了, 我给我的孩子说:"作品署了我的名字, 那是假象。人民币是流通的, 钱在我手里, 是钱经过了我。"

就在立夏的这个早晨, 窗外大树上众叶摇曳, 极尽温柔, 传来鸟鸣, 而我却想象了那个苏轼, 为了心绪, 为了生计, 在东坡上开垦的一块地里的身影。

选自《收获》2023 年第 5 期

记黄河晋陕大峡谷

别的江河, 就是某某江、某某河, 黄河却称之为天下黄河。它诞生在巴颜喀拉山下, 少年游荡于青藏寒地, 而当知道了遥远的东南有大海, 便掉头大行, 经过了黄土高原, 这就是晋陕大峡谷。

大峡谷从府谷县的河口镇起, 到河津的龙门, 其实还可以延长, 到秦岭的潼关吧, 全长一千多公里, 岸深一百米甚或二百米。①

世上的路首先是水走出来的。黄河深刻出了大峡谷, 大峡谷又将它束缚其中。越是束缚越使最柔软的水坚硬如铁。它奋斗, 呐喊, 暴躁, 充满戾气, 生长和完成着自己的青春, 囫囵的黄土高原也从此一分为二, 一半给了陕西, 一

---

① 原文如此, 似有误。大峡谷似乎从内蒙古的河口镇起, 全长 725 公里。——编者注

半给了山西。

两岸隔绝，竟然是东边岸高耸了，西边岸低落，西边岸高耸了，东边岸低落。川潦泻散，河声充满，只有黑鹳和白琵鹭凭空往来。站在山西永和县的岸上看到了乾坤湾，站在陕西清涧县的岸上看到了太极湾。那是黄河九十九道湾中最神奇的两湾，西窄东宽，东窄西宽，入湾至出湾都是几百米，状若左右葫芦。到壶口去呀，壶口是黄河突然下跌，如一脚踏空了，溅起千堆雪。石门下去的大梯子崖，那是河东岸的一个缺口，斧劈刀削般危险。有瀑布，被风吹起，飘然如烟。而栈道其上，若游人经过，从河道看去，真的在"飞檐走壁"。如果再往陕西的佳县，再往山西的麒麟滩，千米长的水蚀浮雕镶嵌于绝壁，两岸山峦起伏，乱石堆砌，散者如塔，聚如城堡，每块石头上又布满虫纹，像汉字蒙文但不是汉字蒙文，疑为天书。

面对着大峡谷无数的景点胜地，能想象黄河寻找出路是多么地艰辛：日瘦月小，星寒云低，它在横冲直撞，冲撞出的沟壑峡崖在不断地坍塌，无数的堰塞湖，壅堵滞流，只能千回百折，有大孤独啊，是真的沉痛。有哲人讲，当你遇到风暴的时候，你不要给神说风暴有多大，而是给风暴说你的神有多大。黄河那时的形状正该如是。

大峡谷上下差不多有六十五条小河汇入，流域覆盖了整个黄土高原。而祖籍在这里的或外籍人来到这里的，也意识到身上的每一条血管也是黄河的支流，他们便都有了黄河的秉性，大气，豪迈，向往远方，从此英雄风气流转。轩辕在西岸有陵，尧帝在东岸建庙，汉刘彻来后土祠祭祀，李自成登白云山发愿。吴堡用石头垒起了一座城，佳县把城就修在三面悬空的山巅。更有着毛泽东于高家坬上高吟《沁园春·雪》，石破天惊，鱼龙出听。

黄河远行，也把黄土带去，送给了河南，送给了山东，送给了一个华北平原，却使黄土高原支离破碎。多少风流人物，能出走的都有一番大世界的作为，留下来的是坚守而顽强。千百年里，黄河奔流不息，大峡谷两岸人畜焦渴，墕梁台峁上树木庄稼干枯。他们要么到十几里外的那一点泉眼里去挑水，要么在门前屋后挖暗窖收储天雨。相传过去的吴堡城，那么大的城里只有一口苦水井，每日由知县亲自掌握，分配给每人一瓢。但这并不妨碍他们的浪漫，城西门上的匾额写着"明溪"，城东门上的匾额写着"闻涛"。干旱使居家只能在土崖下凿窑，凿窑便创造着艺术。由"一炷香"到"明三暗二""厢六倒四"。西湾的民居在斜坡上层层叠叠，三十多个院落连为一体。李家山村选择了一条梁的两边沟，窑洞从沟底直达梁头，竟能多到九层。土地上是不能种植水稻和小麦了，而糜子、高粱、谷子、荞麦、豆类和土豆，把地里所有营养所有颜色都聚集起来，做出谷面窝头、豆面抿尖、红面旗子、小米捞饭。尤其是枣，到处都是枣林啊，姆枣、冠枣、狗头枣、牛心枣，秋天里满山红遍。他们认为天上有多少星星，地上就有多少红枣，而这里的枣是世上最好的枣，因为它们能听到黄河涛声。再就是开山和钻水了，开山就是挖炭，钻水就是撑船筏。在许多地方，剥开地皮就是炭，有许多地方的炭，用火纸便能点燃。古老的习俗还在沿承着，在除夕夜里，有人家在中堂的案上供奉了土豆和红枣，有人家把一块大炭用红纸裹了就放在门槛两旁，称它们是"黑汉"，还贴上"瓜子人人"。"瓜子人人"后就衍变成了剪纸，鱼虫花鸟、山水人物，遍贴在门上窗上、米面罐上和树上。钻水呢，从河口镇到碛口镇从来都行船筏。船是木船，木船上有艄公扳舵。筏子有油筏木筏皮筏，皮筏是用羊皮做成的囫囵圪筒。船筏上的人都得是男的，赤身裸体，但大峡谷的号子声闻于天。除了船筏，两岸还没有通车的年代里，忙碌的都是骆驼骡马和毛驴。碛口镇人讲，凡是门上挂着谷秆绑成的干草把，就代表着是高脚牲口的草料店，全镇就有几十家。船筏卸下的货，骆驼运长途，骡马跑短途，毛驴驮炭。每天下午毛驴排着一字长蛇阵，像一股黑水注入镇来。赶脚人都能唱，有苦了有乐了心里有人了，随口编词，任意起调，这就形成了民歌。张家塌村的张天恩最有名，唱出了《赶牲灵》。

那是一个早晨或是晚上，黄河终于走完了黄土高原，冲开了最后一个关隘，那是惊天动地的轰鸣，自此有了"岳色河声"一词。应该想，当黄河回头一看，叠峦重嶂的关隘竟然薄如门扉，伟大的胜利在最后成功时是这般容易。后人不明就里，也不可思议，认为那是大禹所致，叫其是禹门，而黄河冲出来已经是龙的形象了，所以更叫作龙门。

从龙门再往南二百里，汇入了汾水、洛水、渭水，黄河河面开阔，汪洋一片。时而厚云积岸，大水走泥。时而五彩祥光闪耀，"荣光幂河"。但黄河既然是天下黄河，大峡谷经过仅只是它的一段行程，大海还在召唤，它抖擞着力量，那时不时出现的"揭河底"，几百米数千米的河底被卷起，整个河在滚翻，是在嘿动，在聚劲，在誓师。而正是在这二百里，黄河成熟了，它的成熟也成熟了中华民族的文明。西岸的大荔、合阳、韩城，东岸的运城、临汾，产生了那么多的圣君明相、文臣武将、才子佳人。单就文学，司马迁、司马光、王维、柳宗元，这就够了，应是中国最最聚文气的地区了。

黄河继续南行，秦岭却拦住了它，迎头站着的就是华山潼关。潼关为雄关，历来的战争莫不发生于此，那狰狞的崖头，阴寒的壑底，以及怪石、弯树和细路，充满萧煞。中国历史上有过渔樵问答，那只是探询生命难题。而秦岭是否和黄河在此有过对话呢？如果有，那一定是关于天下格局的大事。于是，黄河再没有南下与长江相会，黄河就是黄河，让长江去行南方吧，它就在北方，而转头往东去了。

这该是再一次伟大的转折，于是东岸就有了鹳雀楼，历史让王之涣登上楼头，看到了那最壮丽的场面：白日依山尽，黄河入海流。

选自 2024 年文学纪录片《记黄河晋陕大峡谷》

人间送小温：汪曾祺（外四篇）

魏华莹

　　汪曾祺是一位温情主义者。他成长于江南水乡，祖父的偏爱，金石书画样样精通的父亲，使其接受了最初的温情教育，此后更是多年父子成兄弟。青年时期，他远赴千里去西南联大求学，被问及寻找什么时，答曰：寻找潇洒。他的散文更是贵真尚情，无论是人与人的温暖情义，还是日常生活中"随意的精致"，都将人、事、景和谐相依，淡然于自然随和的生活氛围中。

　　汪曾祺40年代受业于沈从文从事文学创作，沈氏"富同情，共哀乐"也影响了他的写作观。他写下诸多关于恩师的文字，如《星斗其文，赤子其人》等，并将沈从文的气质规约为：闻多素心人，乐与数晨夕。他还总结出这些人的共同特点：一是都对工作、对学问热爱到了痴迷的程度；二是为人天真到像一个孩子，对生活充满兴趣，不管在什么环境下永远不消沉沮丧，无机心，少俗虑。这何尝不是他的自我期许。

　　他的散文鲜活性灵，为草木人心立传，故乡的人事、风物，在他笔下无不一一"着色"。写《葡萄月令》：白的像白玛瑙，红的像红宝石，紫的像紫水晶，黑的像黑玉。一串一串，饱满、磁棒、挺括，璀璨琳琅。写《野菜》：踏青挑菜，是很好的风俗。《谈幽默》：富于幽默感的人大都存有善意，常在微笑中。汪曾祺的淡然，随遇而安的心态，既有历史原因，如老庄思想的影响，也有个人气质原因，当然更多的是客观际遇和看遍人生风景的气度。

　　汪曾祺坚持"回到现实主义，回到民族传统"，自认"中国式的抒情的人道主义者"。他写儿时高邮，写青年时代昆明和西南联大，多是生活的温情记忆。他极为重视语言，认为语言是一种文化现象，语言是流动的，语言的背后都有文化的积淀。他很喜欢六朝文人的辞章,简单中富有幽深。汪曾祺提倡的是语言的朴素,以及散文总得有点见识,有点感慨,有点情致,有点幽默感。

自然与人情的至美:朱自清

朱自清自认是一个偏于理智的人,这大概与哲学系的教育背景有关,他的写作大多是理智的活动。"国学是我的职业,文学是我的娱乐"的"歧路",使他以爱与美的眼光记录和追忆每一段人生时光,充满诗情画意,亦使他的散文化为有形的画与无声的诗。

虽生活在动乱年代,以及家庭中"动乱"的父亲,并不妨碍他写出感人至深的《背影》。1924年,朱自清前往春晖中学教书,与夏丏尊、朱光潜、叶圣陶等相知相交,在白马湖畔度过了难忘的快乐时光。他热爱春晖的闲适,甚至路边的紫藤花,都使人幻想"美好的昔日"。后至欧洲旅行,他用优美的文字纪录贝加尔湖的美丽悲凉,西伯利亚的千里苍绿,威尼斯更是"会带你到梦中"。他写自然之景的《春》《绿》《荷塘月色》《桨声灯影里的秦淮河》,将人格美的"情"和自然美的"景"交融,开拓出生机盎然、玄妙清远的审美之境。其语言简洁典雅,被认为是"白话美术文"的典范。

朱自清认为中国传统文学的标准和尺度是儒雅风流。载道或言志的文学以"儒雅"为标准,缘情与隐逸的文学以"风流"为标准。散文是一种抒情艺术,抒写作者心灵的歌声。他奉献给青年写作者的经验是不放松文字,注意到每一词句。控制文字是一种愉快,也是一种本领。李广田说:"在当时的作家中,有的从旧垒中来,往往有陈腐气;有的从外国来,往往有太多的洋气,尤其是往往带来了西欧世纪末的颓废气息。朱先生则不然,他的作品一开始就建立了一种纯正朴实的新鲜作风。"朱自清的散文浸润着五千年的文化传统及其艺术精神,融合了中西方美学风格,更源自对人生的体悟和美文的追寻:微笑是半开的花朵,里面流溢着诗与画与无声的音乐。

生活的艺术：林语堂

赛珍珠在《吾国与吾民》序言中称林语堂"是一位中国人，一位现代作家，他的根蒂巩固地深植于往昔，而丰富的鲜花开于今代"。林语堂自称"山地之子"，家乡福建漳州闲适、宽余、平和的地域文化深深植根于其心灵深处。他坦言："童年时这种与自然接近的经验，足为我一生知识的和道德的至为强有力的后盾；一与社会中的伪善和人情之势利互相比较，至足令我鄙视之。如果我有一些健全的观念和简朴的思想，那完全是得之于闽南坂仔之秀美的山陵。"

林语堂强化了散文可以"发挥议论、畅泄衷情、摹绘人情、形容世故、札记琐屑、谈天说地"等功能，并赋予现代散文幽默、闲适、性灵的特征。幽默是人类心灵舒展的花朵，它是心灵的放纵，传递心灵的自由与欢快。林语堂认为陶渊明的心灵已经发展到真正和谐的境地，所以我们看不见他内心有一丝一毫的冲突，因之他的生活也像他的诗一般那么自然而冲和。苏轼的快乐人生成为林语堂快乐哲学的实践典范，"他的一生是载歌载舞，深得其乐，忧患来临，一笑置之"。

林语堂心中的理想境界是近情。所谓近情，即近关于人和人生的那些最简单的常识和道理。他认为近情精神是中国所能贡献给西方的一件最好的物事。中国人的近情就是听从内心的善念而通达人性的精神体现，所言所行都平正通达，即使有再多逻辑上讲得通的道理，最后仍然听从自己心底的一点灵性和一丝柔情。他以"两脚踏东西文化，一心评宇宙文章"自诩，"我想文化之极峰没有什么，就是使人生达到水连天碧一切调和境地而已"。

将饮茶与隐身衣：杨绛

杨绛的散文写作始于清华大学朱自清的写作课。当时，她更为人所知的是与已"名满清华"的钱锺书相识、相恋。钱锺书曾在诗歌中追忆二人的第一面：颉眼容光忆见初，蔷薇新瓣浸醍醐。不知腼洗儿时面，曾取红花和雪无。杨绛更是一位受过良好教育的新女性，散文家之外，她还是著名的文学翻译家，早期创作的剧本《称心如意》《弄真成假》，亦被柯灵称为"喜剧的双璧"。杨绛还总结出小说家必具的条件：天才、学问、经验、爱人类的心。

因自小生活在和睦自由、民主开朗的家庭中，这些人生温暖的底色，铺垫了她积极乐观和温柔敦厚的品格。此后的漫长人生，无论是沦陷区的艰难生活，还是十年尘世的荒唐经历，都没有使她丧失信心，始终以将饮茶的心态看诸方粉墨登场。她的《杂忆与杂写》，记录了桩桩件件的事和形形色色的人。对杨绛来说，"世态人情，比明月清风更饶有滋味；可作书读，可当戏看"。作为历史侧记的《干校六记》被评论为"怨而不怒、哀而不伤、缠绵悱恻、句句真话"，体现了其含蓄超脱的美学追求。钱锺书所作序言中亦点明，记劳、记闲，不过是大背景的小点缀、大故事的小穿插。

杨绛奉行着隐身衣哲学，摆脱羁束，到处阅历。李健吾称她有着"缄默的智慧"，其文字"一切在情在理，一切平易自然，而韵味尽在个中矣"。在历经种种磨难之后，"我还是依然故我"。"如是我闻"的气派使得杨绛成为颇受欢迎的散文家。对她来说，"一个人不想攀高就不怕下跌，也不用倾轧排挤，可以保其天真，成其自然，潜心一志完成自己所能做的事"。这种静观的智慧，使其散文有着行云流水般的温润自然风格，也使杨绛在逍遥游中固守着中国传统文化的淡泊与坚韧。

自己的园地：周作人

周作人曾享有"金色童年"，后家道中落，亦使他少沾染了"道学家气"和"八大家气"。他最喜欢晚明"性灵派"小品文，将其文学主张作为中国新文学的源头，以"表现自己的情感"作为新文学应有的发展方向。

周作人提倡的美文是在叙事与抒情中，"依了自己的心的倾向，去种蔷薇地丁，这是尊重个性的正当办法"。他力主平和冲淡，将生活和艺术融为一体，强调生活本身应该是一个充满艺术情调的具有冲淡的美的过程，应该体现出一种非功利的"格调"。他写出《喝茶》《北京的茶食》《故乡的野菜》等，"我们于日用必需的东西以外，必须还有一点无用的游戏与享乐，生活才觉得有意思。我们看夕阳，看秋河，看花，听雨，闻香，喝不求解渴的酒，吃不求饱的点心，都是生活上必要的——虽然是无用的装点，而且是愈精致愈好"。"喝茶当于瓦屋纸窗之下，清泉绿茶，用素雅的陶瓷茶具，同二三人共饮，得半日之闲，可抵十年的尘梦。"紫云英开花时"花紫红色，数十亩接连不断，一片锦绣"。

周作人理想的语言表达形式是雅致的俗语文，他认为写文章的最高境界就是体现"本色"之美。"写文章没有别的诀窍，只有一字曰简单"，并强调"气味"，即作品流露出的情感。他作文"极慕平淡自然的景地"，自认是"极缺少旺热的人"。因为寂寞，所以创作，"其实在人世的大沙漠上，什么都会遇见，我们只望见远远近近几个同行者，才略免掉寂寞与虚空罢了"。

朱光潜指出周作人散文的特质：第一是清，第二是冷，第三是简洁。沈从文坦言："从五四以来，以清淡朴讷文字，原始的单纯，素描的美，支配了一时代一些人的文学趣味，直到现在还有不可动摇的势力，且俨然成一特殊风格的提倡者与拥护者，是周作人先生。"

选自《散文选刊》2024 年第 2、3、4、6、8 期

南方短札

人　邻

小古玩店

老城区，老旧的小街，或路口稍稍往里一点，不远的位置，总会有一间小古玩店。里面稍稍暗淡，只有迎门的玻璃柜子那里灯光是亮的。

里面墙上，高高悬着一个小阁子，供着什么，多的是财神，也就是赵公明，也有的是观音。供观音的人，也许跟供财神的，不大一样吧。

玻璃柜子里面摆放着各样的古玉、扳指、珠子、子冈牌，还有知名不知名的无尽小玩意。里面有时候没人，人要走近玻璃柜子俯身看时，才隐约感觉里面有人。人看得认真了，他才出现，等人问些什么。他不说话，坐下或是站着。站着，是因为来人看得认真了。若是坐着，不过是余光偶尔一扫，甚至连余光也没有，只是手里有意无意地把玩着什么手把件或是一对核桃。也或者，端着一杯茶，无聊的样子。人不问，是不说话的。也或者，人进去，许久都没人。人在那里看着，看一会儿，走了。小店里的东西，似乎也是不怕给人窃走的。也有时候，人来的时候，小店老板就在隔壁或对面谁的店里坐着，跟人聊天喝茶，只是偶尔往这边看一眼，听听动静。来人看一会儿，抬头找人，他才懒懒过来。

这些人，稍稍有点年纪，都在这一行混了一二十年，甚至更久，有着不寻常的背景。他们知道这城里会有些什么样的东西，有些什么样的主顾，需要出手或寻觅什么。他们手里的东西，大多是在背后悄然流转。"三年不开张，开张吃三年"，这小店，更多时候就是虚应的摆设，是样子。可这样子，总是要有的。

没事的时候，天气好，这样的人，就静静坐着，抿一口茶，或吸着烟，观察着门外的世界，观察着人，也观察着时光的流逝。看一会儿，眼神也似乎是茫然的。他们熟知这个老城不为人所知的幽暗。

这是另外的一类人，跟这个世界格格有入，同时也有点格格不入。

时　间

两个本地女人在挑红薯，装红薯的纸箱不大，她们堵在那儿，一直弯着腰拣选。我没办法靠近那箱子，就只能等着，等她们挑完。

五分钟过去，七八分钟过去，那两个女人还在挑，拿起一个，放下，又拿起一个，还是放下，且把箱子底下的红薯翻上来，拿起一个，又一个，仔细端详，端详半天，还是放下了。

我站在后面，看不明白。

几乎没有耐心，我就要走了的时候，一个女人挑好了。她抬起头来，脸上是木然的样子。另一个女人，依旧在挑。

也许是累了，她挪了半步，空出一点地方，我也可以在一边挑选红薯了。我拿起一个，看看挺好。又一个，也是好的。不过二三十秒，我挑好了四个红薯。我觉得每一个都是好的，甚至紫红的皮都很少有磕碰。

她们究竟在挑什么？她们拿起一个红薯，放下，然后再挑一个。她们不急，没任何事，她们只是在挑选。

也许，每个人都有自己使用时间的方式。什么是浪费，何谓光阴流逝，她们不知道，也不想知道。

时间，对某些人来说，不到最后，似乎总是无限的。

红　木

南方天热，为了通风，平房的门，大多习惯敞着。简陋一些的，直接敞着，不怕人看。讲究的，门框两边，相对着是两排两三寸的孔，横穿着几根圆木，算是遮拦，为着不让人，也不让鸡鸭狗随意进去。更讲究的，涂饰着黑漆，屋里的暗淡，因着漆色，更显暗淡了。

敞着的门里，大多有那种老式的红木桌椅。大多并不名贵。对寻常人家来说，不过是实用的物件。几十年过去，很久的时间里，因为潮湿，松木柳木之类，很容易腐坏。但红木坚硬、密实，不管那些潮气如何浸淫，细腻紧实的木纹紧缩密闭着，潮气不过是虚虚蒙在外面，布一擦，就退去了。

红木的雕刻，有繁复的讲究细作，那是主人家的富贵气息，要显出家底的丰厚。寻常人家，结实就好，甚至粗笨也是不怕的。大气朴讷的那种，罕见，也像是那样通透的人一样，罕见。

一年里，多半时间的潮湿，会让细密的吸收了些微水分的木纹略略张开，而那木纹很快亦会倦怠了，随着水分的挥发，再次收缩紧实。细微的张开和收缩，使得这些木头更加紧密，甚至顽固。

飘浮的灰尘，也会随着潮气覆盖在红木的表面，慢慢凝结，腻着，石化了一样。

这不断的潮湿、蒙尘、擦拭，使得坚硬沉实的红木，慢慢将自己退到了尘世的深处。

如此的物，有；如此的不愠不火、难以磨灭的人，很少。

路

这边的有些路，不能一直走。

曾顺着一条路，想着逆时针，逢左就转，转三次自然会回到熟悉的位置，至少也会回到这条熟悉的路上。走着，看着，逆行中，许是太随意了，看着走着就忘了，路已经悄然改变了延伸角度。几次左转弯后，街道、店铺，依然是陌生的。

另有一次，顺一条路走，小路细长，方向是对的，我知道穿过去，那边就是我熟知的可以回家的大路。我以为走过去毫无疑问，小路里头，两边住着的人，不可能只留这边，而将另一头狠心堵死吧。

而这两次，我却都不得不无奈原路返回。前一次我没弄明白究竟，后一次，我服气，真的会有人——不止一个而是一群人，好大一群人——只给自己留了一条路，万一有紧急什么的，他们不管，懒得管。万一，也是大家一起，不是自己一家。方便吗？不方便。可是管他呢！大家都不方便。都从这边走，去那边，得绕一个大圈。

偶尔无奈，可我还是喜欢这样随意、近乎盲目地走。一次出来，走了很远，到一处，看着沿台阶上去是立交桥，复杂的立交桥。顺着引桥看过去，有转到路另一边，再转一个大弯，依旧回到路的这边，又转向了哪里的。有一条，则是转向了陌生地方。正看着，有火车从一侧过来。应该是短途列车，老式的绿皮车厢，邮局一样的，时间也就似乎是旧了的绿色，几十年前的记忆一样。火车不急，缓缓地，甚至是不想开过去那样，"哞"地叫一声，老牛一样。心想，某一天，也许我会随意买一张陌生地名的票，到一个陌生地方住上几天，就为了感受那些陌生新鲜的孤独。

我该往哪边走？走过去，走那条陌生的不知道去了哪里的？还是走那条，走过去可以转回来的？

我还是转身往回走了。脚下的路，走就是了。走过来，走够了，或者是不明白了，不想走了，回去就是。不走，也是可以的。那些未知的路，不知道那边是什么的，去可以，不去，亦可。

去了那边又如何？去了那边，终究还是要回来的。就像游子，一生总要回到故乡。

狭　道

狭路相逢勇者胜。不一定。那个看起来像是黑面勇者，见对面有人过来，早早鼓着肌肉、龇着牙齿较劲的，不一定胜。他会被对面走来的那个不露声色的人瞬间击倒。被击倒者，甚至都没有察觉到什么，就倒下了。

那个无声息的人，埋头走着，他已经在这条路上走了十年、二十年、几十年，还要沿着这条路，一直走下去。

他走得沉沉的，似乎也透着些轻松。他就那么走着，只看着脚下的路，不看对面。这样一个人，不管是从多远地方过来的人，谁看见他都会悄悄避开，让这个人走过去。

这个人走的不是勇气，不是决心，就是默默地走。好像他自出生以来，就在这条路上走着，他要一直走下去，走到底。

话　语

小路边站着三个人。他们在那里说话，不停地说。大清早本来是他们出门锻炼的时间，如果不遇见，他们必然是各自锻炼，跑步或是做别的什么运动。

这会儿，他们遇到一起，因什么话题，或是什么事说话，一直在说，说了很久。不知道他们的话会说到什么时候，也许五分钟以后，也许十分钟以后，也许更久。也许忽然因什么事，停下来，散了，各自走开。

我在想，人的话语，究竟是必需的，还是多余的。如果是他们各自走着，锻炼着，就没有那些话。是因为遇见可以说话的人，才有了那些话。

想想，也只有人类发明了所谓的话，发明了那些大约确定的意思。话，本来是没有的，可能也并不需要。那么多的动物没有话，植物果实花朵也没有话，一样生活得很好。它们有感应，有生物之间的感应就够了，不必有话。不然，它们为什么不跟人类所谓的进化一起进化呢？

人，原本简单，有了话，才有了那么多多余的。

遛 鸟

透过树木的缝隙，见那边有一个鸟笼。天冷了，鸟笼外面蒙着厚厚白布。京城那边，一律的蓝，也许是以为白色不吉利。南方这边，却不管。犹豫一下，我拨开树丛，却见那边一块空地，十几个鸟笼一溜摆开。对着鸟笼，有几把旧椅子，几个人安坐着，听着鸟在笼子里清灵鸣叫。将近腊月，南方也是冷的，几个人穿着厚厚的外套，戴着口罩手套。旧印象里，似乎只有北京大爷才会一大早出门遛鸟，顺带着遛弯，没想到，这边也有。

鸟叫好听，不知是什么鸟。可能也就是那几种——黄雀、金翅、蜡嘴。也许，南方另有其鸟。养鸟既要有闲，更要有心。这会儿，他们坐在那儿惬意地听着，而日常是要辛劳伺候这些鸟的。有的鸟更是只吃活食，得奔波着去买。春夏秋冬，随着季节变化，吃喝什么，还有万一生病如何疗治，费心着呢。

养鸟，是要把鸟囚禁在笼子里的，这些人，究竟是怎么想的呢？占有？护佑？惜爱？说不清楚。

郑板桥家书里说：

> 欲养鸟莫如多种树，使绕屋数百株，扶疏茂密，为鸟国鸟家。将旦时，睡梦初醒，尚展转在被，听一片啁啾，如《云门》《咸池》之奏；及披衣而起，颒面漱口啜茗，见其扬翚振彩，倏往倏来，目不暇给，固非一笼一羽之乐而已。

是呀！多种树不就行了吗？

想起一个故事，有犯人偶然逮到一只鸟，用线绳拴着鸟的爪子，鸟带着线绳，在监舍里面飞来飞去。鸟知道飞不远，飞一下，不等线绳扽紧，就飞回来。

后来，那人去了线绳，用一节小塑料管，巧妙地套住鸟嘴。喂食喂水时，把小塑料管取下来，喂好了，依旧套上。

时间久了，小鸟也许是觉出没了线绳的牵绊，飞到窗子那儿，往外看看，愣一会儿，飞了出去。后来，小鸟习惯了，不时飞上小窗的窗台，从栏杆里飞出去，饿了渴了，飞回来，等着人给它喂水喂食。

一天，小鸟飞回来，那人惊讶地发现，套住鸟嘴的塑料管，不见了。

民间的广告

路边的铁栅门上，有两个硬纸牌，一个写着：有狗崽猫崽卖。另一个牌子上是：有小猫卖。

幸亏现在是人类社会，文明，有规则。不然的话，强壮的人随便抓一个弱小的人，绑在路边，写上：有劳力卖。也或者大人抓一个孩子就可以放在路边，插上草标写上：有小孩卖。

看着卖小狗小猫的牌子，想：这些小狗小猫，怎么就可以这样给人弄来，随便就卖？

小狗的爸爸是谁？小猫的妈妈允许了吗？

选自《散文》2024年第7期

一夕合肥

汗 漫

一

开车自上海回南阳过春节，途中，在合肥停留一夕，是合适的。

合肥距上海、南阳，各五百公里，处于我行程的中间点。暮色中，我初次进入合肥。天气预报，次日下午，江淮地区有小雪。我只宜停留一夕，免得阻塞、困顿于途中。

在酒店放下行李，散漫沿街而行，去淮河路——旧日合肥的核心地带。

这条街，从前是一条河，后填埋成马路。许多马路的前身是河流。如此填埋之举，隐喻着对缓慢和抒情的放弃、对速度和功利的追逐。当代人想划船、折柳、感伤，只能周末到公园里去。

淮河路旁从前的房屋、商铺，都是李鸿章家族资产，财富如河流滚滚无尽头。眼下街景，与其他城市面目雷同：咖啡馆、金店、服装店、餐馆、剧本杀、桌游……只剩下一处旧院落，作为"李鸿章家族旧居"，供游客观察并想象昔日豪门生活方式。

当然，我无法入内，大门紧闭于夜色。门口，两头巨大石狮坚持上夜班。一头雄狮脚踩绣球，像踩在地球仪上，代表控制欲。另一头雌狮轻拢一小狮子，代表家族后裔的绵延赓续。在晚清，李鸿章连观察地球仪的心力都没了，何谈踩在地球仪上？一次次签下丧权辱国条约，令诗人陈三立愤怒："吁请诛合肥以谢天下！"合肥竟成为李鸿章的代称。一座城，无奈而疼痛。

二

淮河路背面有一条小巷，人流涌动，吸引我走进去——撮造山巷。

小巷内密布时尚小店，旧砖头与新玻璃和谐相处，老物件与小姑娘彼此羡慕。一家咖啡馆的小黑板上，用彩色粉笔写了几句话："我渺小滚烫，春天在长大，我很好，春天也很好。"像诗句，比许多诗人的句子还好。春天在长大，很好。

走进一家牛肉面馆。我爱吃牛肉和面，埋头吃。抬头，见墙上有文字解说巷名来历：三国时代，曹操所率魏军将士，在此用簸箕撮泥土，于平地上筑起一座小山，以防御孙权所率吴军的进攻。合肥，淝水与淮河交流互动之地，魏与吴，在此冲突六次。与这冲突相关联的地名，还有"小马场巷""操兵巷"等。

逍遥津紧邻撮造山巷，也是旧战场。孙权败退时，还在马上吟诵："退后著鞭驰骏骑，逍遥津上玉龙飞。"抱着在合肥获得的美人大乔，姿势潇洒，并把小乔引入周瑜的生活。魏与吴之争，也是两个诗人之争，才气与霸气成正比，故，曹操能够在中国文学史里占有一席之地。

刘备则连一个名句都没留下。没有名句的人，存在感不强。诸葛亮很着急，替他说，从南阳卧龙岗一路说到荆州、赤壁、成都、五丈原，独创或引发一系列成语，让后人在课堂上背诵、在生命中践行或背弃：三顾茅庐，鞠躬尽瘁，淡泊明志，宁静致远，草船借箭，挥泪斩马谡……

刘备与曹操，数次争夺南阳城，孙权在南方冷眼旁观。当下，南阳曲剧团上演的经典剧目《战宛城》，讲述曹操贪恋邹氏美色而失去城池和儿子的故事。若无南阳和邹氏，《三国志》如何书写？晋朝是否会出现？朝代将怎样更迭，才子佳人们怎么登场？

若无合肥，就不会出现以下成语：洗耳恭听，蒙混过关，望梅止渴，刮目相看，不足为虑，风声鹤唳，南柯一梦，程门立雪，成王败寇……李鸿章就不会存在，中国近代史将会改写。他避战求和的态度，曾让谭嗣同贡献成语"众矢之的"。若无此成语，公众指责某一人、某一事，该以何种修辞替代？

在宏大的历史叙述中，一个细节，常起着致命作用，比如这小巷的前身——将士们用簸箕造就的一座小山，曾影响曹魏与孙吴的命运。当然，小巷现在很平整，那座人工假山早已不存。

若无那座假山，若无合肥与南阳，我是否出现在人间、以何种面目行文处世？存疑。

热爱每一座城市、乡村，尊重每一个时代，它们构成所有人隐秘的来历和前景。

三

在手机地图里看到"宿州路"，离我很近，心一热。再去找"宿州路九号"，无果。宿州路八号（商之都中心广场）、十号（青皮树酒店、淮南牛肉汤店、伊莎洗衣店……），清晰存在于那些线条与红箭头之间。或许，那九号，消失于八号、十号的规模扩张之中了。

宿州路九号，一九八四年创刊的《诗歌报》地址。与《星星诗刊》地址"成都市红星路二段八十五号"、《诗刊》地址"北京农展馆南里五号"一样，是上世纪八九十年代中国诗人心中的圣地。《诗歌报》与《深圳特区报》联合推出的"中国先锋诗大展"，传递出一个国度新锐、振拔的气质，影响力越出诗歌界，在全社会引起反响。

当时，我刚走出校门，带着一张对开、套红印刷的《诗歌报》，在范仲淹写《岳阳楼记》的邓州徘徊，有些激动和迷茫。像新水手带着航海图，激动而迷茫。那些美好而新颖的修辞，是道路，召唤年轻的心：来吧，转折、换行吧，抵达意想不到的地方吧。

当然，我也是《诗歌报》及更名后的《诗歌报月刊》的投稿者。等待用稿或退稿的回信，像等待情书。那些代表诗神回信的人，有蒋维扬、乔延凤、蓝角、祝凤鸣等编辑。

至今，我还保留着来自宿州路九号的样刊，从邓州、南阳，到上海，一路舍不得丢弃，本质上，是舍不得丢弃青春。偶尔从书柜里翻出来看，那纸张已泛黄，《挑战者第一千零一个》《十个太阳的光芒》等栏目，激越如初。与我同时期出现在这一刊物的诗人，有柯平、陈先发、沈天鸿、谷禾、韩文戈等诗人。多年后，当我们初次相遇，提到这本刊物，像提起共同的风暴和大海。

一九九七年十月，苏州，《诗歌报月刊》举办"金秋诗会"，与会诗人有韩东、小海、沈苇、黑陶、庞培、森子、叶辉、长岛等。瘦高得像一面旗帜的乔延凤主编，引领我们去寒山寺和虎丘游荡，在苏州农业学校招待所谈诗。随后，《诗歌报月刊》推出诗会专号。不久，停刊。

也是这一年，十二月十二日，父亲去世，像一本杂志永久停刊。

现在，我，即将到达父亲去世时的年龄。一本皱纹重重像删除线、老年斑点点像错别字的杂志，在勉强刊行，订阅者寥寥。左腿上一个暗红胎记，像条形码浓缩往事。最深刻的痛楚，大约连自己都辨认不清。

此时，在合肥，我像寄往宿州路九号的信，无人查收。次日，开车回南阳，我像是被退回青春时代的信，无人查收。

四

夜深了，步行回酒店。

路边柳树颇多，巨大或柔小，枝条随风萧瑟。显然，合肥水盛——淝水、淮水、巢湖，众多河流涌动之地，柳树多多。即便河道改为马路，柳树在洒水车帮助下，仍挺立着，纪念从前的流水、缓慢和别离。

迈进桐城路，想起桐城，想起明清时期的"桐城派"文章大家刘大櫆、方苞、姚鼐。"言之有物，言之有序"，是这一散文流派的观点。刘大櫆写《游万柳堂记》，将初次所见"随地势之高下，尽植以柳"之景色，与多年后"凡其所植柳，斩焉无一株之存"这一惨状，做对比，映照出园林主人由奢而衰之命运，得出"何必朘民之膏以为苑囿也哉"这一结论，体现出民本主义情怀。

我沿桐城路越过包河，一条与包拯有关的河。那一黑脸士子，像桐城派好文章——言之有物，言之有序、有力、有效，掷地有声如春雷，回响于后世众生心头。

包河上，一座古桥"赤阑桥"，不见徘徊桥头的南宋诗人姜白石。二十三岁，他自家乡江西来合肥，居于桥边小巷，爱上附近歌坊里怀抱琵琶吟唱的一对姐妹。为她们写的歌词里，充满柳树和春愁。一个拒绝步入仕途、靠作词为生的诗人，如何能以才华救赎两个女子？姜白石握着她们折下的柳枝，一步三回头，去江南寻求生路。

途中，偶遇合肥邻居，赠诗："我家曾住赤阑桥，邻里相过不寂寥。君若到时秋已半，西风门巷柳萧萧。"柳，留恋也。萧萧，哀音也。姜白石传世之作中，近一半以合肥情事为背景，成为中国情诗亦即中国情感的重要一部分。

当淮河成为割裂神州的一道伤痕，那一对姐妹，在金兵侵入前投水自尽。姜白石再来合肥，不闻琵琶声，悲叹："肥水东流无尽期，当初不合种相思……春未绿，鬓先丝，人间别久不成悲。"

四十三岁那一年，在临安，姜白石肩扛女儿，去西湖边看元宵灯会。流光溢彩，人喧马嘶。忽想起合肥与琵琶，泪水长流。作《鹧鸪天·正月十一日观灯》，除"少年情事老来悲"这一沉痛语，尽是"花满市、月侵衣"等欢乐言辞。欢乐愈甚痛愈深。

姜白石自创词牌"凄凉犯"。"犯"，音乐转调之意，"凄凉犯"即"凄凉的转调"。"绿杨巷陌秋风起，边城一片离索。马嘶渐远，人归甚处，戍楼吹角。情怀正恶，更衰草寒烟淡薄……"合肥，当时的边城，在此可北望中原，可于鼓角马嘶里夜夜失眠。

也可把"凄凉犯"，理解成"凄凉的罪犯"——永远被囚禁于凄凉的爱。

合肥有凄凉爱情故事可讲，很动人。钻进酒店温柔的被窝，我毫无凄凉感，沉沉大睡。

五

次日晨，看天气预报，确认：江淮地区将有小雪到来。我还是决定去看看包公祠，再上路还乡。

把车停在包公祠外。寒风凛冽，我裹紧大衣。包公祠守门人笑着说："这么冷，还来看老包？"我也笑了，解释："我不是本地人，路过，得看看老包，没来看过他。"守门人眼神有些热和亮："好啊，好！"

我们说"老包"，像说起一个共同的友人、邻居，这是中国民间对包拯的昵称，以表明与他关系亲密，与正义没有距离。如果加上修饰语，就喊他"黑老包"。戏曲舞台上，他被描绘成铁铸般的黑脸，以示坚毅不屈，与奸臣白脸对比强烈。额头上，画一弯新月，代表他有通神驱魔的能力。

入祠堂，一条甬道很漫长，供我充分回想起与老包有关的记忆：开封、陈世美，铡刀，狸猫与太子，欧阳修……两座石狮子欢迎我，嘴巴大张，很喜悦，让我相信自己是没有恶意邪气的人。

老包端坐于正堂，身后高悬"色正芒寒"四字的匾额。两侧，王朝、马汉昂然挺立。历史记载中并不存在的这些人物，出现于舞台和祠堂，让老包勇谋善断的力量，得到烘托和加强——以虚构，抵达真实的理想。

"包龙图打坐在开封府哇……"这一句唱腔吼出来，天高地静星月明。马灯、夜壶灯、汽油灯、电灯或镭射灯，照亮戏台中央的黑老包，让看戏的人热血沸腾、泪水长流。戏台，是传授古老伦理的书院、寺庙，滋养重情重义的道德感，构建律己律人的大秩序。老包、黑老包、包公、包龙图、包青天，或者说包拯，就是一个先生、一个传灯人。

中国各地有许多包公祠。合肥包公祠，是包拯少年时代的家园。其墓地，在祠堂外的包公湖边。正方体的墓穴顶部，长满麦冬亦即"书带草"——像系紧包拯这部书的丝带。麦冬四季青葱，可入药，清热、滋阴、润燥。一只鸟，扑棱着翅膀从麦冬中飞起，像老包抬手向我打招呼。

一个前人的起点与终点，在这湖水边，一个后生走过这湖水边。

回到包公祠门口，守门人告诉我："看见鱼了没？包公湖里的鱼，脸黑得像铁，湖里的藕没有丝，奇怪吧？这是在说'铁面无私'哩！学老包哩。"我笑了。这湖里的鱼和藕，也很好。

雪意越来越浓了。春天在长大。我发动汽车，脱离合肥，沿沪陕高速公路向西狂奔，似少年包拯打马向西去了汴梁城。

选自 2024 年 5 月 2 日《文学报》

你们都显年轻

介子平

一、多数人没有天资

如我这般年纪后才会接受，多数人在任何领域没有任何天资，包括我自己。

学而优则仕的年代，天下读书人的追求，无外乎金榜题名。庄昶《送戴侍御提学陕西序》云："今之世，科举之学盛行，求者曰是，取者曰是，教者曰是，学者曰是，三尺童子皆知科第为荣，人爵为贵，一得第者辄曰登云，辄曰折桂，辄曰登天府，欢忻踊跃，鼓动一时。自童习以至白纷，率皆求之，殚竭心力，必获乃已。"然科路两侧，扑于左右者，不计其数，料天资不逮。

入职训练时，只需听几场宏大不乏空泛式的鼓动演讲，便会激荡出思绪的阵阵浪花，遂将无形的卓越设定为有形的目标。"祝你风光，举世无双。"话音未落，不觉已是口干汗多，五心烦热。学习焦虑，工作焦虑，情绪焦虑，容貌焦虑，焦虑已成生活一部分，林语堂似看出了其中奥秘："世间的万物都在悠闲中过日子，只有人类为生活而工作着。他工作着，因为他必须工作……到处是义务、责任、恐惧、阻碍和野心……"做了人类想成仙，生在地上要上天，生而为人，着实辛苦。生命无非二事：一曰生存，一曰发展。在追求卓越的路途上竭尽全力，不过勉强温饱生存，此非调整目标、偏离方向，无奈之奈矣。已经不合适者，以后也难合适，成年人的选择，只得自己负责。尽管如此，无论怎样不堪，但凡努力生活的人，都值得敬重。

世上许多事，一旦了解得太多太细，便会失去为之奔波的动力，小楼风雨我心灰，开始眷恋一茶一饭的平凡。平冈小坡，数竿修竹，消闲遣日，自己陪伴自己，一日清闲一日仙。然即便偶做半日神仙，心中发毛，徘徊留之不忍废，惯性使然，下海容易上岸难。上老下小一肩挑的年龄，犁公打春牛，哪里是打，不须扬鞭自奋蹄。三十发胖，四十脱发，五十眼花，六十记不住，七十睡不着，八十听不见，来日可期乎？不及寻医问药，在一个平和的早晨，有人停在了昨日。

李思训"期月方成"，吴道子"一日而就"，所谓成就，有法而无式，不受外来的强制与规范，你不会遇到第二个你，即便是你，亦无可复制。知止而后安，以热爱的方式对待生活，偶尔成就一回，便可成为平凡生命中的一次传奇。多数不负韶华跑在前面的人，都是在别人浪费时间时超前的，我看未必。漫不经心的外表，聪慧颖敏的里子，成熟，意味着停止展示，学会隐藏。绘画尺幅很大，没有焦点；论文发表不少，不见观点。好作品因少而称好，兴往神来，妙手偶得之。虞集《道园学古录》说书法甚难，"有得力于天资，有得力于学力。天资高而学力到，未有不精奥而神化者也"。生有奇禀，凤慧冠群，谓之天资高；行必端，履必深，谓之学力到。天资高而学力到，不过众人皆知之道理。枯荣有数，得失难量，有道是天资高学力也到，仍未必有所成就……满腹文章，白发竟然不中，才疏学浅，少年及第登科，此命也；文章盖世，孔子厄于陈邦，武略超群，太公钓于渭水，此运也。通俗地说，不是你不够好，是你来得不够巧。

学力程度决定下限，大功俱在史，个人天资决定上限，小节无须书，古来如此。我们年轻的时候，总是把创作的冲动误以为是创作的才华。学力足天资高的钱锺书最有资格说出这番告诫。

二、店员的脸色

余幼时家不裕，衣食勉强，因无其他娱乐，至乐莫如读书，却无钱购买。多数时候蹭书读，蹭伙伴的书，你半天，他半天，再去书店蹭一天。

昔时闭架售书。第一本递来，快速翻阅几页，第二本递来，又快速翻阅几页，第三本便不好意思指点书名，店员也会不耐烦地问到底买不买。

正如每个单身汉都想交个厨师朋友，每个读书人都想交个书店朋友。据那廉君回忆，傅斯年每到一地，不多日便与当地书店老板成为朋友，每次买到好书，总要对众人炫耀一番。到台湾后，一家书店开张请他题字，他便写道："读书最乐，鬻书亦乐；既读且鬻，乐其所乐。"

鲁迅与内山完造的关系，大致也如此。内山完造《鲁迅先生》一文回忆二人初次见面情形：某次，有一先生与几个朋友来店购书，其穿件蓝长衫，胡须浓黑，眼睛澄清，个子虽小，却洋溢着一股浩然之气。挑了几种后在沙发坐下，一边喝着老板娘递送的茶，一边燃上一支烟，指着挑好的书，用流利的日语说："老板，请你把这些书送到景云里二十三号。"内山即问："贵姓？"回答："周树人。"内山惶恐道："啊，你就是鲁迅先生吗？久仰大名，失礼了。"有沙发可坐，有茶水可喝，"宾至如归"不光是一句口号。从此之后，内山开始了与鲁迅近十年的交往。据鲁迅日记统计，其间鲁迅去内山书店五百余次，购书千余种。1928 年至 1935 年间，每年购书多则两千四百余元，少则六百元，所购多为日文书，且多自内山书店购得。同时，鲁迅著作也委托其代理，仅 1936 年 7 月至 11 月间，便售出所托书籍十六种，一千六百余册。鲁迅生前唯一为人作序的书，是内山完造的处女作《活中国的姿态》。内山完造《花甲录》记录有许多有趣的故事。一次，鲁迅对他说："老板，我结婚了。""和谁呀？"鲁迅爽快地回道："就是和那个许广平呀。"有一阵子，鲁迅会带些年轻人来店，有时是一个人，有时是几人，柔石也是其一。鲁迅尝言，学生们年纪轻，没经验，常被骗子们利用，当作垫脚石。没有比骗子更令人痛恨的了。他们为了构筑和稳固自己的位置，或者为了自我标榜，动辄把思虑欠周、血气方刚的青年当作踏板。说这话时，鲁迅的表情显得很激动。

内山书店是日人内山完造在上海开设的一家书店，因与鲁迅关系密切广受关注，迁客骚人，时会于此。《申报》文艺部主笔朱应鹏《到内山书店》一文介绍，店内的陈设犹如图书馆，书架没有一扇玻璃门，可自由取书阅读。且在中央放几把椅子，供随时坐下阅读。《怀内山书店》作者史蟫回忆喜欢此店的理由，"不仅是为了那里面有我所需要的书籍，同时也为了里面的店员特别和气"，且"这种和气的态度，在中国一般新书店里也是很难见到的，因为店里卖的虽是新书，用的却仍是旧式店员"。在国人所设书店，总有一个小伙计在一旁监视，如果你翻了半天书最后却没买，则会摆出另一副嘴脸。"这种情形在内山书店却是完全没有的，店员们任你去翻阅架上的书籍，不拘多少时候，都没有人来干涉你。"此即对顾客的信任，敏感的读书人很在意这一条。

万卷图书供览，一枰棋局佐欢，一代读书人的理想，不过如此。胸藏文墨，腹有诗书，与储书盈室是两码事。虽如此，逛书店积习难改，以为那里依旧是交换思想之所，品种虽琳琅，却引不来关注。拆去塑封的那本，干干净净摆放上层，而未曾拆封的品种，也就永远无人拆封，甚至无人为之注目驻足，因为无人好奇其内容。人力成本上升，偌大店面，找不到店员，除却冷冰冰的提示牌，无须看谁的脸色。又有谁还将书店当作城市地标，名曰书店，文创产品比重过半，加之咖啡销售，图书已成红红绿绿的背景墙。多少家书店未及作别已然消失，再去时悄然改卖服装。

读书人敏感异常，冷落不得，也热情不得。对于店员的过分殷勤，戴望舒《记马德里的书市》一文颇不以为然："第一，他分散了你的注意力，使你不得不想出话去应付他；其次，他会使你警悟到一种歉意，觉得这样非买一部书不可。这样，你全部的闲情逸致就给他们一扫而尽了。你感到受人注意着，监视着，感到担着一重义务，负着一笔必须偿付的债了。"

中年以去，鬓影萧萧，岁月疾如流，床头书翻不上几页已昏昏欲睡，光顾书店的次数自然越来越少，其利用价值似乎走到了尽头。偶进店，拍照感兴趣的品种，随后网络下单，节省几两碎银。即便读书阶段的孩子，补习班、兴趣班占据假日，也没有泡书店的时间。各家店面的教辅书，多摆在入口或一楼位置，以便利行色匆匆的学生。四处觅职、东走西顾的年轻人，力不从心，更无余暇逛店，较之房贷车贷，读书真就是奢侈之侈，无聊之聊。不知所措的年纪，事事不尽如人意，生存的烦恼，靠读书解决不了。名曰为了理想而奋斗，实则为了生存而挣扎，毕竟公众行为充满功利，面对现实，曾经的信念，无以自圆其说。

时下，读书人未必读书，退而求其次，然"书店再小还是书店，是网络时代一座风雨长亭，凝望疲敝的人文古道，难舍劫后的万卷斜阳"，董桥《今朝风日好》里的这句话温馨却落寞。读屏或也能读到等量齐观的内容，齐邦媛便"希望中国的读书人，无论你读什么，能早日养成自己的兴趣，一生内心有些倚靠，日久产生沉稳的判断力"。但愿如此，通过绝去功利之念的读屏，也能培养起宽容、悲悯的胸怀。

三、你们都显年轻

新旧道德并存，彼此融合，相生相发。全旧或全新的人固然有之，多数人大抵新旧兼从。人格上人人平等，能力上千差万别，一代不如一代的遗老心态，是对旧道德的留恋在作祟。

年少的自己，恍如昨日，你重复着别人曾经重复的日子。有韵为诗，无韵为文，人老莫作诗，永远有写不出的佳句。过去的事就不提了，有我衬托，你们都显年轻。

春至河开，又是一年，一年中的几个日子，特别适合来此。站在祖坟的荒坡上，越过黄昏线，终于看清了来时的路。一个土堆就是一代人，一个土堆就是一个隔代的故事。过去停留在此，现在游走无定，谁也不知死亡何时到来，而这正是死亡的奇妙之处。台静农悼张大千《伤逝》云："当我一杯在手，对着卧榻上的老友，分明死生之间，却也没生命奄忽之感。或者人当无可奈何之时，感情会一时麻木的。"日子不咸不淡，习以为常，难免麻木下去。

仗剑去国，辞亲远游，凭河临风，问语苍茫。王云五《岫庐八十自述》开篇即说："人生斯世，好像一次壮游。"只有生命美丽时，世界才美丽，而多数人不是苦旅，便是逆行，短暂的光明，不足以照亮前程。一会儿海滩，一会儿高山，一阵纽约，一阵巴黎，站在照相馆里，老板不时换着幕布，在无趣中找着有趣。生活中有一种不存在的存在，不真实的真实，眼前之事，才是上帝呈现的真实。

岁月不堪数，故人不如初，早结婚的好处，大概就是离婚时也很年轻。城市越来越大，离家越来越远，十字路口太多，极易失散。有人再见，有人再也不见，从容，就是满不在乎，不肯轻易随人，自由的极致，无非随时可以离开不喜欢的人与事。有多少关系，到头来不过是礼尚往来，流于虚言，独处者，多是从热闹场早退的社交达人。趋时之人，时过境迁后，每每沦为笑柄。悔其少作、讳莫如深者，定有事事不可告人的尴尬。

不管肯不肯轮转，在轮回的轨迹上，百川归一。狄更斯在《双城记》里说："我是环绕着一个圆圈而行的。越接近终点也就越接近起点。"回到起点的，不是容颜，也非童真，而是一些类似孩提的行为。就我而言，那个年月，吃饭是一种享受，现在，琢磨吃喝的时间，又多了起来。

选自《散文》2024 年第 6 期

无数消逝都与你同在

闫文盛

一

我利用文字化解了阅读。地名中的山水。具体的村庄名字。落魄的人生故事。娇俏的爱人形象。我的书写中，因此遍布了无有的充实。那一点一点的汇聚和描摹、自我说服，都既与我正在进行的工作有关，又近似无关。我宁静的门户的枝节都被关闭和刷新了，因此，我的每一次落笔都是人生的再度开展。你自然不相信这样行动起来便可以完成，但结果总是如此。差不多有十年了，我从那些载浮载沉的事物的表象中划过，我不借助它们的温度，因为我自有温度。但我也不借助我一躯之力的温度，因为文字一旦黏合起来便自有温度，它不会无依地散碎。那些文字的凝结物被我装配成一部书的样子，又一部书的样子……你应该瞧见了，这些密密麻麻的空虚，都指向我们"存活于世"这个人间游戏。我们思考的平面没有被解除，它纷繁复杂，静水流深，比任何高声大噪的讲述和笑闹都更有意思。

那些空茫的早晨触动了你。你应该瞧见了吧？那熙熙攘攘地拥过你身前的人流，车水马龙的集市，解不开的心锁，始终丢不掉的严寒和苦痛仍然存在着。枯萧的季节里，那一件未解之事仍然存在着。"当时，我就是这样设想，先把你的基本意思定制下来，再给你一间密闭的小屋。因为这也是你的基本需求，所以我密令诸人，从此都远离你，不许接近你独自栖居的小屋。转眼三年已过，人间的春华秋实，仙界的草木荣枯，兽群的左右嘶吼……都不知你的生死。你或许仍然活得专注而独立，因为这就是你的基本意思。你或许已经死了，留下了一堆写满了天书的手札，因为这也是你的基本意思……"但事到如今，在这个空茫的早晨，我突然想到了你孤身只影的形象。我突然觉得设计师或许错了，因为历来身心安顿、言笑晏晏的人群也前所未有地静默下来。汹涌的、热烈的、欣慰的火光布满村庄，它们燃烧着一颗颗不安的心脏……

你或许错了吧？你的前半生都不该这么活。你左冲右突地动着，妄想逃离这个四望不见人的阔大世界。园林里的繁花尽头，有一个白须飘飘、形影相吊的老翁。那是你吗？当时我确是这么想，先根据你的重心，把你的基本身躯定制下来，再结合你的各种幻梦与实实在在的判断，赋予你所需求的基本的冷静、赞颂和大大小小的孤寂。就这样，当你独行于那条闭塞、逼仄的小路时，我还冲你招了招手。你没有回头，从此便一去不复返了。你或许看见了大象和鲤鱼……我知道你的心胸发胀，但鲤鱼的画幅仍然一丝不差地浮现。在我们共同建造的明亮而无人的园田上方，你肯定看见一跃如飞鹰的鲤鱼了啊……

我或许也错了吧。但光明如此扑来，它带着无限的水藻……它带着无限的水藻……只要你如此想象，时间便是循环的，你或许会从年迈之境中脱离队列，返老还童，进入一颗婴儿心脏。那空洞、充实、澄明的脏腑……时间在那里秘密运行，时间不被任何外力左右，时间是秘密的……你在抽屉里释开的那些锁，那些心脏，那些花卉，都是明亮的、秘密的。我在那里找到了婴儿心脏，我因为信仰它而获得了根深蒂固的安慰。故事的离奇，光芒的通透，都给了我根深蒂固的安慰。婴儿在持续地笑着，冲你招摇着双手……婴儿之笑给了我根深蒂固的安慰。"但是，我的记忆中或许有个误区。我记住了婴儿的白发苍颜？"

不错，那些画幅和园田都赋予我十足的婴儿形象，在那些苍茫的午后，我便以此为基础进行虚构。园林里的繁花尽头，你立起身子。你看到你的婴儿身了吗？你看到了，那么，人生的七十年、八十年、九十年便变得蛮有意思。你乘坐公共巴士而来？你从河姆渡而来！你穿云裂石而来。你亦步亦趋地追着你的婴儿身而来。如果从我们相识开始算起，那么到今天为止，你已经完成了时间的集聚，那些秘密的、紧促的时间可以散开啦。那些时间可以公之于众。你的婴儿面容与你此生遭遇的烟雨和星火都热烈地喧嚣起来。你的诗中也可以写它们。从此往后，你便是一个活得坦坦荡荡的人啦。因为你的生死欲念、爱恨情仇都在写它们。你的从天穹中和地核中寄来的信件都在写它们！

河水被挖开后，从中冒出一个个死去多年的人。多少个世纪！你曾经用尽你的思考在一点一滴地写他们。他们都从婴儿身转换，心神不宁地向着远方奔行。河水被挖开后，他们作为一个个人从河水中冒了出来。他们已经融化于水，成为水中之人。现在他们进入书，成为书中之人。作为一个例子你可以确证，他们都从婴儿身转换，携带着故事的引力向着此刻奔行。但时间停滞在那里，你一笔一笔地写下了他们的肖像！你一点一点地走近他们澄明的内心。现在，他们进入了他们澄明的内心，成为作古的澄明之人。他们所经历的艰难时世和此心澄明都曾是跌宕、炽热的……

二

无数时间和意志像浓热的季节一般被折叠起来。你骑着狼的外衣飞行。这黎明的风口没有秘密，你没有思念和怨恨。鸟鸣声微弱不可闻。"这都是旧事了，你自当从昨日远行至今，因此元气淋漓。无数消逝都与你同在。"

电量不足，你需要连接天地。地平线上风雨大作，因此雷霆隐隐。你再也说不出什么，因此这才是你难以掩饰的寂寞。你已经年老了，无数记忆随着风中的碎屑消逝。这是杂草般的旧日为你运来了石头，它们祝你快乐。你懂得运筹帷幄。

黎明的意志长起来。那些磅礴的漂移之力助你成功。你在许多事情上沉默和袖手。你会越来越愚钝，越来越没有良心。在地不辨南北，在天，无绝人之路？你要远走我不拦你，你看看你失去的人生吧，"它们逐渐在新生的乳牙处丰富起来"。

一晃眼过了半生。你的过客般的心没有包浆，它直接地"裸露在困苦处"，绿意葱茏的旧日啊，没有包浆，它金灿灿的，灰突突的，"龟兔赛跑，没有计量"。你将自己丢弃在自身无法证实的旅途。

所有的梦叠加起来，"太沉重了，因此没有辨别"？不，你会分清事实与幻觉的。夜色已经终结，它秘密地接来了炽热天使。你的命运自然滋生，很多板结的冻土都裂开了，"可以种萝卜丝和相思树"。如果你的力量足够，还可以种一大批长翅膀的人，他们在御风飞行的途中见识了风雨同舟的苦衷。

那微弱的旅行、载浮载沉的草坪、奔跑的婴儿成为你记忆中的最后一座堡垒。翻过这片山丘，你的时间便是新的了。所以你愈阐释，芜杂的事物便愈形成阻隔，打乱了你的节奏，成为一座通往幽秘之境的胡同。你一直在窄巷里，望不见雕鸟投向沙漠的形影。

直到那些没有顾忌的龙蛇混杂，你将张扬激励的岁时日出同沉默的江花混杂，你的时间便是新的了。公园里浓妍的花丛如同墓地新生，它们有着贯通生死的本能。暮春花束凋零，深秋如有期许般落在了边地，而我们头顶灼灼其华的旧日，它多么寂寞而有些远行之人的骨骼。

三

我的灵魂是重叠的，在时间之中，我的灵魂大体是无穷的、连绵的复数。如果要为我的灵魂写一本传记，我需要做的工作并不太多，我只需要更加逼真地追踪我的灵魂的曲线就可以了。不妨把日记捡起来，不妨给春夏之交的树木拴一根红绳。我的灵魂就是从一根最细小的树木根部开始拔节，直到今天，它长出了沧桑的枝叶。我未曾选择过我灵魂诞生时的样子，也不会知道它秘密的运筹是否涉及了我的今生。如果我要为灵魂写一本传记——那广漠一般的、大多数的灵魂，而不是拘泥于我的灵魂个体（我的微不足道的一生中何曾捕捉到那真正的灵魂的神授）——我必然会行走于沉睡的大地之中。我需要知道那人群的律动如何在山谷中产生回声，也需要知道瀑布的倾泻会产生多大的重力，我需要站在高高的山水中感受四野，也必然会带着我痛不可遏的幻觉坠入梦中，我会写出浩大的灵魂的诗卷吗？或许并不需要，我只要写出灵魂澄净的颜色便成。有时灵魂是浑浊的，沉淀着隐身人冷冽的笑声，有时它会跳起来自言自语，但绝大多数时候，灵魂只有一道酒酿，它是最初被缔造时分散布的朝露一般的芬芳。我知道除了人的身体，在万千世界之中，有万千种灵魂。我需要写出它们的传记吗？是的。我写下山水招摇的种子，江河中游弋的青草。我写下动植物彼此之间的爱恋，情感像沸腾的水源造就生命时那神秘的动止宇宙。我写下灵魂的起居和漂泊。我写下一种生物崛起时自天穹中降落的宏大福祉，也写下静谧之极的对灭绝之物的祭奠。我写下缓慢或骤急的事物，也写下泥泞一般躺卧在旷野中的灵兽。如果我要为我的灵魂写一本传记，我需要做的工作便是同它们躺卧在一起。我的记录刚刚开始的时分，暮色未降，未来无穷，等到我的第一卷书合上，流水带着风声见到了我们彼此从未相识的真身。水月和风暴都固有灵魂，因为我知道这样的事实，所以在我的第一卷书合上的时分，时间再度静止。它停顿于一处山谷，拾得枯枝的翁妪获得了超越时间的命运，因此他们不会忧愁。他们的灵魂只能出现于另一卷书中。我书写了枯枝和它们的灵魂，我书写了枯枝上颤动的蚂蚁和它们的灵魂，综合万端，我书写了我同它们躺卧在一起时所感受到的天地旋转。大静之时，心无祸福，身无形相。我书写了我的第一次灵魂。我知道，有许多灰白的浮尘就在那里守候。它们像我记忆中仅存的胎衣一般包裹着我们。有许多灰白的浮尘也自带灵魂，我想把它们都写下来。一本《浮尘传》？是的，它是与我们最为近似的灵魂之书。我把自己在日复一日的书写中所获得的经验变成浮尘的胎衣。它是我在书写时仅存的观察中最不可或缺的透明的霓裳。

选自《青年文学》2024 年第 9 期

径山之夜

草 白

那日黄昏，入赫赫有名的径山。由山脚一村至山巅一寺，茶园、竹林于窗外暝色中浮掠而过。山林清寂，山路蜿蜒，春风中弥漫着花草香，禅院僧舍如在眼前，如在林中。前往山顶途中天光渐暗，树影斑驳，风摇影动，宛如绿野仙踪。心有欢愉、希冀，又惴惴然，好似赶赴盛宴途中。

一场茶宴，已在山上等候多时。

春山、月色、茶烟，落花、清泉、新竹，厅堂、木桌、灯火，人群四方围聚而来。因茶而来。无论来客平时为何种身份境遇，到了山寺，入了茶舍、禅院，便只剩下"茶人"这一本尊。茶人不仅为品茗闲谈之人，更是此刻此在的人。破执。忘我。神游。

灯下饮茶，也听人谈论茶。淡然、闲散的眼神，每听到会心处，笑意于嘴角眉梢浮现。不自觉，不自知，完全是下意识所为。此种感觉久违了，感激于分享者的慷慨与美好。无私心，无分别心。一个人要经历多少风雨，才能站于此刻的灯月之下。分享者所诉无非是"茶"，无非是"回归"。回到自己，回到此刻，回到内心。而茶是天赐的媒介。

偌大的屋舍，不说人头攒动，但也聚着不少人，此刻却集体屏声静气，安静极了。喝茶，问茶，要的就是这份静。人心一旦静定下来，个中滋味自然呈现。素不相识之人也见了真意。茶水相依，水懂茶心，茶亦知水意。两相缱绻，各尽所能，各得所好。

向来是，人前深意难轻诉，可对于茶，人们是可以倾诉和言说的。话题由茶而起，却不止于茶。我听见春山苏醒、溪鸣山涧、绿叶萌发，听见我与我，我与世界，我与一杯茶之间的恳谈与交心。

人心静，茶烟起。历史风烟中，径山古道上陆续走来法钦禅师、陆羽、苏东坡，他们开山种茶、煮茶著经、煎茶写诗，如今茶林茶花仍在，笔墨诗歌仍在，泉石遗迹仍在。之后，欧阳修、陆游、徐渭来过，金农、龚自珍也寻踪而至，无数的本地茶人、异国僧侣，来到径山，喝过径山的茶，数过径山上的云，听过春山里的微雨和落花。每个人都在试图与一座山、一杯茶建立联系。

在往来径山寺的僧人禅师中，我认出一个叫心地觉心的人。他是日本临济宗的禅师，于1249年渡海来到当时的南宋，原本想拜径山寺无准师范门下，不想法师先于他抵达而圆寂。值得一提的是，南宋画僧法常正是无准师范的法嗣，《六柿图》为其代表作——此画被他当作礼物赠予同在寺里修行的日僧圆尔辨圆。作为同样渡海而来的僧人，心地觉心也从当时的南宋带走两样宝物：一样是径山寺的豆酱，由此开启了日本酱油的历史；还有一样是杭州护国寺的尺八，状形似萧，音如明月孤峰，成为日本僧人修行的法器。

此后，尺八之音绝迹，《六柿图》也成了异国的国宝，只在特殊空间里流荡，但从未被人真正遗忘过。

未想到径山还是日本茶道的发源地，径山寺的抹茶居然是日本抹茶的鼻祖。而我第一次喝抹茶是在去年秋天的金阁寺。夕阳余晖下，漫步于寺后山坡上，从不同高度和角度都能望见贴满金箔的舍利殿主体，宛如赤金打造的辉煌宫殿；或于松林的后面闪耀，或位于织锦的草地那头，光线于高处从天而降，像被洗过似的澄澈，惊叹不已。那天，我们脱鞋进入一林间茶舍，淡黄色榻榻米上铺着红色长条软毯，众人席地而坐，坐在那红色的一横之上。茶盘端来，只见一红一黑两只小木碗。黑木碗里盛着深绿抹茶，有白花浮在碗面上。红木碗中央点缀着一方小巧、别致的白色糕点，上面分布着山脉和寺庙浮雕，为金阁寺造型；如此精美，竟不忍心食用它，怕破坏造型和面相。

静坐饮茶的十几分钟内，竹编门帘外松风拂动，阳光穿过枝叶洒下点状光斑，光斑落在淡黄而暗旧的榻榻米上，再返照至室内墙上。佛龛里的神像，似也在静听松涛声浪。那一刻所获的安宁竟成了整个旅途的安慰。

后来，我称之为茶时间，由抹茶和冥想所带来的时间体验。

其实，上径山之前，我们在山脚茶舍里体验过"点茶"。乍一看，以为茶席上的插花是桃花，粉粉灼灼的花瓣儿，映着叶片也成了粉绿色。经同伴提醒，才发现还有一枝垂丝海棠相伴。同为粉色系的花枝插于湖绿色玻璃瓶中，好似春水之畔湘妃色花枝的倒影，莫名地生出一股怜惜之意。

素色茶席上，计有茶勺、茶筅、天目盏、汤瓶、茶盒等物。抹茶粉已备好。热水已备好。更有窗外春光，万物生辉。茶色贵绿，茶花唯白。点茶工艺颇为烦琐，最要紧处不过是如何注汤击拂，以茶筅击打出白花。上等的点茶，白乳浮盏面，如疏星淡月；最终会出现"咬盏"，杯盏里白雾泛起，却纹丝不动。

我们是首次"点茶"，看着眼前茶具，兴致勃勃，却慌乱无头绪。左手拿盏，右手持茶筅，搅得手腕酸胀，仍不敢片刻歇息。茶汤逐渐起了浮沫，颜色由翠绿、奶绿过渡至奶白，好似盛着半盏雪花。我们在"雪花"上写字、画花。有人写下"春"字，再写下"空"字。有人画了桃花，再画绿叶，还有流水为伴。

"点茶"，盘点的是此时此刻的心境，看着盏中白雾、雪浪，好似看向水中月、镜中花。人生从来不是顿悟的过程，更多的是渐悟，需要时间、阶次的在场和参与。

当灯下回望白日里的点茶，席上妃红色的花枝，竟有重返山野自然的冲动，哪怕只闻一闻草木花树的气息也好。寄宿的旅店有日式庭院，灯下花树开得繁密，落花也繁密，雪瓣成堆，红蕊层层，好似时间脱下的锦绣外衣。

不舍得上床睡去，如此山中春夜，花也醒着，天地万物都在醒时，鸣虫的欢唱也加入进来。喝茶的时候，会听见落花声。抬头的时候能看见月。天心一轮，恰是满月辉光。更多的花藏在暗里，夜间看不真切，但还是想看。走走停停，只是绕着几棵花树走，又走回起点。树木开花，枝条隐去，只看见花。甚至花也隐去，只看见一片茫茫白雾。开花让花树变得更轻盈了，好像不是开在树枝上，而是开在无边的虚空里。如此想着，便觉得这夜晚很不真实，这庭院楼台很不真实，这繁花密林像是人为架设的舞台，观身观心如梦似幻。

回至屋内，灯下翻看陆羽的《茶经》，读到谈茶树实体，猛然一惊，"其树如瓜芦，叶如栀子，花如白蔷薇，实如栟榈，蒂如丁香，根如胡桃"，忽觉平常之于茶树的看见完全是盲见，似乎从没有真正地看见过它，更无法从千树万树中将它辨认而出。

明日便是径山禅茶第一片鲜叶洒净开采仪式，茶人来此山寺，大都为目睹此盛况。黑夜尽头，便是漫山遍野的茶园和茶花。采茶需郑重其事，点茶、献茶、喝茶也是如此，任何与茶相关的事都需虚左以待。山顶之上，便是茶园。茶园里除了茶树，不长别的树。据说，茶园里除了茶树，最好还能长些别的花木植物，比如清明草、映山红、樱花树、杨梅树、橘子树。

旅舍窗外站着一株东京樱花，夜色中，气味早于形色奔涌而来。不知明日清晨，推窗望去，将是何等胜景。我想象在那平畴沃野般的茶园里，如果开着这么一株花树，又是何等灿烂、明亮的景象。

这么想时，我抬头，再次看见檐上的月亮。

选自 2024 年 4 月 11 日《文学报》

慢人的形象：到底慢到何种程度

谢志强

　　就好像童年时代，我在塔克拉玛干沙漠边缘的绿洲，钻进密匝匝的沙枣树组成的围墙，看见一树一树的秋天的红苹果（现今已改良品种，称为"冰糖心"），硕果累累，眼花缭乱，不知摘哪个好。我在德国作家于尔克·舒比格的故事集《当世界年纪还小的时候》（四川少年儿童出版社）中，选了一篇《慢慢》。

　　选择的理由是：我这大半辈子，外力总是推动着我快快，而我的内心总是倾向慢慢。很多快的事儿，我发现，到了我这里转得缓慢了，甚至，不了了之，不做也罢。我是个慢人，越发喜欢慢生活了。

　　所以我看了《慢慢》，发现世上还有同类人，有过之而无不及，像蜗牛，慢慢。到底慢到何种程度？

　　给此书作序的是文学评论家刘绪源，题目也表达了他阅读的感受：喜欢得没法说。刘绪源"从心底里喜欢"此书，他表明"想要分析一番却无从下手"，但又能"真切地感受得到的人生体验"，他界定这是"稚拙的叙述"。我阅读的感受是，像垂钓一样，勾起了潜藏在心底的童年，那时，本能地持有万物有灵的思维和想象。那是我文学的源头。刘绪源说这部故事集"可以说是儿童文学，但也可以说不是"，"可以读给两三岁的小孩听，但大人也会为它着迷；其实真正能体验其中妙处的，还是有一定人生阅历的大人"，我有同感，这就是理想的儿童文学：老少皆宜。

　　凑巧，我读到当代俄罗斯作家兼学者叶甫盖尼·沃多拉兹金的访谈录《伟大的文学不是凭空产生的》（《世界文学》2024 年第 2 期），他回忆起童年的反复阅读，现在，他还反复阅读儿时最喜欢的文学书。他指出：它们不是儿童读物，因为当时也是写给大人看的。他得出了一个"奇怪的规律"：好的成人书籍，最终都会变成优秀的儿童书。

我的童年，读了很多大人的书，那便是我的"童书"，现在，那些童书照亮了我的来路。

看了《慢慢》里的慢吞吞的主人公，仿佛小巫见大巫，遇见了比我还能慢的一个慢人。其实，它写了这个主人公几乎一生的慢生活，而且是日常生活，日常生活里打开了他从小到老的慢生活。

所谓的日常生活，相当琐碎，无非是阅报、走路、看表、问候、恋爱。比如，阅报，让他去书报摊取一份报纸，他像蹒跚学步的第一步一样朝书报摊方向走，取回报纸，赶回来，75岁死在家里。作家舒比格采取极度夸张的文学方式写慢吞吞的主人公一生荒诞的错位——他与世界的关系，而这种关系仅维系在琐碎的细节上。进而把阅报推向极端：他不识字，因为要学认字，他得活1000岁才行。因为他是个慢人，妹妹长得比他快，他吃奶也慢，直到8岁才第一次吃饱。他的听觉反应也慢，妈妈问他早安，得在前一天晚上问候，那么，第二天早晨醒来时他才听到。

去与回，说与听，快与慢，言与行，在这个慢人身上统统错位。时间仿佛变形、伸长，他就这样"成长"。

《慢慢》是一篇小小说，其叙述的腔调是疑惑但又好奇，基调是吃不准，不断提问，又不断否定，像来回拉锯，还时不时地假设："如果""或者""可能"。临近结尾，可以发现这一切都在"我"有限的视角范围里，却也是雾里看花。

从开头"有一个人，他无论做什么总是慢吞吞的"，到临近结尾"谁想和这样的人住在一起呢？"而声明"我绝不，我和他一定不能同时做一件事情"。

"我"纠结，理性上否定这个慢吞吞的人，可感性上还是接纳，前边所有的叙述尽在"我"的关注之中，只不过，恋爱时，"我"走上了前台。

关注慢人的"我"，启动了恋情。开始即结束——也是故事的结尾。告别采取亲吻的方式，套用了此前"我"所见所猜的方法，像他的母亲问候早安，他想在"我"旅行起程时来个告别吻，"不管怎么样，我都得给他准备一个见面吻，这样他的告别吻和我的见面吻才刚好接上"。吻的时差彻底错位，因为慢的滞后。"接下来，等他感受到我的吻的时候，我可能又要离开了。"

"可能"，这种不确定、不可料贯穿了整篇小小说，也贯穿了慢人的一生，同时，也尽在"我"的视角范围内，有爱才关注。而慢造成了亲近与疏远、距离与时间的错位。夸张就像哈哈镜，映照出了有荒诞意味的人生。

在《当世界年纪还小的时候》这本集子里，我仿佛看到了"创世"神话，还"小"的世界，那个"小"世界里，一切皆有可能。其中有规则、有秩序、有逻辑、有方法，均为文学的假定。比如《狮子的吼声》，不是醒狮，而是濒死的雄狮，一声吼叫飞出，挂在了树上，终于挣脱返回，狮子已死，狮吼开始了寻找，而小老鼠放弃了自己的叫声，接纳了狮吼，小老鼠与外界的关系由此发生了变化。比如《柜子上的小孩》，使我想起了卡尔维诺的小说《树上的男爵》，都在一个物体上不愿下来，不过，一个钢琴师来调音，小女孩就从柜子上下来了，仿佛是一种人生的"调音"——改变了她的生活状态，同时，也改变了钢琴师的生活，他与小女孩的保姆相爱了。还有《听草长》，使我联想到刘亮程像呈现梦一样的作品。我把他的散文当小小说看，好作品就像创世纪，不必分类，看了像啥就是啥。现在，世界"大"了，可我时常感觉出世界的"小"。就如同日本的古典名著《伊势物语》中数百字的《露珠》，写了一对恋人的逃离，闪电中，女人看见了草叶上的露珠，而男人疾奔。当下是个快的时代，文学得保持"慢"的状态，慢下来，才能发现那易逝的露珠。那闪电照亮的露珠是文学应当发现的珍贵的细节。

选自 2024 年 8 月 9 日《文学报》

重构记忆的蝴蝶

蒋 在

或所闻或所感的来源唯有我自己；

又是在那里我发现自己更真切也更陌生。

——华莱士·史蒂文斯《胡恩宫中饮茶》

一、归去来兮

在国外生活了八年，如果按比例来计算的话，大约是我三分之一的人生，这个比例将会在岁月里越变越小。一些东西正在远去，一些东西也正在靠近。

现如今遇到一些英文单词，我会不自然地停顿和反应。英语这门语言似乎离我越来越遥远，记忆也变得越来越模糊，好像从此以后的我，分成了两个部分，这两个部分的经验无法交融，在年岁里逐渐变得混沌而复杂。

今年春节前，参加了在京举办的爱尔兰诗人爱丽安奈的诗歌研讨会。研讨会的标题是"语言的彼岸与野蜂的嗡鸣"。其间，树才老师问爱丽安奈语言的彼岸在何处，他说："我想关于语言，真的存在彼岸吗？如果存在，也许是以翻译或者阐释的方式存在的吧！大千世界，到处是马蜂的嗡鸣。"

"马蜂四处的嗡鸣"这个意象，让树才老师的话一下升华成一首诗。实际上，树才老师给人的印象，很像一个浪漫主义的化身，飘逸的中长发里带着不羁的银丝。或许是他精通多种语言的缘故吧，在异国他乡生活过的快乐和苦难，都呈现在了他的肌肤之上。是不是别人看见我也是同样的感受，看到我所经历的一切都写在脸上？

语言的彼岸，在爱尔兰的河流之中。爱丽安奈的话不禁让我想到，我的彼岸又在何处呢？在旧金山？芝加哥？温哥华？北京？还是在贵阳？我陷入沉思。她提及爱尔兰时，饱含着对那片土地的深情与热爱。而我这么多年一直辗转，没有足够的时间对一个地方进行过深的了解，或者说，我一直在克制这种探索。那些年，刚熟悉一个地方，对一个地方产生了感情，就又要离开。那些年，我熟悉了告别，习惯了离开。

爱尔兰，一个我从未去过的地方，我离它最近的一次是在英国旅行时。二〇一九年，我陪一位赞助牛津大学的朋友去英国，并收到牛津大学罗德学院院长伊丽莎白·基斯的邀请去参观牛津大学，出席当天的一个晚宴。那是我第一次踏上英国这块土地，也是我在二〇一六年获得牛津大学罗德学者提名后，第一次愿意回顾这段往事。那张保存至今的罗德学者提名证上写着：为世界而战，所有提名者，都将永远收录进罗德学院的历史档案中。它曾经怎样激励过我，又怎样使后来的许多时间黯淡无光。

来接我们的是罗德学院的一名工作人员，她领我们进了罗德学院二楼的一间会客厅里。进入房间，古老的陈设中，有书页散发出来幽幽地在岁月里泛黄的香味。木地板因为磨损出现明显的脱漆，有的地方则用暗红色的土耳其地毯遮盖住。房间里有一些人物的巨幅画像，虽已不记得上面画着谁，但是每次回想起这间屋子的时候，拿破仑挺拔的站姿还有他的那双皮靴，就会出现在脑子里。

房间里并没有开灯，好在落地窗透了一些光源进来。窗外阴雨绵绵，窗玻璃正对着的花园中心，硕大的、东倒西歪的麦穗样的杂草长得十分茂盛，像是根部缺失营养元素一样，枝条显得泛白且凌乱。

我在沙发上坐下来，那位工作人员坐到了我对面，她笑了笑，指着我坐的那张沙发说："这曾是曼德拉最喜欢坐的位置。"

她或许是开了一个玩笑，又或许不是，因为她还把我安排在了据说是克林顿和希拉里住过的房间里。这间房间在阳光宾馆（The Old Parsonage Hotel）

的顶层，是一间套房，厕所里面有一个漂亮的浴缸。床品、物件这么多年过去了可能会更换，我想只有这个浴缸，从始至终都在这里。的确，必须要这样庞大的一个浴缸，才放得下克林顿那高大的身子。

二、重构记忆的蝴蝶

虽然没有去过爱尔兰，但是我对它的风物并不感到陌生。克莱尔·吉根、科尔姆·托宾还有乔伊斯，他们笔下的爱尔兰虽然天寒地冻，但是清冽得优美而伤感。就像爱丽安奈形容的那样，那个彼岸宛如在水波之中。

第一个让我感受到一个国家的"哀伤"的，还是奥尔罕·帕慕克。在他的《伊斯坦布尔》一书中，无时无处不弥漫着一种悲凉的情绪，文字里处处响彻着他对整个国家的苦难的无法停止的恸哭。

记得二〇一五年，结束了在土耳其的古典学课程后，我与同学们来到了伊斯坦布尔。对我们来说，之前目睹的都是像以弗所的阿尔忒弥斯神庙那种类型的破败残骸，如今呈现在我们面前的是现代文明的冲击。我们一行人，住在一家离伊斯坦布尔的塔克西姆广场不远的青年旅社里。

一间十六人男女混住的上下铺房间，我选择了靠近窗户的上铺。房间里还有其他陌生人，大多是年轻男性。夜晚，屋内此起彼伏的鼾声，让我辗转反侧，当夜几乎没有睡着，凌晨一点左右窗外响起警笛，仍然感到昏沉。

五点，准时五点，我听见外面的大街上有人在做早祷。低沉的歌声让我变得清醒。他一边唱着，我一边为他计时。渐渐地，我沉入他的歌声之后，突然感到一阵眩晕。五点三十四分左右，几只鸟叽叽喳喳地在房间外的空调机箱上跳动。我爬起来，想清晨赶在太阳还未升起时在外走走。

出青年旅社右边不到六十米的距离，有一个加油站，顶尖挂着三面旗帜。中间那面是土耳其火红的国旗，已被风吹起皱褶，揉作一团紧紧地抱住了旗杆。以此来描述土耳其的破败似乎再适合不过。帕慕克忧伤地说过，世界已经忘记了伊斯坦布尔的存在。然而世界先忘却的不仅仅是这座城市，还有整个国家，不然又能有多少人记得，陨落在这片沉重大地上的古希腊。

来伊斯坦布尔，除看一些古建筑之外，就是为了来看纯真博物馆。帕慕克的纯真博物馆的馆址，在离塔克西姆中心广场不远的地方。在这个热闹、充满商业气息和政治气味的街道上，谁敢相信那座纯真博物馆，就掩藏在这广场主干道支离破碎的某条蜿蜒小路之中？远远看去，那栋楼房和周围的楼房没有任何区别，甚至只有很小的"纯真博物馆"的标识。这一点让我有些失望，或与对于"博物馆"三个字想象的那种盛大不相符。

或许土耳其就是这样的存在，这栋残败、歪斜的楼房，楼下停着的格格不入的红色老式轿车（不知是博物馆展览的一部分还是某个住户的车），它们逐渐在这种肮脏的、晦涩的街道里彼此交织，一点点变成历史这张巨大的织物里穿梭的一根线，变成时光这幅巨大的手工挂毯的一部分。帕慕克做到了：重构记忆。这栋楼，这本书，在多维度中容纳了自身，也融于历史和时间之中。

带着一本《纯真博物馆》，在一楼盖了打卡印戳，就能免票进入了。几乎所有语言版本的《纯真博物馆》，都留有盖上邮戳的方框。这本书，现在正放在我北京的家中，再翻开它，泛黄的纸页有一些蓬松，边缘的纸张相比中心要更陈旧一些。我很喜欢闻纸页的香味，可能是一种怪癖，阅读前，我会先翻开来闻一闻书的味道，也许是我更喜欢弥漫的感觉。如今，除了奇怪的特种用纸，即使不凑近去闻，凭手的触感也能熟知每一种纸的香味了。

现在，手里的这本《纯真博物馆》，闻起来是时间的味道，是我在这些年中辗转各地，从这里搬离到那里的味道。饭店的油污、我手上的汗渍、海水夹杂的咸味、风里布满的海洋生物的腥味、在不同的时期使用过的不同的香水味的混合，也成了时间这张巨大的织物里，穿梭的一根必不可少的棉线。

翻开《纯真博物馆》第七百一十三页，最下端加盖着一枚红色蝴蝶的邮戳，还有一些有微小锈点的地方，不知是不是某一次，我在海边看书时夹杂的沙子所致，还是某天写勾画时的笔芯断裂的铅粉，星星点点浸透在纸页上，成为某种天然的修饰。书页下方邮戳的蝴蝶意象，应该就是指故事里芙颂的蝴蝶耳环吧。我曾在小说《遗产》里也写到过蝴蝶，在故事里的那个房间进门处，能看见纱门上"用细小的铁丝绑着的紫色蝴蝶"。写下这句话，不知关于蝴蝶的意象，是不是从这枚耳环而起，以至于久久地盘旋在我的潜意识之中。

走进博物馆我终于看到了帕慕克对"美""少女"和"时间"的痴迷，让他在这个隐秘的阁楼里建造了他的王国，他记忆的多重宫殿。虚构的钟表、停留的指针、分针的指向，以及一楼那一个个做了标记摆放整齐的烟头，让我一次又一次将它与马尔克斯《苦妓回忆录》做出联想，《苦妓回忆录》中那位老人对少女的久久凝视，充满着扭曲、反复叹息、不幸与爱怜糅合的窒息之感。现在回忆起纯真博物馆，帕慕克盛放着的除了土耳其的缩影，还有一个少女所有的纯真：她完整又美好的子宫。

和土耳其相比，爱尔兰文学的悲伤不在时间，而凝固于凄美的风光之上。他们的语言，就像结上冰的河流开始一点点化冻、一点点开裂。你能很清晰地看到一点点化冻的水流过冰面，能听到微弱的融化声，风正在打开那个冰面下面充满着还没来得及冒上来，便被加速冻住了的气泡小点。春天总会有回声，正是走在蓝色的田野上的时分，花朵正开得茂盛，枝叶仍然停留在发芽时的生涩的绿色时段。黄昏时分，雨夜前夕，你看到托宾笔下的那栋楼，熄灭了又重新点燃的微弱灯火，正在等待一场乌黑而又肮脏的小雨。

三、千帆过尽

入选罗德学者奖学金的事发生在二〇一六年，距今已经过去八年了。这是我最不愿意提起的一段往事，然而随着年岁的增长，很多记忆逐渐淡漠了，现如今偶尔回忆起来，它曾经给我带来的愉悦，早就超过了它曾给我带来的痛苦。

七八年前，学业几乎占据了我百分之九十的时间，百分之十的时间留给了生活、偷懒和娱乐。写作的时间相反很少。作为一名留学生，我想大家应该对这些词不陌生：GPA、SAT、LSAT、RV、ED、EA等等。我们的整个读书生涯都在和这些词汇打交道，这些词以及它们背后承载的意义，让我们敏感、精神紧绷，像一只不停旋转的陀螺。

那些年，我们可能会更加优先考虑奖学金的多少，而不是学校排名、学校的教资等。正因为如此，本科至读研期间的所有学杂费，家里都没有出过钱，奖学金虽然解决了在外求学的重负，生活费用却需要在外面做兼职或者家教，以此减轻经济压力。

本科时我学的古典学，硕士念的是英语文学。到了博士，我又回到现当代英语诗歌的研究中。可以看出，我是一个一以贯之的纯文科生。其实早年，我从未想过学文科。高中的时候，我的物理很好，曾想做原子弹爆破与研究，数学老师看完成绩单，建议我去读药剂学。

药剂学。我对药剂学的想象停留在药房里配药，大大小小、琳琅满目的化学烧瓶，以及拿着病人的取药单勾勾画画。小时候我还玩过一款经营类的单机游戏《疯狂医院》，更加深了我对药剂师东奔西跑的记忆，游戏里总有一个棕黄色皮肤的医生，在各个房间里走来走去，游戏的医院广播里也总在叫喊：药房需要医生，药房需要医生。

后来我的化学、生物成绩平平，最终导致我并未顺利地走上药剂学这条路。继而，我又喜欢上了国际关系。接着，学国际关系的梦想在大二时又破灭了。当时，因为想选的课没选上，误选了一门非洲女性文学。上课才知道，教授在联合国儿童基金会任职，是一名生于乌干达后移民美国的黑人。结课时，我告诉了他我的职业规划。他说，首先，我的身高不一定够线；其次，即使在联合国任职，别人也只会称呼我为代表A或B、C、D，换言之，可能一直会寂寂无名。后来他说，你不如去选他的课，他是诺贝尔文学奖获得者索尔·贝娄生前的最后一位门生。

他推荐的这位老师，既是古典学教授，也是我们大学的校长。我手里至今保留着他写的关于索尔·贝娄的从未发表过的回忆录。回忆录里写到了索尔·贝娄的妻子，也是他们当时在芝加哥大学社会思想委员会读博时期的同学。他不时会提起他当年和那些人的交往，比如贝娄、布鲁姆和福柯，那真是一个群星璀璨的时代。他对我的影响很大。

成了我的导师后，他为我制定了一套在课堂之外的教学方案。那些传统的英语著作，莎士比亚、弥尔顿、乔叟的作品，包括《贝奥武夫》他都硬生生地要求我啃下来，甚至有的段落需要背诵。他曾对我说，东方的经典靠你自己去读，西方的经典靠我们学校的老师们来教给你，他当时还用了一句东方的成语：如虎添翼（a tiger with wings）。的确，他计划的蓝图，让我前所未有地认识到了全然不同的世界。

选自《江南》2024 年第 4 期

人生几度秋凉

钱红莉

下了一场透雨，草丛中油蛉的琴音被洗得清澈。

虫鸣醒耳。夜深，小精灵的鸣叫，一如繁星倾盖而下，又好比太平洋掀起海浪，一波涌过一波，浩浩汤汤，永无止息。真的是秋夜了，像有人在值守打更，唧唧唧，唧唧唧……唧唧复唧唧……令熟睡的人在梦里有所依傍，世间忽然有了安稳。

虫吟，也算万籁之一了吧，这一声声，绵延着一声声，将秋夜拉得漫长。

邻居后院，遍植藤本月季，还有两棵树，一株山楂，一株枣，挂果密集，郁郁累累。山楂渐红，枣犹绿。

一场秋雨一场凉，秋叶遍地了。

樟树落叶最凶。风来，叶如急雨簌簌，枯黄，深黄，铭黄，浅黄，焦绿，杂糅一地，是小提琴拉出五彩斑斓的音符，踩上去，酥脆的微响，被梦托住了双脚那么柔软轻盈。

落叶人何在，寒云路几层。天上的云变得疏淡，离人间远了。

立秋这节气，直如一声惊堂木，啪一声，令地球一激灵，自仰角腾挪至平角，躲过了烈日暄暄，到底让人舒出一口气。这一口气里，也是一夏的苦厄负累，仿佛苍老了十岁。

喜欢去居所附近的荒坡沟渠间漫步。

几日不见，香蒲抽出锈褐色蒲棒，隐在幽绿叶丛中犹如一支支魔法棒。当芦苇吐出花絮，白露为霜的日子不远了。你看，被《诗经》所浸染的一代一代人，到底活出了诗性——纵然身居都市，少见霜露，但我们也一样拥有着自然的记忆。

水杉、垂柳渐瘦，木芙蓉开了三两朵……忽地"唧"一声，一只乌鸟利剑一样蹿出老高，隐于青天再也不见。

世间万物坐火车一样轰隆轰隆往前去了，也像众人急迫赶路一如大军压境。一切都是仓促的，不容商量的，开花的开花，落叶的落叶，结果子的结果子，枯萎的枯萎……反衬于人心，不免有悲意。下意识里，渴望登高望远。

置身一马平川的江淮平原，委实无高可登。

去家一公里处，有一山坡，好比李商隐笔下的"乐游原"。

向晚意不适，驱车登古原。自搬来西南郊，这一爿山坡渐已成为我精神层面的长安，也是我的乐游原。

坐在高高坡地上，吹着凉风，如晤如对的，除了哗哗啦啦的白杨，便是沉默着的一年蓬、野牵牛、马鞭草……被甘甜气息氤氲着，肺腑肝肠里遍布旷野的醇香。

三四百米处，有如喧嚣市集，小贩们各自挂一只小喇叭，兜售各样秋果，葡萄、青提、秋梨、黄桃……抓一把空气，也是甜的，有着沉甸甸的质感。

昨日大雨中，一名男子独自在雨幕中守着一车火龙果。一把伞面积有限，顾着了水果，却遮不住自己，他的后背尽湿。小喇叭不知疲倦循环往复：火龙果便宜咯便宜咯，十块钱七个，十块钱七个……众人急雨中赶路，男子分外孤单。

一夜秋风起。菜市也有了不同。

莲蓬渐枯，起了秋意，莲子粒粒可现，苍老的古铜色系，适宜买回几枝插瓶。枯有枯的美学，老有老的意蕴。

菱角由乌紫转为黑褐，是脆甜过渡至粉糯了。芝麻苋结了籽实，口感大不如前了。最遗憾，要数丝瓜，渐有苦意，炒熟盛碟，一忽儿由青绿转为黑褐。

真正的秋天，是从丝瓜的苦味里开始的吧。南瓜，则愈老，愈甘甜。

吃过了曹丕笔下的浮瓜沉李，又迎来新一季栗子登场。秋风徐徐，这日子真是不经过。

挑一斤栗子的当口，不禁有些感伤，转眼中秋迫在目前。岁月荏苒，时如白驹过隙。无非感念，光阴虚度，一事无成。

盛夏时节，人被烈日追赶着无暇他顾，连走路也是低头急迫的。

现在不必了，周身凉润润，骑行于湖畔，放缓车速，眼前一湖碧水，玉一样透明纯粹，倒映天空之蓝，涟漪如绸缎，不要摸，也是滑凉滑凉的。

转眼黄昏，夕阳西下，众鸟归林，行走于一条人工河边，目送晚霞归山，直至夜色将至。当秋月盈窗，秋虫醒耳，一如众神驾临，人世又稳了一层。

古谚云：立秋分早晚。

秋风顿凉。人在秋风中走着走着，渐渐地，心有远意……想给故人写封信。

秋凉堪思君。

辗转再三，惆怅复惆怅，无以落笔。

一位未曾谋面的作家朋友旅行途中，乘车路过我的城市，她拍一张站台相片告知于我……一座城，"链接"起两个人，也算际遇一场。

这绸缎般的秋天，远方的人，去了远方……

选自 2024 年 9 月 5 日《文学报》

在曼彻斯特

崔玉松

一

那段时间，曼彻斯特是我最牵挂的地方。

这个在地球另一端的城市突然间好像变得很近，好像就在公交车的下一站，好像我一出门，它就会扑面而来。

记得是八月，在英国曼彻斯特大学读研究生的女儿说，论文已经上交，有一段时间空闲，她突然就想我了。

当然就请假、办签证，开始准备出国的东西。袋装饵丝、米线、单山蘸水……女儿说，不用买，在曼彻斯特待不了几天。想了想，还是买了一些，不管几天，总得让女儿吃到她心心念念的味道吧。

在机场，遇到了一个男孩，登机箱放在面前，低着头玩着手机，一看就是中国人，我赶紧搭讪。对于一个没有出过国还不懂外语的人来说，像是抓住了一根救命稻草，终于有个可以帮我说话的人啰。不知道为什么，突然离开自己熟悉的土地和自己的语言，在那个金发碧眼的环境里，说的欲望反倒变得如此强烈，我在登机口无数次想过，是不是一个人离开了语言和说话，真的会变得无处安身？

还好，这男孩就是曼彻斯特大学的学生，他说他高中就在国外留学，来来回回已经熟悉得像回家一样了。听我说去看曼大读研的女儿，自然热情客气。我长长松了口气，像是突然又回到了这个世界中来，赶紧给女儿发微信，说，不用担心了不用担心了。

顺利上飞机，长途飞机可以充电，可以连 Wi-Fi，该吃吃，该睡睡，该看电影看电影。身旁坐着两个香港女人，化着精致的浓妆，也不说话。后座的一个婴儿一直在哭，哼哼唧唧，没完没了，我和身边的女人们习以为常，孩子嘛，有什么不能容忍。

十六个小时的时间并不十分难熬，快到曼彻斯特的时候，空姐开始发入境卡，男孩问，要不要他帮我填？我抽出女儿填好寄给我的卡片，说，我女儿早帮我填好了。他接过去看看，说，阿姨，你女儿真细心。右边的座位上坐着一个中国男人，带着俩孩子，听我们说话，忙过来搭腔。问我去曼城干吗，又夸了夸我女儿。我指着那两个孩子问，你家小孩？他说，是的。又指了指前排，说，我媳妇那儿还有两个。我一看，见两个小孩靠在一个睡得正香的女人旁边，笑笑，问，你们在英国定居？他说，是的，十多年了。说话间，飞机已经到曼彻斯特，孩子们早把背包背在身上，叽叽喳喳等着下飞机。

那个男孩很负责，并没有随着人流走远，一直跟在我身边，我知道，他是怕我过关的时候，听不懂海关的盘问。

曼彻斯特海关好慢啊，英国人的工作效率实在不敢恭维，本国客人那边走了一拨又一拨，外国客人这边还排着长长的队。我赶紧给女儿发微信，说，到了，等候过关，海关太慢。女儿回，没事，他们就这样。一个多小时后，终于轮到我了，我忙把女儿准备好的学生证、入学通知以及写给海关的信一并交给工作人员。

那人很认真把女儿的信读完，一句话没问就让我过了海关。我等着那个男孩一起出关，下了电梯往出口走，一眼就看见女儿了。

她坐在地上玩手机，根本没看我们，我喊了一声，女儿抬起头，朝我"嘘"了一下，接过旅行箱，我们一同谢过同行的男孩，告别分手。女儿问，早点想吃什么，我问，到曼彻斯特要多久？女儿说，二十多分钟。我说，回去吃吧。女儿说，那好，我们赶火车吧，错过这趟要等十分钟了。

曼彻斯特的火车站又小又旧，我有些不习惯，女儿说，英国的地铁、火车站好多都已经上百年的历史了，在这里，大多数建筑只能修，不能重建，修修补补一直在用。我没再问，其实，旧东西也有旧东西的好，有历史，给人一种安稳的沧桑感。就像一个老奶奶，虽然没有年轻女孩的青春貌美，却多了一份沉稳和慈祥。

老曼彻斯特，正在向我露出它慈祥的微笑。

火车站旧，铁轨也旧，火车不大，却非常方便。火车票买了以后，一天之内有效，不受时间限制，坐哪一趟都行，根本不用为赶火车忙得昏天黑地。火车上也很少有人查票，也似乎很少有人逃票，买票坐车已经成为习惯。英国的火车票并不便宜，当然，这是与国内收入相比，二十多分钟的车程，三到四英镑，折合人民币三十多，如果到伦敦，就该要七八百块人民币了。

二

我的到来，女儿更忙了，收东西、转卖、处理学业上的事，更重要的，是带我看看曼彻斯特。

逛街、看景之余，我和女儿都会买一些食材，回屋做饭。曼彻斯特的唐人街是英国第二大的唐人街，也是英国北部地区最集中的华人社区，仅次于伦敦唐人街。不过，曼彻斯特唐人街的楼牌比伦敦唐人街的还大，标准的中国建筑，二柱一间三楼不出头的牌楼，斗拱、额枋、牌匾一应俱全，雕龙画凤，金碧辉煌。红红的灯笼挂满了整个中国城，这些中国元素在英国的呈现，是海外华人对祖国的思乡之情吧。中国城里，中国超市、中国餐馆、商店、理发店、中医诊所等等，种类繁多。

离女儿租的公寓不远，也有几家中国超市，比中国城里的大，大多数时候我们就在这里买食物。大米、辣椒、豆腐、汤圆，甚至螺蛳粉、方便面都有，最有中国特色的还有大白菜。大白菜只有中国超市才有，英文名字叫"中国叶子"，大白菜按颗卖，1.75英镑一颗，算算，十五六块人民币，实在是我这一生中吃过的最贵的白菜。

三

我们在城里到处溜达，曼彻斯特的大街小巷都是十八世纪工业革命的痕迹。古老的红砖房，老旧的铁轨，运河街铁路下另类的仓库式酒馆，那些停在河边的轮船……

其实，我最想去的地方，当然是曼彻斯特大学。

学校非常安静，这座一百九十多年历史的学校跟整个曼彻斯特一样，古老与现代并存、历史和新潮同在。古老的校舍、礼堂上挂满了爬山虎，各种颜色的灯笼花、秋海棠、天竺葵开得正艳，一滴一滴从花瓣上跌落的水珠让它们变得有些羞怯，它们垂下花茎，水珠落到叶片，慢慢掉到地上，迅速消失在地上，积成一汪浅浅的水塘。

这里是英国的六所红砖名校之一，英国"常春藤联盟"罗素大学集团创始成员之一，是享有国际声誉的综合性大学。2017年"QS世界大学排名"中，位居英国第7名、世界第34名；"THE世界大学排名"中，位居英国第8名、世界第54名；在2017年世界大学学术排名中，位居英国第6名、世界第38名。有25位诺贝尔奖得主，其中有三位诺奖获得者是这里的任职教师。这些，在女儿选择学校的时候已经查过，也是她同时收到布里斯托、格拉斯哥的offer时，做出选择的原因。

其实，曼彻斯特大学更多的校舍散落在曼彻斯特这座工业城市里。这里是最早的校舍，这座两百年前的古老建筑，成了曼彻斯特大学的标志。

我对古老校舍感兴趣，女儿却指着那些现代化建筑介绍里面的功能设施。人老了就喜欢回忆，年轻人总是向往现代，或许我们要做的就是相互帮衬相互融洽吧。

回去的路上，女儿有些伤感。不管怎样，这段生活将是她生命中最美好的回忆，也是她迅速成长的一个过程。

四

所有东西收好，论文已经审核通过，是该走的时候了。

女儿并没有丢下我去跟同学们狂欢告别，她说，走的都走了，没有走的这段时间也常常在见。告别，没有必要了。她的同学来自世界各地，很多人，一别就是永别。

走的那天早上，同屋的朋友还在梦中，我们没有叫醒她。

为了省钱，女儿买的是廉价航空，飞机不大，不是很舒服。但因为女儿的陪伴，一点儿也不觉得累。女儿出国这么长时间，此刻，踏踏实实靠在我身边，我觉得，那就是一种幸福。

选自《滇池》2024 年第 8 期

仪　式

周华诚

元旦：桑

一月一日在乡下。乡下阳光清亮。天未明有鸡啼，于是又睡一场。上午推窗见白霜遍野。无风，树木都如画上一样默不作声。这时清亮的阳光从栗树枝头落下，我在屋外篱笆边坐着，暖意融融。读一本书，是周作人的《药味集》。

薄薄的小书，适宜闲读。母亲摊晒了两匾树叶，灰黑的，已经干了，我也看不出那是什么。我就坐在那里继续读书。周作人在这个集子里，有一篇《野草的俗名》，引起我的兴趣。文中写到几样野草，和我家乡的相近。有一种"官司草"，孩子们拿来斗草，断了的人就算输。这种斗草游戏，犹如打官司，是双方力量的角逐。在日本，也有同样的玩法，而孩子们称那种草是"相扑草"。

手边一缸茶，是母亲自匾中取了两片树叶泡的。茶水漾着白雾，热乎乎地喝下，有着甘冽的口感。母亲说，这是桑叶茶，你喝喝看。你不是说嗓子不适吗，这桑叶泡水喝很好。

村庄中原有大片桑田。往年养蚕的人多。桑田对孩子们最大的好处，是桑葚成熟时可以钻入桑林，吃到不想吃再出来。后来那些桑树大部分被砍掉了，这不意外，无非是养蚕效益不好。村庄田野中还大规模地种植过白菊花，小雏菊一样的白菊花。它开花的时候，采摘后熏蒸的时候，全村都飘荡着白菊特有的清苦的香气。然而那一年，大家花费很多力气种植、采摘、熏蒸、摊晒，做好的白菊花却无人收购，最后倒掉了。房前屋后和沟渠边上，一地一地的白菊花。

我也采过桑叶。帮养蚕大户采桑，一筐桑叶五分钱，还是一毛，忘了，拿到一点零钱，可以到代销店里换糖吃。

古诗里经常可以见到采桑的句子，最有名的，是一个叫罗敷的采桑女。她可实在是美女啊，"耕者忘其犁，锄者忘其锄"，我要是遇见她，也会一头撞上电线杆的吧。然而这样美丽的采桑女，也只会在文人笔下，在诗句当中出现。若去真正的桑田中寻找，怕是找不到的，直到沧海桑田也不行。

我有一位四川的朋友，姓桑。这姓有诗意。

乡下这几天很寒冷，万物经霜一打，就蔫了，枯了。丝瓜的藤，葡萄的藤，都瘦成了国画里的枯笔。地里的白萝卜，未及时采回，露出地面的一截就冻成冰碴，太阳一照又解冻，这半截萝卜就熟了，不堪吃。地下的半截，倒还可以收回来。青菜却不一样，经霜的"高梗白"，是愈加甜了。

桑树还有一些。霜后的桑叶在枝头挂着，手一碰簌簌作响。母亲采了回来，井水里清洗干净，就放在竹匾上晾晒。我把这一杯桑叶茶水喝完，再泡，再喝完，再泡，一本小书却还没有读完。

霜后的桑叶是好东西，泡水喝，清热止咳。枇杷叶也是好的，我小时候喝过。

七月七: 焐酒

大暑将至，父亲在家焐酒。荞麦酒纯酿，出酒一百六十斤，装了四坛。

夏焐酒，冬来喝。酒要存一存才好。其中两坛，我想最好存它五年十年。以后，每年焐酒，每年存起来，存的时候，搞个封坛仪式。以后，我是说譬如明年吧，可以接受大家定制，新焐的酒，坛子小一点，十斤装；来五六人，写字弹琴，自己写的封条，丁酉年丁未月丙午日，写好，贴起来，搁在我家后院。每年封一次，每年启一次，都过成节日，聚饮。啊呀呀，就这么想想，忍不住要醉。

大忽兄说，最好，还要有一棵芙蓉花，埋坛酒在芙蓉花下，岂不妙哉。

当然好。我家不缺芙蓉花。大理小云又出主意：种棵桂花树，埋坛桂树下，八月桂花落，满院桂酒香。好。我家不仅不缺芙蓉花，也不缺桂花。梅花、桃花、梨花、柚花、杜鹃花、百合花、山莓花、板栗花、石榴花，都有。每株花树下藏一坛，四时花开，日日有酒喝。

此事可为。我藏好酒，就等大家来喝。在北京的编剧先生牛凳说，这件事有意思，有念想，常相聚。行，既然大家说有意思，那就先约起来。开轩面场圃，把酒话桑麻。山气日夕佳，飞鸟相与还。待到重阳日，头戴一枝花。你帮我割稻，还来就菊花。

重阳：桂花饼及其他

今年桂花开得迟，刚零星闻到桂香，朋友就要带我去吃桂花饼。

但是这个桂花饼要吃到不容易，须得去浙西衢州，一个叫杜泽的古镇才有。桂花饼乍看起来像个馒头，里面却是空心的，只有薄薄一层，桂花撒于饼内，一口咬下去，饼层松脆，又香又甜。别看这饼小巧轻飘，里面还是空心的，却让人吃得欲罢不能，还是当地的非物质文化遗产。

于是，这个秋风乍凉的午后，我在杜泽古镇的老街上，吃到了这一道时令的美味。这是一条历史悠久的老街。古时，杜泽乃浙西衢州往杭州建德的必经之地，到明末清初时，文人辈出、商贾云集，甚是繁华。杜泽小镇上，形成了39条街巷交错的格局，有"千户烟灶万户丁"之称。而今，这些老街穿越历史时空留下来，前些年，当地政府按照修旧如旧的原则进行改造，既保留了原有的建筑风貌，也保留了原住民的珍贵的生活样貌。

做桂花饼的店，叫"谢继桂花饼店"，男主人谢志雄做饼已近二十个年头。他开店的老房子已有一百四十多年历史，前店后作坊，有电烤炉、吊炉，也有土炉，生产实现了半机械化加工，除了桂花饼，同时也制作出售鸡蛋糕、麻酥糖、小酥饼、芙蓉糕等糕点。据说，单单桂花饼，每年就要卖一百多万个。

谢志雄生于老街，长于老街，他的日常生活，便是这老街的一部分。他的桂花饼，也是这老街的一部分。桂花饼属于衢州月饼中独具特色的一种。从清末开始，镇上的人就在中秋节送桂花饼、吃桂花饼。

前不久，据说有网友来此打卡，买得此饼回去见是空心饼，还大为恼火。哪里知道，这桂花饼的特点，正是其空心。这"空心饼"是如何做出来的？我们一边喝茶、吃饼，一边听老板聊天，知道了很多秘密——桂花饼虽然是空心，亦是有馅、有皮的。馅是由面粉、白糖、干桂花、麦芽糖调制而成。把馅包到饼皮里，再把饼扔进一匾芝麻堆里，匾筐左右摇晃，让饼面沾满一层白芝麻。然后上炉烘烤。"空心饼"的秘密就在这里——在水分和温度的共同作用下，饼皮迅速膨起，上下饼皮分开，形成空心。高温下的桂花，香气裹挟糖浆，在中空的饼内左突右撞，却又始终封闭其中，成就了独具特色的桂花饼。

走南闯北许多年，但这样的桂花饼，除了杜泽，我还真没有在别的地方遇到过。而在老街停下脚步，坐下来喝一口茶，听老街人讲讲他们的故事，是老街能提供给当下的生活至为珍贵的部分。

跟谢志雄一样，这条老街上的很多手艺人，天天都在老街出没。打铁的、理发的、用麦芽糖做糖画的、廊亭里说书的、卖馄饨的、卖灌肠的，他们是这老街的一部分。难以想象，如果这一条街上缺了他们，老街还有什么意思。

譬如说，街上有家宝仙手工馄饨，已经开了四十四年。主人宝仙阿姨现在年纪大了，依然是每天早上三四点就起来做馄饨皮了，所有馄饨皮都是当天亲手擀的。白天有客人来吃馄饨，宝仙阿姨一律现包现煮。刚煮出的馄饨皮薄如蝉翼，汤汁鲜美，很多年轻人都是排着队来这里打卡一碗馄饨。朋友说，不知道宝仙阿姨二十来岁的时候，是怎么一个情形，一定有着许多美好的故事吧！20世纪80年代的老街，一间小小的馄饨店开张，一个年轻姑娘的生活故事从这里展开，想想看，这是怎样一部怀旧电影呀？

再譬如说，老街上还有很多家灌肠店。灌肠，名字听起来有些霸道，但事实上也是老街的一道美食。杜泽的灌肠分为两种：一种用石磨将米磨成浆，用盐、生姜、辣椒等调料配好，灌入猪肠内，称之为米浆灌肠；另一种，是将糯米直接浸入调味料里，再灌入猪肠内，谓之糯米灌肠。喜欢爽滑的就吃米浆，喜欢嚼劲儿的可选择糯米。煮好的灌肠，一段一段扎成滚圆的模样，浸在红通通、香喷喷、咕嘟咕嘟冒泡的卤汁里，香气飘荡在整条街上。饥肠辘辘的游客闻到这个香，没有人能抵挡得住它的诱惑。尤其是秋冬季节的凉风里，捧一段热乎乎的灌肠边走边吃，真是一种温暖的享受。老街上，卖灌肠的店也特别多，水仙灌肠、土花灌肠、黄明灌肠、玉仙灌肠，一店有一店的风味，一家有一家的秘方，口味略有差异却都好吃。在这条老街上，许多人吃着这样的灌肠，忆起自己数十年前的故事来。卖灌肠的人，也跟随着老街一起变老。他们的身影几乎是与老街的身影重叠在一起的。

再譬如说，这老街上还有酒坊、糖坊、染坊、豆腐坊、药铺、旅店、丝线店、烟店、杂货店，哪一家没有一点故事呢？这样的故事，随随便便一说便是几十年的时光，随随便便一说便是两三代人的光阴；既有令人唏嘘不已的变迁，也有叫人感动落泪的细节，有风起云涌的时代背景，也有日升日落的平淡日常。一条老街，细心收藏了多少的人世悲欢，也轻轻抚平多少的岁月沧桑。

所以，当我们走在这一条老街上，其实是走在老街人的生活里。如果说老街有灵魂的话，他们就是老街的灵魂。

古镇也好，老街也好，这些年可真多，简直是遍地开花。什么新建仿古的老街、旧底子翻新的老街、不老不新的老街，形形色色，热闹一时，而其中昙花一现的为数不少。深究一下，不过都是徒有其表而已———原住民都搬走了，过去的生活记忆都拆掉了，烟火气息都抹去了，所谓的老街，还能留下什么？不过是虚假的风景。

老街一定得是"活"的才有味道，才能勾起人们情感的共鸣，找回记忆中的乡愁。在杜泽老街上，听说还开了一家池畔酒吧和玉露茶舍，主人是一位年轻的姑娘，她的店也吸引了一批年轻的客人。是这样的，老街的记忆，终究是属于那些努力追寻美好生活、不让一日枉过的人。老街其实不老，街上人的面孔，是构成老街的集体记忆。也只有这样，老街才能够传承讲述新的故事。

十月十：丰收

十月十是个什么节，我搞不清，母亲说也要打麻糍。网上搜了一下，十月初十是壮族的"新米节"。这倒是很有意思的。我们以稻米为主食的地区，很有必要复兴"新米节"这样一个节日。万物生长，秋天稻子成熟，收获之后第一件事应该是共尝新米，同时对土地表示感谢。"父亲的水稻田"新米收获，通常也会在第一时间与稻友们一起，品味新米的香气，分享这一份收获的快乐。

有的地方，十月初十是把糯稻在七八分成熟时收割回来，在热水锅中过一下，晾干春壳后，用手捧着吃。这时候的糯稻，呈新鲜的碧绿色，有强烈的新稻香。这叫作"吃扁米"，也是壮族的风俗。

但是我们老家这儿，十月十是什么节呢——原来从我们村口开车十几分钟，到达邻市江山的大陈乡，此地有个"麻糍节"，已入选省级的非物质文化遗产名录。因为距离相近，我村许多人常常去大陈抓猪崽、买肥料，或者赶个集，日子长了，两地同俗。每年十月十的"老佛节"，据说已沿袭数百年，起源于民间秋收后，农人庆祝丰收、祭拜天地神明的仪式。看来，这也与遥远的壮族的新米节风俗大致相同。大陈的"老佛节"上，按照传统仪式，家家户户都要摆酒席，还要扛着神像游街，也要打麻糍，众人分享。后来，许是嫌"老佛节"的名字有些封建意味，当地人把十月十定名为"麻糍节"。每年这一天，农人们自筹资金、自导自演，搞一台晚会。很多外地客人都会去参加活动，热闹极了。

我觉得，还是把十月十叫回"老佛节"好一些。要不然，以后大家虽然知道是要吃麻糍，而为什么吃麻糍，却不甚了了。虽然如今，过年、端午、中秋、冬至或是任何平常的一天，人们都可以打了麻糍来吃，但是因为意义的不同，麻糍便也有了不同的滋味。

上元：花灯

元宵节似乎无处不张灯，家乡衢州的元宵灯会十分盛大，我在衢州工作时参与采访，至今印象深刻。明人张岱，在《陶庵梦忆》中有文字记述绍兴龙山放灯的情景："山无不灯，灯无不席，席无不人，人无不歌唱鼓吹。男女看灯者，一入庙门，头不得顾，踵不得旋，只可随势，潮上潮下，不知去落何所，有听之而已。"

绍兴的元宵灯景，在明代知名海内，是因为此地竹贱、灯贱、烛贱。因成本不高，家家都能制灯、张灯，穷檐曲巷无有不张灯者。十字街头还挂大灯，上面画着故事图画或写着灯谜，供人猜赏。游客接踵摩肩，可见其灯会之盛。

杭州的元宵灯会也不逊色。正月十五前后张灯五夜，在元宵前，灯市即开，出售各色华灯，其像生人物，则有老子、美人、钟馗捉鬼、月明度妓、刘海戏蟾之属。花草则有栀子、葡萄、杨梅、柿橘之属。禽虫则有鹿、鹤、鱼、虾、走马之属。其奇巧则琉璃球、云母屏、水晶帘、万眼罗、玻璃瓶之属。而豪家富室，则有料丝、鱼鲵、彩珠、明角、镂画羊皮、流苏宝带。品目岁殊，难以枚举。元宵节时，好事者或为藏头诗句，任人商揣，谓之猜灯。或祭赛神庙，则有社伙鳌山，台阁戏剧，滚灯烟火，无论通衢委巷，星布珠悬，皎如白日，喧阗彻旦。这些情景，也都记在田汝成的《西湖游览志余》中。

苏州城中的灯会，当然也是热闹非凡。《清嘉录》记，元宵节夜晚街上"连肩挨背，夜夜汗漫"，时人有诗为证："一灯如豆挂门傍，草野能随艺苑忙。欲问还疑终缱绻，有何名利费思量。"

然而，就我的经验来看，各地的花灯虽盛，夜晚观之效果颇佳，而多经不起白天的细看，因花灯的材料不佳，或制作过程并不甚讲究。花灯制作至为精美者，当属仙居皤滩的花灯。

皤滩古镇的老街保存完好，一个雨天，我与友人在老街行走，游人不多，街巷宁静，而旧日时光在想象中喧闹起来。可以想见老街从前商业繁荣、人流如织的情形。无意中步入老街的一间老屋子，发现里头张灯结彩，竟是一座花灯的博物馆。这花灯又叫"针刺无骨花灯"，细细观来，其外形精巧秀丽，最为独特的是，花灯是用纸制成的，而纸面布满细细密密的针眼，花灯的光，竟是从这针眼之中透出来。一盏花灯，玲珑剔透，轻盈无比，惹人怜惜。

在台州，人们有一句俗话："临海的城，仙居的灯，黄岩乱弹呀呀声。"可见皤滩无骨花灯的名声与地位。我们在老街，又见到了花灯制作技艺的传人王汝兰。老人家带我们看她制作的花灯，讲起花灯的故事。这种无骨花灯，自唐代便有了，却在一段漫长的岁月里几近失传。原因并不复杂——在吃不饱饭甚至生存都不安宁的年代，哪里有人以这样的闲情去惦念几盏花灯呢。别看花灯虽小，一盏灯的制作几乎要花去大半年的时光，只因为那灯内部并无骨架，纯用纸张粘贴而成，而纸上的花纹图案，是一针一针地，用绣花针刺出来的。最小的绣花针，只比头发丝稍粗一点儿，长度也只有一厘米。这样的针，拈在指尖几乎轻若无物，而放在水上，居然是能够漂浮在水面之上的。

这样的花灯，制作过程实在叫人赞叹，却也叫人感到莫名惆怅。物至极美，竟要耗去人生的多少光阴。不忍，不忍。作家毕淑敏在观赏皤滩的花灯之后，也怜惜这花灯本身——"千百万次的伤痕，加上心中光焰，组成人间绝美图案"。

元宵之夜的花灯，实是人们对于美的陶醉，对于生之热爱。"有灯无月不娱人，有月无灯不算春。春到人间人似玉，灯烧月下月如银。"这是唐伯虎的《元宵》之诗。而遍读元宵灯会的诗词，亦是字字句句璀璨明丽，在历史的幽暗的时空里，元宵的花灯一盏一盏灿若星辰，看灯之人如流如织，将美之热烈、生之热爱，在一场热闹的灯会里传达出来。

选自《草原》2024 年第 3 期

冬眠的人

钱佳楠

即便在四季都阳光灿烂的南加州，冬天也令人抑郁。调整为冬令时后，下午四点半，天就全黑。可能是疫情催发了人对孤独的感知，这漫漫长夜，寒意逐渐侵入我的肌肤、骨髓和内心，禁不住想，要是人也能冬眠就好了，一觉起来，春回大地，万物复苏。

几年前，在圣路易斯的公园，看到一座熊雕塑的说明："很少有动物像熊一样兼具人类的恐惧和喜爱。"确实，不过我也觉得，倘若熊不冬眠，肯定会失掉一半的粉丝。正是因为冬天要躲进山洞睡大觉，熊显得慵懒、亲切，甚至令人羡慕——我们人类还得每天一大早爬出温暖的被窝，上学的上学，上班的上班。童书和动画片里有无数的淘气鬼去骚扰冬眠的熊，更让熊成了我们同情的对象，即便自然界的熊非常凶残。

如果说小孩子渴望冬眠只是因为渴望舒适，那么人到中年之后对冬眠的情感就显得颇为复杂。美国大诗人罗伯特·弗罗斯特（Robert Frost）在四十岁的时候写过一首长诗《摘苹果之后》（*After Apple-Picking*）："我那两端尖尖的长梯穿过树叶，/ 刺向天堂，/ 脚边有只没装满的木桶，/ 还有两三个苹果 / 挂在枝头，没有摘。/ 但我已干完这差事，/ 冬眠才是夜晚的主调，/ 苹果的香气让我瞌睡……"中文资料把解读的重点放在这首诗的出版时间：1914 年，一战爆发初期。于是，这首诗就成了敏感的诗人嗅到了欧洲未来的动荡不安，更加怀念平和、安静的乡村景象。这很可能是过度重视时代背景的我们的误解，我翻了好几本美国大学的诗歌教程，都没有看到如此类似的诠释。须知，收入该诗的诗集于 1914 年出版，这首诗很可能写于之前。再者，诗中明确地表明："我已摘了太多的苹果，／我曾经如此渴望的收获时节／如今反而让我身心俱疲。"这不是对乡村生活的留恋，而是中年人常有的对生活本身的倦怠，仿佛是西西弗斯日复一日推石上山，就算自己仍然相信年轻时赋予巨石的意义，这个时候身体也已经感到疲累。身体的疲惫会不会触发长期潜伏的精神危机？这种精神危机究竟有没有出路？诗人没有十足的把握，正如在诗的尾声，他不能确定自己需要的"冬眠"是"人类的睡眠"还是像田鼠那般的"长眠"。

我最钦服的描述"冬眠"的作品是 2014 年土耳其导演努里·比格·锡兰（Nuri Bilge Ceylan）的同名电影。电影的拍摄地卡帕多西亚在现实中是一个旅游胜地，最有名的是月球表面般的奇岩景象以及天空中五彩缤纷的热气球。然而，在锡兰的电影里，这里成了与世隔绝的乡村，寒冷、荒凉、绝望。每一个住在这里的人似乎都患上了一种盲症，就好像他们的双眼都被茫茫大雪遮蔽了。步入暮年的前戏剧演员艾登看不到自己的虚伪和道貌岸然，艾登的年轻妻子看不到自己的怯懦和天真，艾登的妹妹则看不到自己的嫉妒和毒辣。

但这似乎是真的，人一旦进入某些年岁，就陷在了自我构建的"形象"里，相信自己是好人，相信自己所做的一切都有正当的理由，或许只有这样，人才能继续跟错漏百出的自己相处下去。在电影中，艾登相信自己的富裕全来自早年的辛苦打拼（不提旅店和房产是从父亲那里继承所得）；穷人之所以穷是因为他们懒，不够自律，连仪表整洁都做不到，所以艾登不会容许自己的财富被这群"小偷"染指。他表面上关心妻子的慈善事业，说不希望妻子受骗，实际上是担心他本人的金钱和名望受损，所以必须全方位掌控妻子的言行。电影更残酷的地方在于揭露亲密关系中的"他人即地狱"。艾登的妻子早已看清丈夫的本质，她说的话一句也不假：他"自私，犬儒，总把自己置于道德高地"。但到了艾登的年纪，自欺欺人才是更便捷的生存之道，他急匆匆地辩解，甚至拿出一叠钞票要证明自己"支持"妻子的慈善事业，只为逃避面对真实的自我。同样的，艾登也看清了妻子的本质，她口口声声要独立，但从没有勇气离开有钱丈夫提供的舒适生活，靠自己去谋生。这些也不能说，一说也会引发家庭战争，因为妻子只想接受自己的"独立女性"形象，相信自己是被丈夫"囚禁"的受害者。

在我看来，电影的标题"冬眠"似乎暗指人的性格和价值观尘埃落定的阶段，人无完人，每种性格和价值观换一个角度看常常显得十分可笑，于是人便誓死捍卫自己的颜面，自己的话语，自己对人生现状的解释，反而全面抑制了继续成长的可能。

日本作家川端康成也是擅长写"冬眠"的好手，最极致的例子是中篇小说《睡美人》。这个小说放在今天的语境里看似有"物化"女性的嫌疑，旅店提供处于"休眠"状态的童女给老男人把玩，完全没有保护措施，因为这些男人已经老到失去了性能力。小说有着丰富的互文，熟睡的虽是这些青春年盛的姑娘，却是在暗指老人的感伤：他们已感半截入土，不再对世界具备任何影响。

冬天和暮年，冬眠和死亡，这些勾连都很自然。我甚至有时候觉得，一年一年，四时更替，就是在帮助人们演练如何度过人生的寒冬。这个冬天，我给自己添了一盏光疗灯，多了几小时的仿生阳光，继续着白天的忙碌，至少在加州，似乎就没有冬眠的念头了。

选自 2023 年 12 月 14 日《南方周末》

食事散记
——吉祥如意

王张应

　　吉祥如意，人人喜闻乐见。四个字在菜单上，便是人见人爱的美食。名字好听，菜也好吃。古人爱吃，今人也爱吃。世世代代，吃来吃去，席上总不少它。

　　"吉"谐"鸡"音，菜的主体是一只鸡。世人没少在鸡身上做文章，不断翻新推出以鸡为主材的新菜品。有人耍点小聪明，将菜名弄得花里胡哨，字面上看不到"鸡"，端上桌子还是香喷喷的鸡。譬如让人想入非非的"金屋藏娇"，竟是往猪肚子里塞进一只老母鸡。文火炖烂，鲜上加鲜，味就厚了一层。菜的名字暧昧，味道却鲜明爽朗。

　　"故人具鸡黍，邀我至田家。"老友设饭局，请孟浩然到家餐叙。远在唐代，亦可想见那顿饭定有几道好菜。孟浩然为友盛情所动，饭后吟诗，起句就想到"鸡"。以今人餐食习惯看，"鸡"是那顿饭的大菜，"黍"是主食。饭桌上那只鸡，代表主人的深情厚谊，打动了孟浩然。

　　上世纪七十年代早中期，物质匮乏。村里人家来客，若是多年不来的稀客或难请到的贵客，必杀鸡待客。用以表达人情的老母鸡，放进一只乌黑油亮的泥瓦罐里，坐在一炉通红木炭火上，待煨煮烂熟的老母鸡，从泥瓦罐里端上桌子。再到客人面前，定是一只特别大的蓝边碗。乡人叫它海碗，平时用它来盛菜。用大碗待客做法，吾乡人称为"加劲"，意对客人特别客气。装进大海碗里的"硬货"差不多是半只老母鸡，当然少不了一只伸着长长把子的鸡大腿。"硬货"上头覆以"软货"，一束难寻首尾的长挂面。端给客人的海碗，内容软硬搭配是必须的。少许"软货"基本盖住碗里"硬货",该露的鸡大腿还是露出一截,比无覆盖好看些,不至于那么显眼,便于客人接受。同时表达两重心愿:"硬货"表达"吉祥如意","软货"表达亲戚间"常来常往",越走越近。

客人多少识趣。吃完碗头"软货",对碗底"硬货"浅尝辄止,略吃一点零碎,那一整块鸡大腿看一眼饱个眼福便放筷子。客人自有推却的道理,"吉祥如意"是宾主双向互致祝福。那只炖烂的老母鸡,该让主人一家老小人人都有份,大家共同吉祥如意。

小时候还有这样故事,给鸡大腿系红头绳。待客,家里没鸡腿或没有足够的鸡腿,只好邻里间暂借,在鸡腿上系根红头绳,从颜色深浅、绳的长短、绳结模样等方面做记号,区分哪只鸡腿是哪家的。当年新姑爷上门吃饭,老丈人家端上系红头绳的鸡大腿,丈母娘使劲劝新女婿吃鸡腿。新姑爷心里有数,出门前父母有交代,系红头绳的鸡腿不能吃。不知情吃掉系红头绳的鸡腿子,那门亲事或就黄了。

我做新姑爷时,吃过鸡腿子,未见红头绳。

早先鸡是家养的,一家养几只鸡。鸡蛋下在鸡窝里,老母鸡坐窝以体温焐暖鸡蛋,孵出小鸡苗。先喂饭粒,后撒谷物,再放到野外晒太阳吃青草和小虫,养一年后的鸡才褪毛下锅做菜。人家养鸡不易,鸡的长成是一个漫长的期待。算简单的账,人家一年养十几只鸡,一位家庭主妇一辈子才养多少只鸡?这就明白乡村人家养出的鸡价值几何,有多珍贵。

后来市场上的鸡多源于新养法,专业化大规模养殖。再后来,养鸡技法再提高。我曾参观一家养鸡场,目睹了笼中鸡非常逼仄的生存环境。养鸡场老板侃侃而谈,介绍他自认为十分成功的生意经。他说的其他话我都忘了,唯有一句我至今记得:从鸡蛋破壳出鸡苗到成品鸡上餐桌,只要二十八九天,比同行少一星期。意说他养鸡技术更先进效率更高,一年可养更多鸡,赚更多钱。

我母亲住乡下老家,每年养几只土鸡,关在小院里,用一只旧搪瓷脸盆装上水拌谷糠,偶尔在地上撒些稻谷或玉米。那几只鸡并不专等主人供食,总在有限区间里自由觅食，啄食草叶和菜叶，嫩草叶露头就啄，菜叶也被啄出大大小小的孔眼。草叶和菜叶上有虫，自然逃脱不了鸡的利喙。母亲在她打理的小院里，以比较宽松的方式养出的鸡，跟四十年前母亲在同一块地面上养出的鸡，吃起来味道还是不同，不如当年香。

近几年，有好友在荒山野岭上圈地，垦荒种果木、粮食和蔬菜，在林地上养鸡，朋友说：这样的鸡，保留了它的天性，天空、大地，阳光、雨露，日落而归，日起而出，顺其自然。年底了我给朋友发微信：又是一年，吉祥如意！

选自《红豆》2024 年第 2 期

食书三味

李 澍

苦　笋

读金陵本《本草纲目》，北宋药物学家苏颂对苦笋注解有二：一种出江西及闽中者，本极粗大，笋味殊苦，不可啖；一种出江浙及近道者，肉厚而叶长阔，笋味微苦，俗呼甜苦笋，食品所宜，亦不闻入药用也。

初读信之。去年清明假期，至福建龙岩市武平县东留镇山区采苦笋，此地与老家江西会昌县筠门岭交界，笋粗大如锄头柄。极似苏颂先生所述之笋。采回后即炒食，味苦不堪，确如苏颂所言不可啖。

今春四月中旬回筠门岭，餐桌中有一盘苦笋炒客家倒菜（发酵腌制的芥菜），微苦鲜甘，味道极美，实乃春蔬中之极品，大快朵颐。想起苏东坡"长江绕郭知鱼美，好竹连山觉笋香"之句，甚有知音之感。问笋从何来，知是本村大婶赠送。

翌日，随大婶至筠门岭增坑竹山采苦笋。一见土中苦笋，甚为惊诧，居然与去年武平县东留镇所采之笋一模一样，但味道天壤之别。对我的疑问，大婶几句话让我释然。言这种苦笋需先煮熟，煮到笋节嘣嘣作响时出锅，用冷水浸泡三天，每天换水两次。如此苦味则大去矣。瞬间恍然大悟，非笋不可啖，乃对食材的处理烹饪不得法之故。

看来，苏颂先生应是专于药物学，非东坡先生老饕之类也。专记此一段，商苏颂先生可能之误。

读梁实秋先生《笋》之文，文后附有陆国基先生关于冬笋之补正。陆先生认为"冬笋春笋原为一物,只是出土有先后,季节不同"。对此说法,我专门向多位笋农讨教,笋农多不认同。在此记之存疑。

蕨　菜

蕨菜是我最喜欢吃的野菜,带着春天的鲜味。北方人喜欢凉拌,我们一般炒着吃。素炒也行,加上客家倒菜一起炒,味道更美。连续几天吃,也吃不腻。在所有叶子菜中,最适宜和倒菜一起炒的,大概唯有蕨菜。倒菜去油腻,蕨菜耐油且甘滑,蕨菜和倒菜是食材的绝配。蕨菜无论是炒肉或者是炒蛋,油重,味道是逊色多了。也吃过蕨菜炒腊肉,然腊肉味重,抢了蕨菜鲜味,不甚喜欢。蕨菜茎上有许多细毛,炒之前一定要洗干净。蕨菜耐油,油少了干涩难吃。过去,老家缺油,小时候从来没吃过蕨菜。生活条件改善后,蕨菜就像"旧时王谢堂前燕,飞入寻常百姓家"一样,成为野菜中的一道美味。

《诗经·召南·草虫》中,"陟彼南山,言采其蕨。未见君子,忧心惙惙。亦既见止,亦既觏止,我心则说"。描述的是,女子在春天登上草木葱郁的南山采蕨菜,没有见到心上人忧心不安。只有见到他、依偎着他,心里才喜悦无比。宋代理学家朱熹解释为"诸侯大夫行役在外,其妻独居,感时物之变,而思其君子如此"。此诗借蕨菜而言情,蕨菜当非凡品吧?确实,蕨菜素有山珍美誉,常与春笋相配成佳肴。南宋美食家林洪《山家清供》载有"山海兜"一菜品。这道菜的名字民间本来叫"虾鱼笋蕨兜",是南宋时宫廷菜。做法是笋蕨开水焯过,鱼虾大火蒸熟,入酱、油、盐,研胡椒,同绿豆粉皮拌匀,加点醋即成。笋蕨属山珍,鱼虾乃海味,山珍与海味相遇于俎豆间,实乃良遇佳配,鲜上加鲜。林洪遂把其改名为"山海兜"。单说笋蕨之鲜美,林洪引用了南宋诗人许棐的诗来描述:"趁得山家笋蕨春,借厨烹煮自吹薪。倩谁分我杯羹去,寄与中朝食肉人。"笋蕨鲜美,朝中那些肉食之人无法无缘体会。《山家清供》还载有"笋蕨馄饨",流传于宋代江西。

采蕨菜，老家方言，叫拗蕨子。蕨菜喜荫，生长在山涧或溪河滩潮湿处。二三月始发芽，蕨菜刚萌生出来时，是一根根毛茸茸的芽茎条，芽端卷曲很像婴儿小拳头，长开后，枝叶展如凤尾。招人喜欢。至清明后，叶子渐次茂盛，满河滩翠绿一片。蕨子脆嫩，易采，一拗就断。吹着温暖的春风，拗蕨子实在是赏心悦目快乐之事。

还有一种蕨菜，是生长在山坡上的，较耐旱。茎是红色的，鲜味甚逊，食之无味。

石子羹与石肚羹

林洪所撰《山家清供》，有一道菜名曰"石子羹"：在溪流清澈的地方捡一二十个白色的小石子，或者带有苔藓的小石子，打来泉水煮石子，味道比螺蛳还要甘美，隐约间有山泉石头的气息。这种方法是从吴季高那里学到的，他还说"这本不是求仙之人通宵煮食的石头，不过意趣倒是清雅得很"。

煮石头吃，源于一则神话故事。据传说，古代活了两千年的白石先生经常煮白石头当饭吃，但一直不肯修升天之道。他不汲汲于飞升当仙官，也不求世间的功名利禄，所以成为古代文人的精神偶像。

可见，煮石头吃，是古代文人一种雅趣，寄托一种想隐居山林的愿望。就像魏晋"竹林七贤"阮籍、阮咸等人表面纵酒放荡，实质避祸、佯狂、任诞一样，"石子羹"和酒都属于精神表达的介质。

无疑，"石子羹"可看不好吃。

又读《东京梦华录》卷二饮食果子一章，记载描述东京汴梁酒店里品种异常丰富的各类菜名中，有一道"石肚羹"的菜肴，让我眼中一亮。对于这道菜，古典文献研究专家伊永文认为："依林洪《山家清供》卷下白石羹言，于溪流清处，取小石子或带藓苔石子一二十枚，置水煮之，取其泉石之气。再入肉肚烹羹。"文中所记，石肚羹与炒兔、煎鹌子、生炒肺、炒蛤蜊、炒蟹之类，可以随时随意点取，不会有一味缺少。可见，石肚羹应是酒店里的寻常菜品。

从"石子羹"到"石肚羹"，一种菜品从文人精神层面的追求到走入寻常百姓餐桌的嬗变，是宋人创造的饮食传奇故事。写到这里，不由想起以苏轼为代表的宋代大家们，不但贡献了宋词，也引领了美食潮流。使这个朝代的文化和美食成为中国历史上的一座高峰。

遗憾的是，现在的许多餐饮店只有"雅间"却没有"雅吃"。像"石肚羹"这样有故事有文化内涵的菜品鲜见。

选自 2024 年 6 月 7 日《中国艺术报》

弦歌行

朝 颜

盲艺人在流浪

他在村头的一棵大樟树旁坐下来，从布袋里掏出一把勾筒。无须竖起耳朵，他便能听见四面隐约的人声、牲口和家禽的叫唤声。就是这里了，他想。

勾筒声起，他开腔唱起了"十八搭"："各位老表朋友们，我一路迢迢来这村。拿起勾筒定好音，今日我来唱古文……"这，是他无数次向陌生的村庄和陌生的人们打招呼的方式。

夕阳逐渐沉落大地，将他瘦小的身影拉得很长。一只闻讯赶来的田园犬轻吠几声，警觉地盯视着他。他摸了摸依旧忠实靠在脚边的探路木棍。然后，继续拉响勾筒，高声说唱。闻声而至的人越聚越多，渐渐在他身边围成一个弧形。"那个是叫花子吗？""不是哦，唱古文的。"人们指指点点，肆无忌惮地议论着。

他叫陈开财，从十七岁起他就这样在无定的奔走和流浪中度过了半生。一个双目失明、四处漂泊的民间艺人，从来都是走到哪唱到哪、吃到哪住到哪，连名字都鲜有人知。

人们看见他，只说是"那个瞎子""那个唱古文的"。

陈开财从不计较那些脱口而出的指称，上天交给他一副残缺之躯，他唯一的执念是活下去，活出儿孙满堂的日子，活出一个男人的顶天立地。

那么多年过去，他早已习惯了一个人摸索前方的道路，一个人被风牵着踽踽独行，一个人向着偌大的世界讨生活。以出生地于都县梓山镇山塘村机木岭小组为原点，他的足迹遍布整个赣南、闽西和粤东乃至全国各地，如果将那些印迹完整地描画出来，大约是一个点线密密交织的不规则圆形。

一根棍子、一个布袋是他的必备行头，一副好嗓子、一把土勾筒是他的生存依赖，一幢祠堂、一座庙宇、一间茶亭成为他多数时候的栖身之处。所幸，他常常遇到好心人，跨沟过桥时牵他一程，到了饭点时为他添双筷子，夜晚来临时给他一个容身之所，唱完古文时给他一些钱物，或将他收到的米粮换成钱币交到他手中……

"在家靠父母，出门靠朋友。"陈开财无数次感念着那些只闻其声、未见其面的人们。是他们的慷慨和信任，给了他一份活着的勇气和希望。多年的颠沛流离，也让他掌握了满口的示弱和讨好之词——"好心人帮帮忙，到你家吃顿饭可以吗？""大爷大婶行行好，在你家里住一晚，我给你们唱古文、算八字。"

二十世纪八十年代，电视还是赣南乡村的稀罕之物，人们的娱乐方式匮乏而单调，唱古文的盲艺人给人们带来了太多的热闹、欢乐和满足。一个被称作"老谢梆筒"的人，面目早已模糊，以他为主角构成的独特场景停留在我童年的记忆里。他拍着梆筒，半文半白半方言，咿咿呀呀地唱着一些我无法听懂的句子，一唱就是一下午。老人们总是沉浸在那忽高忽低、时快时慢的勾筒声里，有时展眉微笑，有时暗自垂泪。

后来，我与父母谈起往事，串联起更多细节。比如"老谢梆筒"长年住在我们村外号叫"砂锅"的家里，他的布袋子总是鼓鼓囊囊的，他讨到的米和肉，就交给这家的女主人，零零碎碎的钱则自己攒着。不知在何年何月，"老谢梆筒"忽然从麦菜岭彻底消失，再也不见了影踪。只有当另一个唱古文的盲艺人来到村里时，人们才会再次想起他，感慨一声："'老谢梆筒'都不知去哪儿了。"

这世间，必有许多人曾以同样的方式怀念过陈开财。当问及他走村串户的经历时，他以习惯性地说唱口吻告诉我："哦嗬，我走了好远哪，十九岁就窜到了瑞金。"一个"窜"字，夹杂着自嘲，又携带着无所畏惧的勇猛之气，令听者不由心领神会。云石山、叶坪、沙洲坝、黄柏……他一一说出我家乡的地名，仿佛几十年过去，那些行过的路、驻留过的屋场，在他脑海中依然清晰得像一张活地图。

和当下的明星艺人一样，他也曾拥有过风光无限的走红岁月。从二十岁到三十岁，整整十年，他像一个香饽饽被人们四处争抢，生意火得似一炉浇不熄的炭。有一年，他被请到赣县唱古文，当地的百姓名堂多，第一天玩抓阄，抓到哪段唱哪段；第二天，别村来人把他抢走了，抢到哪去了他都不知道，勾筒一拉就开唱；第三天，观众起哄要投票，哪个本子得票多就唱哪本。三天过去，陈开财被折腾得疲惫不堪，他挎起布袋子，毅然决然地说："我走了，不唱了，这样太累，会把我累死。"有无奈，也有一丝只可意会的骄傲。

那时候，老百姓几乎什么都喜欢听，《割袍记》《丝带记》《卖花记》……而陈开财的脑子里，装着唱不完的段子和唱本。常常是，他来到一个地方，就轻易地唱出了名声，很快又有人找过来，邀约下一场。那些乡村里的牵头人，自会找村民们捐钱捐物，将请人唱古文这件事办得隆重又体面。

最得意的一次，是有人包场，原本讲好的四元钱一天，自己管吃管住，待他唱完一段后，那人直接将价钱提到了八元。"我说太多了，相当于两天。他说不多，结一个缘。"陈开财微抬了头，将空洞的眼睛对着我，提高了八度的声音里饱含着惊喜，"我到一个地方，一个月两个月不用走。今天接，明天接，那就有味道了——"话语的最后，拖着回味悠长的尾音。

我不由得又一次将眼前的陈开财与记忆中的"老谢梆筒"联系在一起。显然，在命运的牌局里，他们都是不小心抓到一副烂牌，又用尽全力将牌打好的人。

古文与勾筒

《于都县志》载："古文，古戏文的简称，清道光年间已在县内盛行，演唱者多为盲人。"

客家古文自古便与盲艺人的生存相伴相生。它像一株扎根荒野的灌木，在庞大的客家文化体系中，以低伏之姿默默生发着。尽管在盲艺人群体中流传着多种版本，但关于客家古文的起源，至今没有一个确切的定论。

有人说，古文是唐朝名妓李亚仙所编所唱。又有人说，古代有位皇叔，也是一位盲人，整天苦闷不堪，便让人将故事编成戏文唱给他听。后来，皇叔也学唱起来，慢慢向民间传唱开去……

事实是，自中原汉民南迁之日起，中原文化便与土著文化水乳交融，产生了割不断的联系。文化的支脉纵横交错，那千丝万缕的联系，怎么也捋不出一条清晰的直线。以至世世代代唱古文的盲艺人，无法像木匠等诸多行当的从业者那样，说出一个真正的祖师爷。

一句民间的顺口溜，真实地记录着他们身份的尴尬："戏台唱戏文，地台唱古文。"他们为生计所迫，走向街头巷尾、田间地头，将听来的故事编成简单通俗的顺口溜，换取最基本的生活所需。他们大多不识字，所有的技艺来自于师徒之间的手口相授。他们卑微如尘埃，在社会的最底层艰难翻滚，半卖艺半乞讨，永远难登大雅之堂。

甚至，数百年来鲜有文字对他们进行过记载。

人们只能根据老辈人的讲述艰难推断，客家古文大约形成于明末清初。这是一种形式独特又简陋至极的说唱艺术，没有舞台、没有乐队、没有演出服，一人便是一台戏。双目失明的艺人操持着轻便简单的伴奏道具，将神话传说和历史故事编成朗朗上口的七字韵文，一个人且说且唱，活灵活现地分饰各色人物，抒发喜怒哀乐，评述善恶美丑。他们以丰富的面部表情以及变幻无穷的声调唱腔，对观众产生强烈的吸引和共鸣。

客家古文在赣南客家聚居区兴起和传承的几百年间，亦经历了漫长的演变过程。

起初，盲艺人使用的伴奏乐器是简单的竹板、梆筒、小鼓、渔鼓等，后来，他们选择了音色和表现形式更为丰富的勾筒、二胡、三弦。他们灵活运用四肢和五官，根据说唱需要不断拓展乐器的功能，不单能弹奏曲调，还可模拟世间万物之声，渲染环境气氛，可谓将表演艺术发挥到了极致。

客家古文在赣南城乡盛行时期，勾筒是盲艺人使用最为广泛的乐器。

勾筒，一种古老的民间乐器，一个土味十足的名称，真实地记录和诠释了民间艺术发展的履痕。最初，勾筒只是客家人的生活用具，取一节竹筒，再安装上一根小竹，用来盛水、洗菜，使用时悬挂于肩膀上，空闲时则挂在家中墙上。后来，民间艺人就地取材，在勾筒上安装弓弦，拉动使之发出乐音，用于百姓日常消遣娱乐。

一首民歌唱道："勾筒一拉乐开怀，十里老表走拢来，你拉我控她来唱，勾勾唱出情和爱。"在娱乐方式贫乏的年代，几乎每个村庄都有一两位会拉勾筒的人。

记忆中，故乡麦菜岭的运根爷爷便是其中一位。农闲时节，他会取出勾筒，坐在众厅里，微闭了眼睛，演奏起来。嘤嘤嗡嗡的苍蝇在头顶一圈圈地盘旋，大胆的老母鸡在脚边踱着悠闲的步子。他的勾筒声悠长婉转，不绝如缕，放下农具的村民们一下子围拢过来，有喜欢唱戏的，和着旋律哼哼唧唧地唱起来。拉的什么或唱的什么我一概不懂，只是那场景，多年以后画面仍清晰如昨。

当勾筒与唱古文的盲艺人融为一体，便注定了客家古文拥有肥沃的土壤。

当古老的娱乐方式被一浪一浪的新兴事物淹没，客家古文仅在于都保留了相对完整的传承体系。

在于都县文化馆提供的资料里，我读到了这样一段话：

"据当地老艺人口传，于都客家古文的起源，早在明末清初便已形成，至清代日臻完美。20 世纪 70 年代，根据造诣较深的盲人段灶发的师傅王长庚子回忆，于都客家古文最早是由一位姓唐的曲洋人演唱，此人活到七十多岁，带了好几个徒弟，其中一个姓江的也是于都人。江姓人士原是楚剧演员，因为双目失明便开始学唱古文，后来江又收了几个徒弟，王长庚子是其中的一个。到段灶发时，段又带了几个徒弟，一个是宽田乡马头村的刘安远，一个是段屋乡秀墈村的肖南京，再一个是梓山镇山塘村的陈开财。随着王长庚子和段灶发先后去世，当时只留下段灶发的徒弟健在。"

如果将其中的人物和师承关系理出一个脉络，有确切身份记载的客家古文盲艺人共七个：唐师傅、江师傅、王长庚子、段灶发、刘安远、肖南京、陈开财。其中前四人已逝，在世者仅后三人。若非文化部门的主动找寻和搜集记录，也许他们终将和历史上诸多盲艺人那样，一生寂寂无闻，消失于时间的巨大黑洞。

1966年出生的陈开财，是在世盲艺人中年纪最小的一个。这些年，他已经很少唱古文了。"没人听，给谁唱啊？唱古文挣不到钱啰——"陈开财摊开骨节粗大的双手，道出一个残酷而无奈的现实。

人们的生活里，先是有了收音机，后来是电视机，再后来又有了互联网，男女老少，人人手捧智能手机。说白了，打败客家古文的，是流水般一去不回的时间。喜欢听古文的老人，像割稻一样，一茬茬地倒了。刷着视频、哼着流行歌曲的年轻人，谁还会安静地坐下来，听一个盲人冗长地说唱？

选自《绿洲》2024年第3期

东铁线上

张 櫆

一

内地游客通常会将这条贯穿香港新界九龙，并连接深圳的交通大动脉误认作地铁，这时候当地朋友就会以暗含纠正的口吻说"来香港就坐东铁火车"或者"在上水火车站月台见"。

一个游客将东铁线当作地铁线，这是因为它地铁化的乘坐方式，无须购票抢票，无须大排长龙依次进站，接受安检，也无须在候车室苦候发车。这些大凡乘坐火车必要的程序和步骤统统简化，你只需掏出八达通或买张车票就可随时进站上车。

东铁线全长仅有四十五点八公里，从金钟开始，经过旺角东、九龙塘、大围、沙田等十多个车站，到达深圳及香港交界的罗湖和落马洲，并且在罗湖经罗湖桥与广深铁路连接。东铁线穿越港岛、九龙、新界，同时接驳港铁港岛线、观塘线和屯马线，大部分车站及路段均在地面之上运行，在路线图中以天蓝色代表。

多年来往返两地，我从落马洲或罗湖搭乘东铁线的时间也不固定，偶尔在上午、傍晚，但更多的是午后，当然会尽量避开周末人流扎堆的尖峰时刻。午后的车厢里乘客往往稀稀拉拉，如果一直走到最末一节车厢，甚至还会发现空无一人，那么暂时我就可独享整节车厢了。地处岭南，一年四季几乎都是艳阳高照，火车徐徐启动，驶入那一片平铺开阔的郊野，随后越来越快，阳光在车厢里欢快地跳跃，窗外掠过的树枝洒下斑驳的光影。而如果在薄暮时分搭乘东铁线，又是另外一番情景：车厢里的灯光蓦然闪亮，窗外的天色、山岭、建筑、桥梁一律笼罩在蓝色的暮霭里，就像在播放一幅流动的延时摄影画面。

一个初夏的下午，我与一位友人同游香港中文大学，站在山岭上的教学楼凭窗远眺，及至我们下山，穿过寂静的校园，一场预料中的骤雨即将来临，眼看雨脚横扫之际，我们赶到东铁线车站月台，顺利搭上了一辆驶来的列车。刚刚关上车门，雨水在车窗上使劲敲打，仿佛在发泄它的愤怒。

二

香港居大不易，通常我也不常留宿，属于被香港旅发局所归类的不过夜旅客。往往购物完毕，或者与朋友聚餐结束，参加完某个派对，即会搭东铁线列车返回，如果聚会地点恰在需要跨海的港岛，时间又是夜间，那么回程时间便变得分外吃紧，要精心计算，争分夺秒，方才不会耽误赶上东铁列车。

照理比起纵贯全城的城际交通工具，东铁线起始点在午夜停止发车，也不算早了。但因惰性使然，我常常免不了紧赶慢赶，为此有段时间竟心生焦虑，曾做过这样一个与东铁线有关的梦——

伫立街头，我一看手表，怎么也不敢相信，时间已接近深夜十一时半，此刻我还人在旺角。我必须在午夜十二时前赶到罗湖，否则一旦口岸关闭，我就回不去了。如果我抓紧这最后的时机，尽快坐上东铁列车，兴许还来得及，还能在口岸关闭前到达。

旺角一如既往，人潮涌动，灯火闪闪。拨开闹哄哄的人群，我一阵小跑，拼命寻找地铁口。这是我极为熟悉的路径，曾无数次从这里来回。我走进了一幢大商场，沿着长长的走廊疾行，忽然意识到，必须抄近路才能赢得时间。然而穿过这条长长的走廊，我却爬上了一座半山。环顾四周漆黑一片，很是荒凉，是我从未来过的地方，我忽然发觉我可能已经迷路，不由一阵慌乱。

万幸的是，很快我就听到了巨大的轰鸣声，从不远处徐徐传来，越来越近，是火车进站的呼啸。车站就在附近，或许就在山下。我试着往山下望去，仍是一片漆黑，什么也看不见，火车的轰鸣声却愈加真切和清晰。

我变得大胆起来，又向前探了两步，忽然脚下一阵松动。就像在许多电影里俗套的慢镜头那样——我连人带泥土、石块、荒草一同缓缓掉了下去……

三

其实上下班时间也非东铁线唯一的繁忙时段，在夜半也即夜间十至十一时，这趟铁道线还将迎来一天里最后的高峰。不知是香港居民热衷于夜生活，还是家中居住环境过于局促，许多市民往往都会不约而同在这时归家，通过城市的各个毛细血管汇聚到了东铁线上。三五成群的也许刚从某个派对归来的市民，一扫白日的平静和矜持，谈笑着还在延续未尽的余兴。

在东铁列车内，也许会很容易发现内地游客和香港市民的不同特征。据我的观察，港客们较为"独立"，总是与他人刻意保持适度的距离，遇到车厢内乘客稀少时，就会一直走到车尾拣一个无人的座位，享受"孤独"。而当车厢里拥挤时，也尽量与人避开身体的接触，甚至眼神的对接。火车驶到了下一站，好不容易腾出一个座位，也无人前去争抢，在确信无人来坐时，有人才缓缓坐下。车厢内大部分时间是安静的，人们都沉浸于手机，仿佛恨不能缩小身体，要钻进那方寸的空间。有人指责在香港火车或地铁上无人给长者让座，我也的确许多次眼见为实，后来明白了这也是一种乘车文化，不主动让座，也许是不想因此提醒那些长者已经衰老的事实，再说为有需要人士特设的专座，也常常虚席以待，即使空着，一般年轻的乘客也不会贸然坐下。

自然在东铁线上也穿梭着为数众多的游客，不少人就是搭乘这条线路的火车初次前往香江。也即他们对于这座城市的第一印象，就是通过车窗外飞掠而过的青山、郊野、河流和鳞次栉比的建筑群建立的。我曾在东铁列车上亲耳听见显然是初次来港的两个内地女孩望着车窗，发出了"香港好干净"的赞叹。

内地游客们从四面八方赶来，捎着大包小包，滚动着巨大的行李箱，不仅仅观光旅游，更直接的目的也是来到香港这个购物天堂血拼买买买。每天被东铁线列车和高铁以及众多的跨境巴士输送，前往沙田、油尖旺、铜锣湾、中环等各处。往往到了暑期、圣诞这些商品打折季，人数规模就更加蔚为壮观。毫不夸张地说，每天如潮水般涌来的游客，也是促进香港持续繁荣的诱因之一。

东铁线沿路因此衍生出一个特殊的人群——代购者，或曰水货客，为了赚取货品的差价，他们将举凡电器奶粉化妆品洗发水食品等进口物品，化整为零单兵作战，采取蚂蚁搬家的方式，源源不断地搬往深圳等内地。其活动的线路之一，就是搭乘东铁线列车，并在距深圳一站之距的上水形成了水客大本营。当然许多零散水客也会沿东铁线南下，深入九龙乃至港岛各处。水客的存在，显然严重扰乱了内地和香港的经济秩序，为此两地警方也一直不遗余力地打击和清理。在上水火车站进出口通道，每天都可发现警察在对携带大宗行李者进行盘查。水货客在扰乱商品市场的同时，也对车站及周边环境带来影响。他们拖着半人高的行李箱，在拥挤的人群中横冲直撞，如过无人之境，并常常占据狭窄的人行道，对过往行人造成阻碍。许多次在上水站月台，我随不少乘客排队候车，哪知列车一来，还未等车上的人下完，刚刚赶到的几个水客模样的人早已拖着巨大的行李箱捷足先登。有时在月台分明是在往前行走，忽地斜刺里杀出一只巨大行李箱，仿佛要拦路剪径。我知道遭遇匆匆赶路的水客了……

如今，在香港和深圳，还出没着一类特殊的人群，每天早上和夜间往来穿梭于两座城市上班和回家，过着真正的"双城生活"。这类人群中，有住香港在深圳工作的，也有在深圳居住在香港工作的上班族。据闻，每天这样往返跨境工作的人数如今已超过三万人。每天无论早晨或傍晚，在香港和深圳各大口岸，在东铁线列车上都能看见这类人群来去匆匆的身影。无论她住在深圳福田，在香港中环上班，或者他住在香港观塘，在深圳罗湖开展业务，搭东铁线列车，转地铁，每天单程在路上的时间恐怕不会少于两三个小时，这样算来，他们每天往返两地的时间就有五六个小时。可以想见，早出晚归，在列车上、在路上俨然已成为这类跨境人群的生活常态。他们的这种生活模式，无疑为深港两地的融合和相互渗透提供了一个活生生的注脚。

四

东铁线虽是一条现代的铁道线，也常常叫人恍如踩在时光的分水岭上，一头伸向杳渺的未来，一头连着久远的往昔。

夹杂在形形色色的乘客中，我还常常想起一个人——张爱玲。1952年7月，张爱玲在拿到香港大学注册处入学通知三个月后，悄然离开上海前往香港。这一年，她三十二岁。早在十年前，她曾在港大就读，因太平洋战争爆发香港沦陷而辍学返沪。当年她先从上海来到深圳，然后跨过罗湖桥出境香港，踏上了九广铁路——与今天的东铁线所走的正是同一线路。

在《重返边城》一文中，张爱玲描述当年的情形：火车上下来的一群人过了罗湖桥，把证件交给铁丝网那边时，边防战士关切地让张爱玲到旁边小块阴凉地去——

> 我们都不朝他看，只稍带微笑，反而更往前挤近铁丝网，仿佛唯恐遗下我们中间的一个。但是仍旧有这么一刹那，我觉得种族的温暖像潮水冲洗上来，最后一次在身上冲过。

移居美国数年后，张爱玲重返香港，住在九龙分租的公寓，公寓有个大屋顶阳台，晚上空旷无人，她闷来上去走走，总会眺望远方夜空。仍是在《重返边城》中，她写道：

> 满城的霓虹灯混合成昏红的夜色，地平线外似有山外山遥遥起伏，大陆横躺在那里，听得见它的呼吸。

其实，那条铁道线夜夜都听得见呼吸，曾经载着她从罗湖桥驶离故土，彼时却再也无法载她回去了。

"哐当哐当"，火车仿佛滑入另一条轨道，车窗外昏红的夜色里，一片片灯火晃晃悠悠，簇拥着紧贴车窗浮了过来。我又坐上了最后一班的东铁线列车，此刻驶往落马洲的列车早已开出，我将随列车驶向终点罗湖。

选自《散文》2024 年第 3 期

读写日常

翔 虹

十岁那年，我从云雾缭绕的山寨到县城读书，不出三天新鲜感便消失殆尽。

熬到第三周下午体育课，我终是翘课逃学了。沿着澄江河游荡，秋意出奇地凉，人们早早加了外衣。那天阳光忽地回暖，我把外套系在腰间，摘野花，撵蝴蝶，朝水面甩石子，一下仿佛回到了山寨。可这里终究不是山里，耍过一阵便索然，心又空了。这时，一块木牌引起了我的兴趣。

木牌很旧，竖挂在对开的大木门右侧，烙着"图书馆"三个凹陷炭黑字。大木门后面串着一排长长的平房，骑在一座石拱桥上。后来才知道它叫永济桥，比我姥姥的太姥姥还老。一条美丽的河流上漂浮一座图书馆，很美，很有诗意。跨过门槛，很快被满屋书香包围着。

书真多啊。我很想摸摸那些封面漂亮的巨著，却不敢。小手在裤袋和书架间犹豫许久，我才从角落取下一本最不起眼、看上去有点寒碜的薄册子。它叫《澄江》，是县办文学刊物，新鲜得好像刚从墨池出来。我还不识多少字，读起来要借助字典，这才发现临时起意逃学，竟忘了拿书包。就是带书包，我也不敢保证字典就在里边。我好久没有翻看它了，此时它在哪儿呢。

能看懂多少不要紧，这机会太珍贵了，我一页一页小心翼翼翻着，自从家乡到这里上学，我第一次真切感觉到书香。

我一下子高兴起来，长长的木格子窗，屋外铺满爬山虎，房檐斜长着茅草，齐齐倒映水中，与河底各种水草，一沉一浮地应和，阳光从木格子玻璃窗照射进来，暖暖钻入怀里、颈脖里。秋阳正慢慢地斜向西山顶，那是家的方向。我用指头尖点了舌尖去翻书，墨香和阳光从书本再到舌头，淡淡的甜。如老家小溪那样亲切、亲近起来。我忽地生出想留在这里继续读书上学的念头。

后来继续求学搬了住处，邻居是个读书人。他全家挤在五六十平方米的瓦房里，书占了许多空间，显得更加拥挤，每次进去总不自觉侧着身走。我抬手一指，他很快取下厚厚的《三国演义》递过来，目光却是迟疑，问我，你真想看？我点点头，赶忙接，生怕他改变主意。他又问，家里有台灯不？我摇摇头。他俯身从床底拿出一个落满灰尘的旧台灯，用抹布擦干净，插电试过后递给我，说看书得用台灯。从那以后，他家是我的第二图书馆。读书人后来去北京当新华社记者，再难见着。旧台灯陪我好多年，修了又修，用台灯也成为我的习惯。每当长夜里，我坐到台灯前，都会想起他的古典书籍，也想他。我想他第一次借给我书的目光，"啪"一声，他按开关的动作，还有台灯亮起的那团光。那开关的啪嗒声，常常把我从梦里唤醒。

有一年寒假过后返校，我特意买了下午最后一趟班车的票，打算好有时间到车站附近的水上图书馆看书。寒假整天干农活儿，没有时间看书，就算有时间以当时的家庭条件也买不起课外书。和小说久别重逢，完全入了迷忘了时间，待我突然想起返校，早已过了发车时间。让我忘了时间的那本书是《青春万岁》。

2017年我在京学习时写了一篇小文，应邀参加一个王阳明思想研讨活动，幸会王蒙先生。当时大家围着他聊。而我之前只在书上、电视里见过他。我很想和他说上几句话。念头一冒我又很惶然：这太不现实。可机会太难得，它可不比当年在图书馆先看小册子，大部头过后还有机会读，今天错过也许今生不再。眼看研讨会快要开始了，情急之下我壮胆凑上去说，王蒙老师好，我来自广西边远少数民族地区。

王蒙先生很和蔼，带着笑意回应："年轻人你好啊。"只说这一句便打住，目光停留在我脸上。多睿智的长者。我知道他在等我说，便几句话说出当年为看《青春万岁》，错过了车次的事，当然也错过了一场意外。王蒙先生听了把手一摆，说哎哟，这可不能归功于我呀！然后笑呵呵与我合影。

这是我头一回见到我仰慕已久的作家。回到座位后，我琢磨着他那"年轻人"的称呼，又自然而然想起《组织部来了个年轻人》的场景。

是阅读和书籍改变了我。

选自《民族文学》2024 年第 1 期

定襄风情

——定襄旺火

吕 巍

大年初一或正月十五垒旺火，在许多地方都有这个乡俗。定襄因是锻造之乡、铁匠之乡，垒旺火的习俗或许更兴盛一些。现在仍记得小时候，大年初一的凌晨三四点就会从睡梦中醒来，等着父亲把旺火点着点旺后，我与妹妹穿着新衣服，与父亲围着旺火放鞭炮、响大炮的情景。家乡本不产煤，那时块煤又贵，我们烧的炭，煤面多，炭块少，冬天生炉子都是煤与泥和起来的泥膏。有许多块炭其实就是煤矸石。

垒旺火响大炮，又吃饺子又热闹。年三十儿开始，父亲就开始带领我们先贴对联，然后垒旺火。旺火是锥形或塔形的，底座大，上面尖，中间空处要填干柴。底座一般用几块砖支着一个"炕板子"，同时留有点火口。对于我们这个世代铁匠出身的家庭来说垒旺火是家传。但是每年父亲垒旺火时我们都捏着一把汗，因为家里的块炭实在是太少太小了。到第二天早上点旺火时，我们又总是替父亲"提着心"，因为许多煤矸石一样的煤块实在是燃点太高，煤质太差，旺火象征一年的旺气，既要点得着，燃得旺，又不能让旺火塌掉。有一年父亲在屋外用了好长时间都没有把旺火点燃，旺火里的柴草都快着完了，母亲突然拿出半瓶我们晚上写作业要用的柴油说："把这个浇上点吧。"不一会儿，熊熊的旺火就燃烧了起来，燃红了院子，燃亮了屋子。在母亲拉风箱"啪嗒、啪嗒"的伴奏声中，我和父亲及妹妹在院子里放起了二踢脚大炮，放起了100响的鞭炮。

那时候，大年初一吃过早饭的第一件事，就是和小朋友们到邻居家旺火周围找没有燃过的小炮，找着有捻子的小炮"叭叭"响几个，找着没有了引线的就从中间折断点燃蹿火焰。谁家放的鞭炮多，谁家能拾到的小鞭炮多，谁家的旺火垒得大，我们记得清清楚楚，第二年就会早早过去。

家乡垒旺火的风俗，我父亲在90年代把它带到了忻州，在21世纪初又与我们一同带到了太原。每到大年三十儿，我们会请人拉一车块炭。在我们的宿舍楼下，父亲亲自动手用大大的块炭垒一个大大的旺火。从80年代开始保德、府谷炭就进入了定襄，也到了忻州、太原，这种块炭黑明黑亮的，甚至用木材燃几下就可以点着了。那旺火那个旺，燃烧得整个宿舍楼和宿舍院都红彤彤的。"旺火"成了我们宿舍院的一道风景。楼上楼下的邻居在看完春节晚会后，就都走到了院里，烤旺火，放烟花，好一个热闹红火！

在旺火上烤馍馍，暖衣服，就会带来一年的旺气，母亲总是这样说。每到天要放亮时，母亲就会拿上几个馍馍，到旺火上翻过来调过去地烤。烤到馍馍全身都有了焦皮，黄灿灿的最是好吃，皮是脆的、香的，里面儿是热的、绵的，母亲让我们每个人都吃上一些儿，然后再煮饺子。每到吃烤馍馍时，我就不由得想到，家乡七月十五要捏面鱼，就是用白面捏成各种鱼的形状，有时也会捏成羊、鸡、老鼠等。为什么要把白面捏成这么多的动物形状我没有考证过，我欢喜的是这一天我们就会吃上一顿白面，之后母亲会把那各种形状的面鱼串起来，从大到小挂在墙上，我一串，我妹妹一串，说在墙上挂着晾干，看谁能等到过年时在旺火上烤一烤再吃。墙上挂的这一串白面馍馍，每年我都会掐着指头想着，不过四五个月，至少会剩一个小面鱼、小老鼠，等到过年时烤一烤。但是一年也没有等得到，眼盯着墙上的馍馍，手里拿着高粱面窝窝的我，在割草放牛散学后，今天从墙上掰一条腿，明天吃一个尾，后天再折一个头。一两个月看着看着就少了一个，又少了一个，比起妹妹那一串，差了一大截儿。先还动员着妹妹也一块儿吃，到了后来虽然不好意思，也就今天吃一条腿，明天吃个尾，开始吃妹妹那一串了。

家乡旺火最热闹的是责任制实行的那十几年，每到元宵节时会以一条街一条巷为单位，每家每户都摊上钱，垒三天大旺火，放三天大鞭炮，村里的干部和响器班子及秧歌队，还会一条街一条街地转旺火。那个时候放的鞭炮是一盘盘的，大炮是一捆捆的。整个村里鞭炮声此起彼伏，笑语欢声。到了 90 年代，定襄弹簧锤和夹棒锤发展起来了，锻造业做强了，村里这些先富裕起来的乡亲，每年要以"锤上"的名义垒旺火放烟花，请响器班子。他们会专门从"浏阳"整车买回烟花爆竹，鞭炮放得震天响，礼花满天绚烂，当几个旺火处集中放起礼花时全村都明亮地笼罩在了彩花之中。刚到太原那几年，家乡有一位朋友开鞭炮厂，每年给我许多大麻炮、小鞭炮和各式礼花。我与父亲带着姑娘和儿子，围着旺火放上一阵又一阵。母亲在楼上看，妻子在门前看，姑娘一会儿笑，一会儿跳，一会儿又捂起耳朵，儿子拿着小鞭炮跑来跑去，放了一阵又一阵，在熊熊的旺火下，笑声是那么脆。那有旺火的时代，那有声有响的岁月永远在记忆中鲜活着。

选自《黄河》2024 年第 3 期

崭新的乡愁

天地之间一周涛

杨献平

癸卯年壬戌月丙寅日暮，余由西昌而成都途中，惊闻周涛先生西行，惋惜、沮丧，哽咽自言：人之终莫过于此，生的反面乃死。周涛如是，众生皆如是。

先生不仅是我等军旅前辈，且和我父亲同庚。

余初写诗文之际，正是先生名满天下之时。其有雄文曰《游牧长城》，曰《伊犁秋天的札记》《巩乃斯的马》《稀世之鸟》等。其写黄河及大地状貌、生灵之态，可谓浩浩乎斑斓殊胜，苍苍乎生机条陈，郁郁乎众生本然迥异。其在文中自称"西北儿周老涛"，余以为先生与西北大地血肉紧密，精神相通。

古来远走者，因其乍然而四周新奇，循迹到处皆为别境。以高天阔地，长河狼烟，落日崩血之所，先生犹如骏马蛟龙，雷电暴雨，细风涓滴，长风卷地，形神所至，万籁俱收。故所作文章，言辞之间，气势威雄，兼有细流穿金，其文开合广袤，似有龙吟虎啸。余读之惊为天人，其文气韵贯通，浑然莽苍，如长风流窜于峡谷，如江河激荡于群山。

世有此人此文，幸甚至哉。越数年，先生再出新作，购读，感觉如大风之于花尾，暴雨乱敲瓦磬。顿觉遗憾，不满之余，写短文曰《周涛的陌路》，言其散文尽失昔日气象，有气无力，蹒跚踉跄。再越数年，依然以为，涛公之才华，首推散文。放之于白话文至今，亦绝无愧色且超然诸多。

列子言："天地无全功，圣人无全能，万物无全用。"诚然也，先生青年出京师，慷慨西行，于亚洲腹心耽于军旅，以罕有之禀赋才华赋诗作文，可谓雄浑淋漓，性情毕现；奇才纵横，少有比肩。才子之称不足配之，或可说，周涛者，西北之上，神州以内，少有之天地之灿烂灵光者一也。

呜呼，斯人已去。

余自慨然曰：先生之著，前有古人，而于今之西北，已然绝响。于当下，亦绝唱矣！亦绝唱矣！西北之地虽文采斑斓，然环顾来去，唯周涛之文堪为博格达峰。

周公安息，文章千古。

周涛先生不朽。

选自《在场》2023 年下

乡下酒事

孙　郁

丁帆兄来信，问我能否写一点关于酒的故事。我告诉他自己是很少沾酒的，但相关故事也不是没有。

我小时候住的那个古镇，在中心街有一家木板房，卖的是些日用品，窗沿下摆着一坛酒。我父亲那时候下放在外地一个农场，偶尔回来，就叫我去木板房打二两白酒。他的酒量不大，每次都是独饮一点，有时候微醺，有时候醉倒到床上。母亲大为生气，多次劝他戒掉这个习惯，但却没有什么效果。父亲落难在农场，心里难受，自己属于外乡人，那里没有什么朋友，惟有以酒麻醉自己。

那一带的男人，年岁大一点的，都喜欢喝一点白酒，所以城里的酒生意也是好的。男人醉酒的事，差不多家家都有，酒言酒语的，也只是在家里，不到街上闹。耍酒疯厉害的，主要是进城赶集的人。印象深的是到了大集的日子，乡下人多起来，木板房附近的饭店生意也格外红火。有一个骡马市，在城北的一片空地，做生意的人中午或晚上都要聚在城里狂饮。城东有位精通骡马生意的人姓高，外号叫高二两，是个美男子，个子不高，平时在乡下很仗义，朋友也多。但他一沾酒就醉，几杯酒下来，声音嘹亮，从桌子旁转到门外，敞开胸来，摇摇摆摆走上街头，嘴里还哼着什么小曲，最后便一头栽倒于路旁。高二两醉卧街头，每每是一道风景，他看人们围着自己，便呜噜呜噜说一些谁也听不懂的话，于是便留下一片笑声。孩子们看醉客，也像观戏一样，心里是开心的。

镇子上的人对嗜酒、醉酒，早已习以为常，似乎也不是什么丢人的事。我去过许多同学家玩，常常闻到木板房那里的酒香味。有位同学的父亲在制鞋社是做鞋的能手，每天都要在木板房门口站着喝几口，后来因为产生幻象，掉到了井里淹死，让众人难过了许久。女人们便说，酒不是什么好东西，孩子们不要学大人的样子。我对于酒，一直无感，不是因为听话，乃天生过敏，心存戒心，所以早早就远离这气味，直到下乡插队，从未碰过它。

我插队那个地方，没有什么商业区，生产队只有一个代销点，是卖日用品的地方，记得是两间小瓦房，离我们青年点不远。代销点有两个人，一是老吴，当地的农民，会打算盘，是村子里有文墨的人；再一个是我们青年点的董兄，因为秋收时腿部受伤，被安排在这里负责进货和卖货。董兄和我的关系不错，我总要到他那里坐坐。他每个星期都要到城里去拉一点货，赶着一辆毛驴车，悠悠然于山路上，比我们这些在田里劳作的知青滋润多了。

我那时候喜欢舞文弄墨，被大队的队长老姜发现了，便做了理论辅导员。因为要备课，于是就常常到代销点的内屋去看书，或者也写点什么。乡下人的红白喜事，都要到代销点买点酒，所以有时候也可以认识许多人。这里的酒好像是旁边的长兴岛所产，酒劲大，味道没有城里的酒香，价格也要便宜一点。青年点的同学，偶尔也会到那里喝几口。那时候钱少，没有特殊原因，是不会在那里聚饮的。有一年一个师兄因为招工的名单里没有自己，心里很难受，便一个人跑到代销点，几杯下来，热泪盈眶。此兄平时内向，少言少语，但酒后则滔滔不绝与老吴深侃。老吴见他放肆，还有些违禁的话，便和董兄把门关上，生怕外面的人听到。

我在代销点写了许多稿件，有诗歌有散文。不久虚荣心上来，便有了投稿的念头。那时候发表文章，需盖上大队革命委员会的公章。章在大队会计老戚手里。戚会计长得瘦瘦的，不苟言笑，是读过一点闲书的人。我找他盖章时，他有点犹疑，问是什么内容，我说是关于治山治水的诗歌。他看了看，给盖上了。过了一段时间，我写了一组新诗，又找他，他问上次的发表了没有，我说没有消息。他瞪着我说，写那玩意干什么？磨叽了一会儿又把章给盖上了。大队会计和大队长平时应酬多，招待客人只能在青年点食堂。戚会计喜欢喝酒，总来我们这里。见了面说，又没有发出来吧？我说没有。他好心劝我，少写那些，别站错了队。过了一年，我的作品依旧没有问世，稿子不断被退回来。有一段时间，公社有什么通知，大队的章不再随便用，戚会计忽然有点紧张，把章揣得死死的。

大约 1976 年秋，我写了一首诗，要投县文艺小报，想找戚会计。青年点的于哥知道我的心思，说戚会计喜欢喝一口，请他来吃顿饭。我便到代销点买来一点散酒，于哥炒了几个菜。我们三个在伙房边一个小房子里聚了起来。戚会计笑呵呵地来了，裤腰带下是一串钥匙，兜里装着印章，鼓鼓的。戚会计几杯下去，有点话多，脸也红了。彼此云山雾罩之后，于兄便说，小孙有篇作品要投稿，您就给盖个章吧。戚会计说，没有问题，这算什么，小孙是老朋友了。那首诗的名字叫《把号角吹得更响》，是庆祝粉碎"四人帮"的朗诵诗，还真的发表了。戚会计知道此事后说："你小子不义啊，把我灌醉了，自己出名，这回还得请我喝酒。"

一年后我参加了高考，因为大学停止招生十年，考生太多，自己心里也把握不大。不久接到师范学校的录取通知书，兴奋之情自不用表。于是便开始打起行李，准备报到。记得那天中午于兄突然告诉我，姜队长今晚请客，一定得去。我们到了村子的南河岸，在老姜家的热炕头聊起来。老姜那天很高兴，特地杀了一头猪，把戚会计和老吴也叫来，屋子里一时热气腾腾。菜做得很香，老姜与戚会计端起酒杯，把我们几位的酒杯也斟满了。我本欲推辞，一想主人杀猪请客，礼太大了，便斗胆喝下一口。席间谈及我们这些知青，夸的不少，骂的也有。老戚说起我灌醉他盖章的事，众人大笑。一面也谈起了其他闲话。我的情绪也一时上来，连喝了几小盅。不一会儿，眼前的人影开始模糊，心跳得厉害。后来只听几个人的笑声渺渺远去，什么便也不清楚了。

在老姜家睡了一夜，第二天醒来，他们家人看着我直笑，意思是太没有酒量，这样不行，将来得好好练练。我揉揉眼睛，有点不好意思。太阳照着窗外的雪，复州河结冰了，两岸的柳树挂着一层霜。有微风吹来，村子里静得很。酒后的脑袋有点昏昏沉沉，便感到以后不能再犯此错。而于兄酒量大，昨晚没有什么影响，他一大早从青年点把马车备好，拉着我的行李，到老姜家喊我赶快动身。我一谢再谢老姜一家，匆匆忙忙上了路，永远离开了乡下。

　　我插队的那个地方叫复州西瓦村，饮酒在那里开始，也在那里结束。一晃，已经过去四十六年了。

选自 2024 年 6 月 5 日《中华读书报》

乡村的诗意

郭文斌

几位喜欢拙著《农历》的学生在宁夏银川张罗着开了一家餐馆，走廊里装饰有我老家景物的照片，这让我对餐厅生出许多亲切，隔一段时间，就想找个理由去吃一顿。他们问我饭菜味道怎么样。我说，很好，但总觉得菜品要是再"土"一些，就更好了。实际想说的是，如果能吃到小时候的味道就更好了。后来知道，提这种建议的不止我一人。在大街小巷布满了餐馆的城里，大家之所以选择到这里用餐，就是想重温"农历的味道"，留住那一缕魂牵梦绕的乡愁。

估计不少人有同感，每回一次老家，村子都会陌生许多，小时候"躲猫猫"的院落、掏鸟蛋的树、跳房子的麦场、打泥巴的墙角等渐渐不见了。一天，我坐在山顶，望着山下焕然一新的建筑，想：有没有一种既现代，又能留下乡愁的模式？祖先们讲的"中道"，能不能在美丽乡村建设中体现出来？

让我感动的是，就在这时，县上决定，把一些具有文化符号性质的地标保护下来，我出生成长的那个老堡子也在其列，并且要稍加修缮，成立我的工作室。我就一次又一次地给负责修复的同志说，一定要修旧如旧，帮我把通向童年的那扇门留住。

虽然村里通了自来水，但老堡子后的那眼水井要保护好。哥哥成年后，就在堡子的后院打了这眼井，不但自家吃，邻居们也吃。还记得当年打那眼水井的情景，乡亲们都来帮忙，一铲一铲地挖，一篮一篮地提，打了十几天，终于把水打出来。我记得，哥像个泥人似的从井里上来；我记得，我趴在井口，在渐渐上升的井水里寻找自己；我还记得，父亲和哥哥做辘轳的情景……

我喜欢打水，把木桶挂在绳头的铁卡子上，从井口放下去，然后放松辘轳上的井绳，让桶子往下落。当桶子触碰到水，"咂"的一声，马上有一种来自井底的重量感通过井绳传导上来。通过那种重量感，你会判断桶子是否吃满了水，如果没有，再放一次，感觉吃满了，就屏着气摇辘轳。把井绳一圈一圈地缠在辘轳上，一圈一圈摇的时候，一种沉甸甸的渐次上升的收获感会通过胳膊充盈全身。桶子越来越清晰地上升，等它到了井口，抓着湿漉漉的桶把，把桶子提到井台上，我仿佛看到，心里有另一个我，在向水井鞠躬，那是一种迎请，一种感动，向着来自大地深处的甘露。

喝惯了这眼井水里的水，你会觉得再好的矿泉水，也是隔的。那是一种大地深处的味道——冬天打上来的井水是暖的，夏天打上来的井水是凉的，有一点泥土的味道，又有一点点深邃的味道，更重要的，你会觉得，它是活的。因此，每当过年，当我用红纸写上"青龙永驻"对联，贴到井房里，点着三炷香，跪下磕上三个头时，似乎会感觉到，真有一条无形的龙，从我手里接过那副对联，那份祝福，还有那袅袅的香烟。

除了保护好那眼水井，我还让哥恢复了童年时的灶台。没有了灶台，炊烟带给我们的诗意就无从寻找了。我给哥说，现在村里大概只有你会盘老灶台了，年轻人都不会了。哥懂得我的意思，就张罗着盘灶台。在城里，每每打开煤气灶的开关，我的眼前，就会浮现出童年的情景。冬天，母亲做饭，我坐在灶前的小木凳上，帮母亲烧火，左手向灶膛添干牛粪，右手拉风箱，随着风箱的出入，灶膛里的火苗在锅底跳舞。看着舞动的火苗，你会觉得，腊月二十三贴在灶台后的灶王爷是真实存在的，"上天言好事，回宫降吉祥"。我问娘，什么是"好事"，什么是"吉祥"？娘说，"好事"就是孝顺父母啊，尊敬兄长啊，节约粮食啊，多为他人着想啊，多帮人啊。一堂影响我一生的人生大课，就在灶前上完了。

不多时，饭菜的香气就弥漫开来，在我的鼻孔里挠痒痒，土豆的香，馒头的香，红薯片的香，甜菜根的香……母亲把锅盖揭开，大铁锅散发的雾气一下子把我们笼罩。

日子就在这个灶台前移动着，从立春，到立夏，到立秋，再到立冬，母亲变戏法似的，在大铁锅里，给我们炒春龙节的豆子，蒸端午的花馍馍，做中秋的月饼，煮冬至的饺子。

　　我还让哥恢复童年的石磨。没有了石磨，把粮食变成面粉的诗意就没有了。好不容易盼到新麦子下来，看着娘把袋子里金黄的麦子倒在磨盘上，你的心都在颤抖。我和娘一人一根推磨棍，抱在怀里，身子前倾，绕着磨台转圈儿。一磨盘的新麦子，通过磨眼，流到两扇石磨之间，在我和母亲的推动下，从磨缝里流出面粉来，带着太阳和泥土的味道，带着春风夏雨的味道，也带着父母汗水的味道。我们一边在院子里转圈儿，一边想象着新麦面烙的饼子，口水就把磨棍打湿。推磨不像烧火，是件耐力活，母亲为了不让我寂寞，就给我讲故事。说，这麦子，是天上的神仙下凡来养活人的。我说，那我们吃它，就是吃神仙？母亲说，是啊，因此我们不能浪费粮食。我说，那我们现在是把神仙放在磨口里？母亲说，是啊，它忍着疼痛，养活我们，我们费点力，算什么。新麦子下来，母亲会把第一锅饼子放在竹篮里，提着竹篮带上我们去姥爷家，让姥爷和姥姥尝新，然后才让我们吃。姥姥则掰上一块，向四方扔去，说是感谢土地爷，然后放一块到嘴里，说，真香啊。接着，把手里的一分为二，一块给母亲，一块给我。

　　我还让哥恢复当年上房的炭炉子。在我的记忆中，先是红泥小火炉，再是生铁炉，后来换成烤箱；燃料先是用木炭，后来用石炭。父母先是用砂罐熬茶，后来换成铁罐。但母亲生火时烟熏火燎的情景一直没有变。农闲时，就有乡亲们凑了来，围着炉子，喝上几盅。晚上，大家围炉而坐，抽着旱烟，喝着茶，说着闲话，我就在他们的家长里短里进入梦乡。那时，只觉得眼前的炉子不再是炉子，而是一个魔法，能让人们围在一起，亲热。多么让人怀念啊。

　　炭炉子上有一节一节的烟筒接出屋外，我喜欢站在院子里，看着从烟筒里伸胳膊展腿跑出来的烟在风中飘舞。特别是下雪的时候，那烟，就像一条围巾，搭在院子上。再后来，我喜欢在冬天的早上，独自上到山头，看着一家家的炊烟和炉烟，把整个村子渲染得如梦如幻。常常，我的眼角会挂下泪水。天很冷，但我不愿意回家，看不够啊。

我还让哥保留好上房的土炕，以及炕上我们盖过的花被子。还有窗花样、门神样、年画样，等我退休了，大年三十，再剪剪，再贴贴。还有那个四方木灯笼，我是多么想再看看雪打花灯。

我给哥说，让他做这些，是为了"记住乡愁"，他有些不理解，但当我说——有了这石磨，就可以让孩子们亲手推一推，知道麦子是怎么变成面粉的；有了这灶台，就可以让孩子们亲手烧烧火，知道生米是如何变成熟饭的；有了这水井，就可以让孩子们亲手打桶水，感受一下从大地深处打出水来的美好。如此，培养孩子们的感恩心——他立马就明白了。

选自 2023 年 12 月 11 日《光明日报》

谁踏纷飞大雪归

简　默

一

吃了冰溜儿，就该过年了。我说的是儿时在黔南山区沙包堡镇的情景。

下雪了，融化了，结冰了，屋檐下挂起冰溜儿，参差不齐，像天地吟哦出的长短句。它们晶莹透明，绽放着冷峻的锋芒，在阳光的照射下，仿佛一根刚拆去油纸的铁钉，崭新而尖锐。我们挥起竹竿，拦腰击中高处的冰溜儿，它们弹出清脆的断裂声，擦伤空气，落到地上，碎成几截；低处的冰溜儿被我们掰下，塞进嘴里，嘎嘣嘎嘣嚼着，就像盛夏吃着脆脆的冰棒儿。

不知为何，一说到那时过年，我首先想起的是吃冰溜儿，似乎吃冰溜儿与过年有着某种必然联系。儿时的记忆就是这么顽固甚至嚣张。想想也是，数九寒天，千根万根冰溜儿悬于檐头，鞭炮声中年到了。

东方机床厂的汽车经过长途跋涉，拉来了一车车蔬菜，有藕、菜花、芸豆等。汽车还拉来了带鱼，它被冻得硬邦邦的，家家户户都分得了一块。在当时的沙包堡镇，只有过年时才吃得到这些。东方机床厂由山东一家机床厂支援"三线建设"搬迁而来，职工以山东人居多，这些蔬菜让他们在丰足过年的同时，也慰藉了他们的思乡之情。

大年三十的晚上，每家每户逼仄的厨房里，飘出煎带鱼的香气，这气息一致而强大，汇集到一起，横冲直撞在整个宿舍区上空。天还没黑透，在楼与楼之间，我们零零星星地放着鞭炮。到午夜，守夜的人们挑出一挂挂火红的鞭炮，这一波"轰炸"有声有色，惊天动地。

我神往和留恋的是那时过年的情景、氛围和气息。我家的客厅不大，刚好摆下一些简单的陈设，餐桌平常收起来，吃饭时支开。这是一张小圆桌，不及我高，桌面刷着有些亮的黑漆。除夕，我们一家四口坐着小椅子，围桌吃年夜饭。那时物资匮乏，厂子里分什么，家家户户吃什么，餐桌上都大同小异。但亲情浓厚，一家人像荷花瓣一样相依为命，幸福和快乐仿佛高高的莲座，照耀着生活的每个角落。过年，父母都和我们兄弟俩在一起。即使我或弟弟被提前送到了荔波县城的外婆家，父母也会在站好最后一班岗后，坐上老牛似的长途汽车，追撵着噼里啪啦此起彼伏的鞭炮声，风尘仆仆地在除夕来临之前赶到外婆家过年。这让我从小就认为，过年就是一家人在一起。一个都不能少才是年的味道，是真正的年味。

二

我家由黔南调动到了鲁南。有一年，弟弟到新疆当兵去了，不能回家过年。年夜饭时，弟弟平时坐的位子空荡荡的。他在遥远的南疆，此刻，那儿正大雪纷飞，他却不能踏着大雪回家。因为少了弟弟，我家过了一个没滋没味的春节。

去年9月，我到新疆，走连霍高速公路去石河子，路过两边茫茫戈壁滩。猛然，一个地名闯入我的眼帘——巴音沟，唤醒了我沉睡的记忆。啊，巴音沟！弟弟曾经当兵的地方，许多次出现在盖着红色三角形"义务兵免费信件"印章的信封上的地名。我不知道新疆有多少叫巴音沟的地方，只是我那时身在北疆，而弟弟的巴音沟在南疆，这当中隔开了多少山脉、河流和戈壁滩呢？我盯着飞速向后倒退的荒凉、广袤和僻远，前方还有荒凉、广袤和僻远正等待着我，我似乎一下子感受到了当年弟弟在新疆的种种。

父亲刚走的那几年，母亲适应不了生活的巨大留白。她常常一个人坐在屋内，做事丢三落四，一旦和我们说起话来又喋喋不休，像转着轳辘。她牢牢记住的是，过年前后那几天，将门口的灯换成一盏红灯。它凝聚着一颗红心，在大雪纷飞的冬夜，从里向外散射着热烈与温暖，像大红的灯笼。

母亲说，高高亮起红灯，照彻我爸回家的路，让他看见蒸蒸日上的生活，红红火火地过大年。

三

那年，母亲到黔南荔波县城走娘家。母亲走的当天下午，放学回家的儿子冷不丁地说，今年过年吃不到奶奶做的好吃的了。

我听了暗暗发笑。儿子正读高中，但仍然是个孩子。只有孩子，想到舌尖上的美味，自然而然地就说了出来。

年逾花甲的母亲身患多种疾病，加上家中诸事缠身，已经6年没走娘家。这些年里，是她散居在贵州各地的姊妹和弟弟们，轮流照顾着八旬外婆。这让她常感内疚又牵挂。而这之前，在调到鲁南的21年中，她基本是3年一趟地回荔波陪外婆过春节。

半年前，母亲刚在北京做了腰椎管狭窄手术。乍一听说母亲决定春节走娘家，我十分担心她术后的身体吃不消这辗转奔波，毕竟要跨越迢迢几千里路。可她非常坚决，反复说自己也该尽尽孝心了。我发短信请教给母亲主刀的医生，医生答复没问题，还幽默地补充上一句：去欧洲都可以。末了，祝福她好好地享受生活吧。我彻底放心了，母亲在手术台上受了那么大的罪，正在一天一天康复中，理应面对阳光微笑着享受生活，做她自己想做的事情。

我不再阻止，帮她订了票，送她上了开往上海的高铁，然后从上海飞往贵阳。母亲离开后，我起初没觉得有什么，也经常与她通电话，说些家长里短。但随着一天一天地迫近春节，我的心头闪了一大截，犹如站在雪地中央四顾茫然，又像患了夜盲症眼前一片空白。

我想起儿子冷不丁说的话。当儿子说到吃时，或许他不仅仅在说吃，在吃之外，他还想说与奶奶一起过年的情景、氛围和气息。此刻，我家这过年的一切，都追随着母亲走娘家了。

我曾经慨叹过某些古老悠远的习俗像水土一样渐渐流失了。譬如过春节，仿佛仅剩下了一个晚上——除夕夜，一个上午——大年初一，一台晚会——春晚，一顿饭——年夜饭。但幸运的是，在这些简单平淡的数字背后，我们还执着地挽留住了一些习俗，它们在鲜艳美好的春联中，在满载祝福的饺子中，在与时光一起成长等待钟声敲响的守岁中。

我们常说，有钱没钱，回家过年。春运如潮，汹涌澎湃，挡不住回家的路，这是中国特有的亲情现象和文化记忆。无穷的远方，无数的人，被亲情驱动着，被乡愁鼓舞着，纷飞大雪里走在回家的路上。雪落在他们的双肩和行囊，簌簌抖不落的是密密的针脚，熊熊的火塘，鲜花一样次第盛开的亲人。

选自 2024 年 2 月 8 日《解放日报》

深圳阜城四千里

王国华

阜　城

深圳至河北阜城县有多远？我屡次打开导航查询，屡次确认，从没变过，都是一千九百多公里，按约定俗成的华里计算，差不多四千里，开车由此及彼约二十二小时。此为理论行程，实际谁也不能一刻不停地开这么长时间。曾设想自驾回家，每天开五六个小时，边走边玩，四天很充裕。飞机就免了吧，三个小时似乎不多，把两头耽误的时间都加上，亦需一整天。如果步行呢？产生这么奇怪的想法，或与常读各种史料有关，古代官员跋涉赴任，要费时几个月甚至半年。当我从深圳出发，翻山越岭，春日出发，疲惫不堪地抵达被称为故乡的地方时已是秋天，我会飞奔过去，久久凝视那块土地吗？

应不会。

阜城，这是我一度要刻意忘记的地名。大学报考时有一栏，"是否服从调剂"，我硬生生地写上"除河北省以外服从调剂"。大学四年，时时闪过一个念头：一辈子再也不回老家应该没什么问题吧。仔细自问，家乡对我也没什么不好，我只是要逃离毫无希望的农耕生活。那个叫王过庄的村子，是这个省份、这个县城的微缩版，某种生存方式的代名词，小它即大它，尤其压抑我蓬勃的生命力。跳不起来，一跳就撞到漆黑的屋顶。脚上粘着万能胶，死沉，我只有拖着沉重的鞋子拼命跑向远方。

院　子

曾经逃离的地方如今越来越靠近我。

打开连接到手机上的监控（不喜"监控"一词，以相对中性的"镜头"替代之），身在深圳的我，便看到了王过庄自家的院子。

一条砖铺的小路从屋门到大门口，长十数米，已分不清哪是土哪是砖。院门者，一个歪歪扭扭的铁栅栏而已。墙亦篱笆墙，过车过人都看得真真切切。小路左手边是一棵柿子树，每年秋后结柿子三五个，人不得其一，都成了鸦雀的果实。人从树下走，鸟忽逃走，翅擦肩头。右手边是一棵杏树，每年夏季麦收前后结果，有大小年之分。春天，在镜头中眼看着杏树叶一天天变绿，一天天茂密。叶片互相碰撞发出哗啦啦的声响，叶子中间的果实渐渐变大，落在地上，斑斑点点。杏娇气，不堪存放。我曾数次问母亲，能否晒成杏干，等我们回去吃。母亲说以前试过，一是天无整天晴，晒不透；二是苍蝇多，在杏干上乱爬，脏，没法吃。冬枣树一棵，紧挨着厕所。每年中秋前后回家，正赶上枣熟，又脆又甜，几个人站在树下一边摘一边吃。

杏树下种了苜蓿。只需种一回，年年长，春天可当鲜菜吃，做馅儿包饺子蒸包子，还可以蒸"拿够"（音或为"拿糕"，敝乡食物，苜蓿、榆钱儿、小青菜等，洗净，以玉米面简单搅拌，蒸熟，滴几滴香油，饥饿年代偶充正餐）。我早晨刷牙常把水倒在这里。地面湿了干，干了湿，变硬了，苜蓿居然还是年年按时钻出来。

苜蓿旁边有几条浅浅的垄，春夏时种植韭菜、小葱、萝卜。北瓜秧和丝瓜秧爬满篱笆，嫩瓜滴里当啷，母亲随手摘一根就可以吃一顿。吾乡将丝瓜称为药丝瓜，确有一点点轻微的中药味。北瓜学名笋瓜，是南瓜的一种，多圆形，也有的像西葫芦，可切块蒸着吃，可剁碎做馅儿。紧挨着墙边种了几垄白菜，秋末冬初，天一变冷，母亲把它们砍下来抱进屋子里，可以吃一冬天。

我就在这个小院子和一排门窗都关不严实的屋子里长大。那时，院子里根本没什么菜，除了一棵枣树，绿色都少见。曾问父母，以前过苦日子，为什么不知道在院子里种上这些。答，蔬菜需要经常浇水，用扁担从井里挑水，人吃都不够，哪还舍得浇菜。做菜需要的油盐，更没有。家家户户基本都是咸菜就玉米面饼子，也就维持个温饱。

若当年有如此丰盛，我也不至于对其厌弃至今。它们来得太晚了。

声　音

冬日的镜头里最像幼时场景，清冷，萧瑟。地面苍黄生硬，光秃秃的树伸出几根枝丫，像水墨画。那只瘦猫蹲在台阶前，晒着太阳打盹。阳光虽亮却并不充足，能听到清晰的风啸，呼一下子，吹过去了。

曾经那么大的村子，最盛时近两千人，四邻八乡打群架基本没输过。逢四排九还有大集，年前的集市尤其热闹，大人抱着小女孩，小女孩衣服上的装饰品都能剌着旁边人的眼睛。现在村中只剩老弱病残，常住人口估计也就二百多人。整个村子都静下来了。

能听到清晰的麻雀鸣叫，叽叽喳喳。只有这些鸟，愿意陪着村庄。临近冬天，母亲要点炉子，整理烟筒时发现里面塞了一团乱草，乱草里有几只还不会飞的小麻雀，母亲将它们放在房子东面的水坑边。该水坑旱季无水，岸边堆满柴草，不知小麻雀能否顺利度过这个冬天。偶尔有狗吠。村子的狗都瘦，都怕人，远远歪着脑袋夹着尾巴跑掉，但互相之间非常凶狠，可以把对方咬瘸。人少了，狗也变少了，多数是对天乱吼，像是练嗓子。镜头中，有时会突然传出"嘣"的一声，不知发自何处，可能世界本来就在连续发声，平时只是被更大的声音淹没。此刻，被巨大的安静衬托着，小院里的声音如浅水中的暗礁、石块，全都凸显了出来。

无声胜有声，无人胜有人。镜头一动，恍惚间似乎看见了人影。如果父亲还活着，那一定是他回家来了。

承　诺

父亲出殡那天，邻居金平说，我父亲曾给他的妻子大玲打电话，让她先替自己把麦田浇一遍水，两家的承包地挨着，父亲说自己做完手术十天半拉月就回去了。第二年回家，一位乡亲跟我说，去年也是此时，父亲在村边见到他，跟他聊天时说，自己马上要去北京做手术，不花自己的钱，花儿子的钱。很自豪的样子。我如海绵吸水一般，紧紧把这些简短的信息捏在手里，倍加珍惜。初中就开始住校，真正与父亲在一起生活的时间并不太长。我对父亲太缺乏了解。有一段时间，一度想跟父亲深谈，听他讲讲自己的琐事和心路历程，但在电话里只开个头，说着说着，不知怎么就岔过去了。或许还是没太放在心上，总以为有的是时间。手术前几天，妻子让我给父亲打个电话，闲聊兼询问一些事，我觉得不吉利，固执地要等到父亲手术结束后再联系，未料人去影灭，一生痕迹浅近于无，悔之晚矣。

想对父亲说的话太多。弥留之际，他一定听到了我们的呼喊和承诺。那时他在想些什么？他的所想应该没有埋入地下而是飘在空中。可我现在捕捉不到，以后也许能。

那天我对父亲连说了好几遍：爸爸您放心走吧，我们会照顾好我娘和我奶奶。

方　言

重回儿时的语境，捡拾方言竟成方式之一。河北各地方言差异大，十里不同音，吾乡距山东较近，略似山东方言。大学期间默读文章，潜意识里还在使用方言，毕业时方正式放弃。此后二十多年，天天说普通话，回家亦不变。小时村庄里有个笑话：某人去东北打工，返乡时见到本家叔叔，叔叔问他，什么时候回来的？答曰，昨晚。啪一巴掌打过去，再问，什么时候回来的？再答，"夜拉哄行"（音，本地方言，即昨晚）。叔叔才满意而去。从这个笑话中，可以看到坚硬、排斥和自得。不过对我的普通话，大家表面上还能接受。

普通话和方言岂止形式的变化，也会间接影响到思维，一径一方向。此正是我要坚持说普通话的重要原因。等我终于彻底摆脱了方言思维，再跟亲人对话，忽然发现有些词汇怎么也无法平移过来。阜城县所辖的蒋坊乡，我们那里读作"江发儿"，"北瓜"的"北"读作"碑"，只是音调之变，却无法换成普通话。一变调便显得做作，接不上那块土地。

奶奶八九十岁时，我跟她讲普通话，两人交流完全无障碍。后来奶奶耳朵越来越背，一句话重复好几次，她都听不明白，转换成本地方言，立刻听清了。耳朵不用消化。现在跟母亲聊天，隐隐约约也有了类似迹象。我尽量改用方言。回乡和老同学们聚会，也尽量使用方言。方言本是刻在骨子里的，一触即开，但多年不用，真的重新捡拾，亦如一门新语言。惯性总是把我拽回到普通话。我得时时自己跟自己拉锯，于是出现了普通话和方言交替使用的夹生感。这是个过程，早晚重回自如使用方言的场景，就如我现在一点点在回归曾经的土地。

故　乡

人到中年，不再期待什么大悲大喜，大起大落，只要父母无病无灾，心情好，一切都好。刚开始那段时间，我在镜头里不知跟母亲说些什么，甚至有点尴尬，但很快就找到了话题。在那个地方生活过十几年，总有共同记忆，每天和母亲聊天，渐渐连接起将断未断的事物。在母亲的嘴里，那些已经模糊的面孔，依稀可辨的名字，一个个都真切、鲜活起来。

母亲告诉我，某某去世了，你还记得那个人吗？我答，名字知道，但长什么样忘记了。母亲说，他儿子叫某某某，孙子叫某某某，住前街。我说，哦，他当年还看过苹果园。

母亲说，天天下大雨，咱家东边大坑里的水都漫到路上来了。我就想起小时候自己和一个小伙伴在里面玩水，另一个比我们大两岁的孩子站在坑边，手里拿着一个砖头，只让我一个人爬上来，不让另一个小伙伴爬上来，那个小伙伴在水里生生泡了一个下午。

母亲说，某某家的孩子结婚了。我就想起当年那个被大人抱在怀里，见人就哇哇大哭的小男孩儿。

……

他们都是我生命中的痕迹。那个半夜刮风呼呼响的村庄，就这么自自然然地与我现在生活的深圳连接在一起。深圳到阜城这四千里地的距离，不仅是空间距离，更是心灵距离。空间距离无法拉近，心灵距离可堪操作。常常在深圳的花红柳绿、高楼大厦中行走着，突然被老家某个完全不在视野中的事物撞击一下。曾经力图远离的，终究还要来到我面前。

村里几条狭窄的街道，村外清凉江上冬天的冰排，一度连接着童年的难堪、饥饿和凄冷，引发极不愉悦的思绪。今天的我有了自己的掩体和碉堡，能够用自己的体温覆盖那些灰暗记忆。我的办法是，回乡后一次次踏进这些地方，如同用脚抹掉地上的一口痰，使劲搓，使劲搓，搓来搓去就没了。但我仍不愿把"故乡"两字固定于兹。曾在长春生活过十多年，该地一位朋友说，子不嫌母丑，你为什么要离开？应该留下来建设故乡。我毫不犹豫地回答，我只有一个母亲，在河北老家。我的内心很坚定，哪里可获得足够的尊严，哪里便是我的故乡。就像今天的我对深圳可以很轻松地使用"故乡"二字，吾心安处即故乡。以后呢？我不敢确定。

一定还有许多像我这样的人，从乡村到都市，一生都洗不掉农村的故事，身上的皱。我的下一代没有这个负累和心结，但一定有新的纠结，那又是什么呢？

母亲说，村子的人越来越少，自己要是多活几年，都能亲眼看到这个村子消失。

我时时调整手机里的镜头，打量院子里的冬枣树、厕所、丝瓜秧和几排硕大的白菜。早早晚晚，这个房子会倒掉。我的亲人们一个个消失，周围的房子、邻居和庄稼都会消失，村庄亦跟着烟消云散。我们化为灰烬后变成了另一种方式的自己。

这种命运会落到今日的我头上吗？每一块土地都漂移，都让我难以踏实。

多年前那个躺在凉席上仰望夏日星空的杞人，望着望着，忽然泪流满面。别人都笑他傻。

他岂止担心天塌下来，他还怀揣着巨大的忧伤。

他是我的前生吗？

选自《山花》2024 年第 4 期

来自南宋古都的朋友

范雨素

商　丘

1127 年 1 月，金军攻破北宋的都城开封，几个月后，宋徽宗第九子、康王赵构在南京应天府（今商丘）登基，重建大宋王朝，史称南宋。消息传到北方，引发了金朝统治者的不满，他们不断派兵南下，与南宋发生战争。在这个过程中，南宋朝廷到处漂泊，在 11 年时间里换了 5 个都城，最终定都杭城。

商丘是南宋建朝的第一个都城。我有两个朋友是商丘人，我从他们那里听到很多有关商丘的故事。

知道宋襄之仁的故事；城摞城的归德府；江淹的五彩笔；李白的《梁园吟》……当他们和我提起江淹的《别赋》，不知为何，我的脑子里单曲循环地臆想起了《离别开出花》：

　　当离别开出花

　　……

　　坐上那朵离家的云霞

　　飘去无人知晓的天涯

　　……

　　孩子人生其实不复杂

省高考状元袁荇

　　袁荇是商丘人，10 岁举家从商丘搬到边疆垦荒。后来成了省高考状元。上个月，我从袁荇的公司门口过，想到很久没见面了，便约他见了一面。我们找了一个面馆吃面。袁荇说他不吃，他在减肥，他于是只看着我吃。我想到袁荇的 QQ 签名是"身肥志坚"，便劝慰袁荇："你虽然胖，但也是好事，人长胖了，体形伟岸，看着高高大大，一下子拔高了身高。我认识一个人，和你一般高，但因瘦得皮包骨头，看着猥琐，矮小。"袁荇听了我的劝慰，脸上露出了欢快的表情。

　　我继续和袁荇唠家常。袁荇说，他妈妈开抖音直播了，他经常给他妈妈打赏大礼包。我对袁荇说，我的两个孩子一个考过了被称为"天下第一考"的资格证书，一个考了个普通"211"大学。这时袁荇脸上露出羡慕的表情说，好厉害呀，还考上了"211"呢。我们因为知根知底，我带着诧异的表情问他，你不是高考状元吗？怎么还说一个上"211"的人厉害呢？袁荇说，他是省高考状元只是因为他所在的边疆整体教育基础薄弱，他才当上高考状元的，纯粹是运气好。我心里想，天底下还有这么谦虚的人。我的脸上显出省思的表情。我吃完面条后，袁荇虽然没吃，也抢着付账了。接着他送我坐地铁，挥手告别。

　　在地铁上，我在想，我和袁荇的整个交谈过程和我们这个大时代的文化氛围是同步的。现在人们都是宅男宅女了，都用网络沟通。在网络沟通过程中，都是先发表情包，打招呼。这就如我和袁荇谈话时，都是先酝酿出表情后，再张嘴说话。互联网改变了我们的生活方式。

　　继而我又想道，北京米贵，居大不易，我在北京认识 5 个高考状元，省高考状元 3 个，地级市高考状元 2 个，北京是首都，人才济济。

　　十月文艺出版社总编韩敬群，是安徽省高考状元，是全国政协委员。在百忙工作之余，还给单位同事讲古诗的韵律知识。江苏省高考状元吴呈杰，我在他的朋友圈看到，为了写好稿子，经常失眠。凤凰网的高考状元马俊岩，为了办好自己主管的栏目，一夜一夜不睡觉地看图片。他们共同的特征是对自己超级自律，对他人宽厚。

记得 14 年前，我认识一个湖南益阳的高考状元，他是 1969 年生人，从北师大毕业后，分到老家所在地的职业学院教书，后来辞去公职，来京经商。他身上散发的气质和我小时候村里那些高考落榜的哥哥气质是一模一样的。他也是农村人。

诗人小海

小海是商丘人，有一次我在皮村碰见小海，我们聊了一会儿。我和小海聊起"宋襄之仁"这个成语，我说宋襄公就是你们那里人，你们商丘人有不朝周的习俗，我们湖北人的口头禅是不服周，铆起搞。"宋襄之仁"虽是个贬义的成语，但宋襄公的仁义却是君子之风。宋襄公在史书里被称为最后的贵族，留下来的古迹有望母台等。

我让小海给我讲一讲他们村里的事。我想找到这块土地上"关于仁义"的延续。中华文化史一直有"兴灭国，继绝世"的文化。小海想了想，说他小时候，有一年腊月，村里来了一个有精神病的流浪汉，睡在村旁的麦秸垛里。村里人看见了，把麦秸垛掏了个洞，有人送被子，有人送包子，有人送馍，把这个流浪汉供养了起来。供养了几个月后，这个流浪汉又因为心梗猝死。村人报案后，公安局也找不到流浪汉的家人，村里人又集资把流浪汉埋在村旁的荒地里。

去年冬天，我和中国传媒大学的焦文娟在小海的诗歌商店闲坐。我们说起"中传"的花在春天开起来时如花园一样。我对小海说，你要是春天去"中传"赏花，肯定会受到"中传"同学的热情招待。小海说，前几年，每年都有几拨同学找自己拍作品，作为毕业论文用。我问小海有多少拨孩子来拍过了？小海说，约有二十几拨的孩子来拍过他呢！我又问小海，这两年怎么没看见同学们来拍你？小海说，听同学们说了，老师说的，不要拍小海了，拍来拍去就是小海在发泄愁苦的情绪，没有新鲜的。这两年没有同学们拍他了。小海又接着说，原来拍他的同学们现在都毕业了，应该都告别母校，四海为家了。

我观察到有同学拍小海时，小海总是不怨不尤，温柔敦厚地接待，不吝啬自己宝贵的时间，不计算得失和利害，有君子之风。

商丘大地上的中华五千年文化在袁荇和小海身上具体地呈现。

绍　兴

如果能反转时光，回到某一个地方，回到民国的绍兴，我的朋友就是祥林嫂、长妈妈、阿Q及闰土。走在绍兴的石板路上，我要去绍兴的土谷祠——阿Q席地而眠的土谷祠，祥林嫂捐门槛的土谷祠——去看看。

今年2月11日，我去了浙江绍兴，在鲁迅先生笔下的绍兴、阿Q寄宿的土谷祠，阿Q躺下打鼾的位置拍照打卡。

当下我在北京做保姆，我的朋友是小区的保洁、绿化工人，和我一块儿干活的育儿嫂、阿姨。我们和祥林嫂、阿Q不同的地方是我们都上过学，不是文盲；我们和祥林嫂相似的地方是，出门打工，喋喋不休地谈自己的孩子，想自己的孩子。而阿Q身上的虚荣、自大、欺软怕硬、懵懂、惶恐，也是我们身上固有的缺点。我在八九岁时，看哥哥们的中学课文就读过《阿Q正传》《祝福》，那时我是个幼稚的我，只是出于本能地厌恶，看不起阿Q、祥林嫂这两个文学形象。一转眼，重回首看祥林嫂、阿Q，才发现原来自己就是他们。

一百年前的中国大地，只有少数几个人能过好日子，大多数人都处于饥寒交迫的状态。一百年后的中国，中国共产党提高了中国人的生活水平，中国公民都读上书了，不是文盲。祥林嫂的孩子、闰土的孩子成了新疆高考状元袁荇，益阳市高考状元吕斌。

绍兴被称为刀笔吏之乡，鲁迅先生的笔如一把手术刀，把人解剖得体无完肤。我小时候用洗脸盆洗脸，总要对着洗脸盆的水当镜子照。现在呢，我再看鲁迅先生笔下的闰土、阿Q、祥林嫂、长妈妈，宛如童年时对着洗脸水照镜子。他们是我，我是他们。

绍兴之名，为南宋第一位皇帝宋高宗赵构所赐。根据南宋徐梦莘《三朝北盟会编》的记载，建炎五年（1131年）正月初一，宋高宗在越州大赦、改元，敕曰："绍奕世之宏休，兴百年之丕绪。爰因正岁，肇易嘉名，发涣号于治朝，霈鸿恩于寰宇，其建炎五年，可改绍兴元年。"

杭　州

绍兴二年（1132年）初，宋廷从绍兴迁往临安（1138年），至绍兴八年，正式定杭州为南宋都城。此后，南宋的半壁江山在江南烟雨中偏安了150年，在暖风熏拂下，杭州俨然成了另一个汴京。

绍兴作为南宋的临时都城有一年零八个月的时间。

我在今年2月7日去了南宋的最后一个都城杭州。我的外甥在杭州做程序员，朋友孙俊彬在杭州的互联网大厂上班。到杭城后，一下子就有了新奇的感受。在杭州过马路，好多路口没有红绿灯，杭州是车让人的，不是人让车。

当年"奉旨填词"的柳永柳三变，写下了"东南形胜，三吴都会，钱塘自古繁华"，写下了"有三秋桂子，十里荷花……"

一阕《望海潮》，让柳永迅速名满天下。

100多年后，金主完颜亮读到柳永的词句"三秋桂子，十里荷花"时，顿时惊掉了下巴。他对中原之美心驰神往，起兵60万，入侵南宋。

宋建炎三年（1129年）七月，高宗被金人追打，仓皇南渡，看到杭州西溪美景，乃云"西溪且留下"。这句话成了西溪美丽风光的一个注脚，一张名片。西溪，且留下。留下了杭州的湖光山色，更留下了千年的历史和文化。

友人孙俊彬是潮汕客家人，他曾做过记者，对学习、对工作极其认真。原来听他提起，为了写好稿子，一夜一夜地熬夜、失眠。他从家乡潮汕客家的村子出发，去广州读大学，留在广州做记者。又以广州为征途起点，来到北京奋斗，最后在杭州的留下镇定居。

在我十多岁时，电视里放《新白娘子传奇》，听着主题曲《渡情》——

（男）西湖美景，三月天哪，春雨如酒，柳如烟哪。（女）有缘千里来相会，（男）无缘对面手难牵。

当我想起回旋在脑子里的《渡情》时，联想到自己和南宋古都的缘分，我的家乡襄阳曾作为南宋的古战场，南宋江山的最后一道屏障，守了 6 年，后失守，南宋易帜，改朝换代。但时空封存了信息，上传到我的脑子里，于是有了千年后我和商丘、绍兴、杭州的缘分。

选自《北京文学》2024 年第 5 期

日常的神性：灵魂的封面

张远伦

给他的灵魂，做一个封面吧

在西南医院做了穿刺活检以后，我们就知道，老人家已经要和我们告别了。接下来我们要做的事情，是送走他撕裂般的痛苦，而把他的灵魂珍藏起来。首先要给他的灵魂，做一个封面。

死去的人都有一个封面

取世间好竹，取竹里好浆汁，驭世间好马，拉村庄里最大的碾盘，择老柏木两根，唤来精壮汉子两个，为他造一张薄纸。他就蜷缩在里面了。将一张纸的四角卷起来，对折，粘贴，数好：封二、封三、封四、封五、封六、封七。他死了，只有这样一张本地野竹，做成的符纸，才配得上他的封面。每一个死去的人，都有这样一张封面。封底最后闭合，决不允许再打开。

> 只有火焰能够夺走你的底子
> 只有阴魂
> 能够领走你的面子
>
> ——《死去的人都有一个封面》

封面小了些，包不住一叠纸钱，封面小了些，包不住那一团火焰；封面糙了些，像是那张消失的老脸；封面薄了些，一个皱褶，就像在哀伤。

他的封面焕发出黄金的光芒

老人家的封面制作，一点马虎不得。首先是要用村里最古老的造纸法，造出一批黄金般的草纸来。草纸可以做纸钱，可以写符纸。最关键的是，可以择其中最柔软绵实光洁的那张，作为他灵魂的封面。

为了这张封面，他的儿子从小就要在祖父和他的指导下，练习将野竹变成纸张的七十二道脚手，这种漫长而细致的传承，堪称神乎其技，当然也是艰苦卓绝。他要从小照看着江边的野竹林，不让人随意进入砍伐，尤其要防火。他要从童稚时起，就在家里养着至少一匹苦力马，平常用来驮运水泥、砖头、水稻、玉米，紧要时用来拉动碾盘造纸。他要留心看好自家古老的石碓，用石板密实盖好，舂竹浆的时候揭开。他要随时检修浆池，每年都用石灰将缝隙抹上，确保关键时候不漏浆。他最近要把压纸架上的木码加码，即将到来的灵魂很不凡，需要更多的重力来保证出纸的质量。他要……他要做的事情太多了，就为了一张纸。

一张封面纸。被火焰夺走，被灵魂领走的那张纸。

四月，江边的野竹摇曳。一丛一丛，一片一片，满峡谷，满崖壁，都是这些倔强的竹子，用细弱的身骨，中空的内心，完成伟大的遮天蔽日。他的儿子深入竹林之中，与一只竹鸡隐入其中没有两样，要不是偶尔的大吼，峡谷外的妻子根本不知道他身在何处。他会一边窸窸窣窣地穿行，选择好竹，一边叫几声，向外界标注自己的位置，以免妻子放心不下，以免自我迷失，以免和野猪等兽类迎面碰上。他嗥叫，野兽们就远远地躲开了。

他要看准，砍到这个季节里最好的野竹。这些竹子，身材修长，长相匀称，不要太老，也不要太嫩，最好是选到的好竹子能连成一片，他就不用东砍几根，西抽几根了，他就可以在一个上午的工夫，一捆一捆地砍出人间好竹，把它们运到江边。妻子像个二传手，早就等待在江畔平实的石头上，把这些竹子，也一捆一捆地，转运回到村寨，放在池子边。

他们砍回竹子后，会去石灰窑边，背回最新鲜的白石灰。他要引来山间最清冽的山泉。这种引水方法也是古老而又唯美的。把高处的水，迎进池子，需要一根接一根的竹子形成山间耀眼的明渠，每一处接头的水线都带着光，声音柔顺，在寂静的山谷低语，下一段接着上一段的话头，像一场关于高山流水的叙述在不断接龙。泉水叮叮地流入池中，溅起水花，形成涟漪，凝视之下，能够分神，让他们产生小憩的感觉。

然而他们不敢休息，时间不等人。一边接水，一边要把石灰倾倒入池中，用长长的木棍搅拌，让它们稀释、均匀，看上去像是一锅白面汤。然后把竹子划破，打捆，放到池子里浸泡，这一道工序称为"放麻"。

四月放麻，七月洗麻。

两三个月过去了，石灰水池中的竹子已经被泡得绵软、烂熟，逐渐在池面上形成浆液。远远看去，像是面汤经过醇化，已经可以被大地饮用了一般。然而这还没完。

他们要把被石灰水泡烂的竹子捞起来，把石灰洗净，让经过石灰泡熟的竹子净身，露出自身最光洁的本质来，然后再把池子里的石灰水也洗干净，放上清水继续浸泡，十五天之后捞起洗净再泡，这道工序称为"发汗水"。再过十五天，他们把竹子捞起洗净后，再用清水泡两天，这道工序称为"去污"。他们不厌其烦，像是精心侍弄艺术品的胚子，也像是书法家把文房四宝准备好，不能粗鄙，而要细腻，要经过儿子的灵魂清洗，才能为父亲的灵魂写史立传。

去污之后的竹捆已经成了原始的生纸浆，再将生纸浆捞起用石碓窝舂碾。

他们家还有两处石碓。一碓平常用来舂米、芝麻，做汤圆，另一碓"养兵千日，用兵一时"，专门用来舂竹子，造纸。他们有一个不断昂起头，又垂下头的木架，有一个忍受千锤，不，万锤的石窝。他有一个跳单腿芭蕾的妻子，膝盖上扬时很轻盈，脚尖下压时很沉实，换脚时不用停顿，节奏无丝毫偏差。

踢踏，踢踏……

在富有节奏和韵律的踩踏下，铁钻头插进竹子，发出扑哧的下滑音，他们还有一个胆怯的女儿，伸出手，又缩回来，用光滑的油茶木，将竹渣子搅动；他们还有一场关于春碓的模仿，在妻子的身后，小儿子一前一后，嘻嘻哈哈，被称为狗尾巴。

一声一声：嘭嘭嘭嘭。村寨里这种低沉而悠扬的调子，穿透了天空。慢慢地，生纸浆就成了熟纸浆，熟纸浆便可以走进造纸坊了。进了造纸坊，真正的造纸才刚刚开始，接下来的工序更加复杂，首先要备好阳桃藤浸泡的阳桃膏水，再用阳桃膏水和熟纸浆一起下到池子里，经过多次的搅拌之后就开始舀纸了……

夏日骄阳下，村子里蒸腾着纸浆水清新而又迷醉的气息。儿子已经在造纸坊里挥汗如雨了。舀纸是细致活。他的手根本不容许疲惫，不容许颤抖，不容许分神，以免导致舀纸不全片。他专注得像是一尊菩萨，温柔的眼光始终没有离开纸浆缸。他双臂能屈能伸，自然而然，握着舀纸的筛子。他要把这种力量的度把握好，拿捏到紧致而又松弛之间，太紧会造成舀纸不匀，太松会造成脱筛。

他将筛子轻轻地浸入纸浆里，肉眼和心灵的配合，调整到最佳角度，让最难把握的"水平"形成。当纸浆在筛子上慢慢浸入那么薄薄的一层，就迅速提起来，他就完成舀纸一张。

这个过程，悠然自得而又撼人心魄。任何一点差错都会前功尽弃，白费工夫会让他沮丧许久。长时间来，他已经对此谙熟于心了。

最为重要的是，在连续不断的舀纸过程中，需要一个良好的心态。他需要放下名利执念，放下无尽伤痛，放下绵绵悲哀，甚至放下爱。将精神集中在造纸坊的每一张舀纸上。

然而，没有一道工序是轻松的，这种专注，会持续到造纸结束。就像人生，对生命的尊重和照料，会持续到父亲他老人家归于极乐那一刻。接下来的"揭纸"，更是对他艺术手法的精细考验。

"舀纸是匠，揭纸是师。"他一生都在练习，将一片水从另一片水里揭开。水纸几乎就是水了，带着细纤维的水，每张都揭开，五张成一叠，液态纸，是纸的婴儿，在暖阳下，他静静地磨指甲，磨倒刺，磨老茧，磨血疤。掌心具备了褓褛的柔软，和经卷的滑腻，他气定神闲，近似造物主，极其熟练地，从光阴里，救出一张水意淋漓的纸来。

七十二道工序，条条蛇都咬人，没有一道轻松，没有一刻可以大意。纸张，永远是人们精神里最重要的物象，是最需要沉静的心智和巧妙的手法的。"七十二道脚手，除开吹那一口。"除了手风，还有口风，造纸过程中的"吹"也是非常重要。仿佛是他们无声的语言、无形的技艺，他们吹浆汁，吹帘子，这些看不见的精微，用嘴形和气息之力来完成。有时候，仅仅是轻轻地呵气，一面液体的纸就成型了。而后，他将帘子提起来，一个水平面便悬在空中。无须吹纸浆的时候，他就吹掉入浆汁池的小飞虫，从水纹中吹掉一个黑点，从涟漪里吹去一处斑痕，如吹掉生命里的痛处，他的绝技，就是将大风分成微风，慢慢地吹走薄暮。

于是，他们看到一方刚出水的草纸，像人间最柔软的黄金，吸水的黄金，纤维化的黄金，可以像切豆腐一样切开的黄金，捏在手心成了泥的黄金，咀嚼起来烂熟的黄金，清香四溢的黄金。纸到黄金为止。此刻，他们也想：留下一方黄金，不要把它变成祭典上的火焰，让它，自然地风化。他们愿意看到——黄金逐渐萎缩。大风口把它含在嘴里，又吐出去。

有一次，年过八旬的写史老人来这里，写下："——朗溪，狼溪，有异兽，背负双目，凶悍而多情，猛于狼而次于虎。"——这时候，粗疏的草纸，沾上墨迹，竟然有了奇异的光泽，浑浊如泥的纸浆后来成了草纸，用于燃烧，写在上面的墨迹，坚持到最后，即便是化成灰烬，字符也会最后散开。他们听说老人逝世于戊戌年早春，他笔下的神犬，凶猛的部分像是他，多情的部分像是他们。他也许，真的听见了纸上的虎啸和火中的狼嚎。

要里子，也要面子

尽管村子里还保留有"最好的文化人"来做写符人的传统，但是越来越少了，濒临消失。真正的现代知识分子已经很少去研究和传袭此道了。

我想：当我成不了一个真正的乡村写符人，我配在生命终结后领取一个属于自己灵魂的封面吗？

所以我写诗，只有诗歌让我拥有自己的灵魂的封面。它不是古法造纸术的馈赠，也不是现代生产线印刷出的礼物，更不是各种汗牛充栋的娱乐化、类型化、浅表化的出版物的簇拥。它是孤独的，是叩击内心的，是拷问自我的，是利他的——生命的封面。

我想既要里子，也要面子。

而我的"写符人"在哪里？

选自《草原》2023 年第 12 期

在河西走廊心上筑巢（外一篇）

刘梅花

　　甘肃简牍博物馆，一些锦帛的残片，被淡蓝色的灯光照着。有一块巴掌大的格子锦帛，暗黄色和深蓝色穿插，让人想起汉朝的花园，只开着黄色和蓝色的花朵。花朵不是颜色的堆积，是时光的信号，一朵接一朵发射。

　　如果能拿起来，我想把这块小小的布头拿到太阳底下，让它晒晒——捂了两千多年，它肯定愁闷。暗黄色是大地的颜色，深蓝是天空的颜色。这两种颜色交织在一起，透出一种豪华的美感。如果可以摸一摸，会是怎样独特的触感呢？

　　汉朝的织布女，一定是我们的探子，她坐在时光深处，发来一封柔软垂坠的格子小笺。她什么都没说，却什么都说了。

　　寄信人选择的方式清晰明确，没有发射到月球上去，而是直接摁到河西走廊干燥的沙子里——现在，你离开汉朝，去往两千年后的某一天。他们会看到我曾经拥有的最好的东西。

　　单单是锦帛，未免有些孤单。于是，汉朝又打发了一些植物的种子，一些汉简，一起打包寄走。全都摁在沙子里，摁在大地深处。邮路漫长，邮件全都睡着了。

　　汉朝在寄件地址上打发一些黄色花蕊蓝色花瓣的张大人花盛开，作为记号。当然，看作邮票也未尝不可。这些花朵是张骞喜欢的。张骞其实是个爱冒险的骑士，植物猎人。如果他年老之后画画，我猜最爱用的颜色应该是土黄色和湛蓝色。

　　如果时光有体积，有重量，有硬度，有干燥和潮湿度，那么信件不可避免会被磨损。在沙漠中看见沙漠。在时光中看到时光。在邮件中留下汉字。汉朝的信件乘坐一张芦苇席子，来到千年后的天空之下。

推开重重叠叠的时光，千年后的太阳比千年前还要炽热。一个农夫在他的地里刨土，对，他想修个椭圆形的羊圈。汉朝寄来的东西抵达了——他先刨出来一些石头，然后是砖头，然后是一些碎陶瓷片。陶瓷片的釉色看上去蓝幽幽的，闪着光，闪着汉朝神秘的气息。

他终于刨出来一些东西，汉简，瓦罐里一撮植物种子，锦帛残片。如果是金子，他会很兴奋。可惜不是，是汉朝寄来的小笺。农夫对着这些东西思忖很久，恍然以为自己走错了时空。

阳光打在这些汉朝来信上，农夫觉得自己很孤单，是个忧伤的邮差，没忍住拆开了包裹里的信件。寄件人只寄了信件，而忘了给邮差寄一块金子。

这块格子锦帛，还有木简药方，几粒种子，从汉朝出发，路途遥遥，一直走了两千多年，才算抵达，完成任务。这三样东西其实就是汉朝的人生。世界不可能保持原状，世界是一头散发着欲望气息的野兽。汉朝知道这些。

如果种子带来生的希望，那么锦帛赋予的就是生之尊严。至于药方，治愈的不仅仅是身体的疾病，还治愈沮丧不快乐。汉朝离开我们的时候，寄开三封信——吃，穿，医。汉朝担心我们忧伤，自私，或者过于张扬。寄开之前，汉朝思忖很久——拿什么给我的后世子民心上筑巢？

这些信件，汉朝寄给千年后的河西走廊。河西走廊的盛大足以盛放一撮种子，一片锦帛，一枚药方。汉朝寄来信件，当然不让我们拒绝，也不是为了让我们给个好评。时光没有漂白格子锦帛的颜色，反而黯淡了一些。也没有炭化种子，还是原模原样。至于汉简药方，连一撇一捺都没有丢，好好的。河西走廊善于保管，这些看似脆弱的东西，其实能磨穿岁月。我们收到这些信件，汉朝就会减弱一些对后人的思念。

如果我们很懒，就种那一撮种子，吃种子生长出来的庄稼。我们就照着那片锦帛织布，土黄色和蓝色穿插交错，穿那样朴实又奢华的衣裳。我们就用那枚药方，医治我们身体和内心的伤。

河西走廊多么狭长，走廊的心就是那些遍野开着的小花朵。坚韧，柔软，浪漫，这些小花朵也是河西走廊心上筑的巢。汉朝并不管宇宙怎么运转，只关心河西走廊的心上，筑小小的巢穴。

如果想到爱，想到被深爱，那就想到汉朝——被自己的祖先深爱着，本身就值得炫耀。

选自 2024 年 7 月 25 日《文学报》

土 豆

父亲在沙漠里种植土豆。那条干河，一滴水都没有，曾经是汉朝的大河，穿过腾格里沙漠边缘。我们的一块土地在干河边，平整疏松。

本来种了葵花，然而被沙老鼠祸害得不剩几根苗。有些葵花苗只剩下秃桩，有些苗嫩嫩的茎叶被咬掉一大口，剩下的残骸摇摇晃晃。沿着地埂的那一垄全都倒伏，根被咬断。

沙老鼠大模大样地在葵花田里掘洞，到处是洞口和它霸道的爪印。大水漫灌过后，鼠洞全都泡塌，沙老鼠抱头鼠窜。

父亲决定补种土豆。他不能拯救已经枯萎掉的葵花苗，只能种新的庄稼，土地不可能闲着。切块的土豆拌了草木灰，一窝一窝种到沙地里，蒙上白色的地膜。土豆垄和地埂平行，断了脊椎骨的蛇一样，软晃晃地伸长。

土豆发芽很慢。父亲时不时刨开沙土，查看种子的情况。毕竟天气越来越热，土豆有可能会捂坏在沙子里。不过还好，土豆块慢慢萎缩，肉质的嫩芽伸出一点点，缓慢顶破土层。

芽体伸出来了，一小撮，顶在地膜上，撑开小小的叶子。一簇嫩叶，绿绿的，肥肥的，那么纤弱。父亲跪在沙地里，地膜撕开一个小洞，把一簇一簇的土豆芽儿掏出来,根部压紧湿土。

沙漠里的太阳毒,没多久,那些脆弱的绿芽就耷拉下来,蔫蔫的。没关系,早晚温差特别大,它会在夜里生长。黄昏,太阳落下,寒气弥漫。白色的地膜上吸附层层水珠子,一颗一颗渗到沙地里。土豆苗慢慢抬起头,一点儿一点儿伸直自己。

夜色里,父亲坐在地埂上,吃烟,观察土豆苗。烟是旱烟,自己卷的烟卷,笨拙,粗糙。苍穹很高,星星繁密,风吹得散淡,若有若无。胡杨叶子似乎在摆动,似乎又没有。

大地上全是庄稼生长的声音,小麦拔节,咯吱咯吱。荞麦开花,窸窸窣窣。西瓜扯着藤蔓,悄悄朝前爬,沙沙沙沙,抛出豆粒大小的瓜,顶着萎谢的小黄花。玉米枝叶茂盛,在夜色里黑黢黢的,飒飒响,有一种鼓荡的气势。

对于植物来说,沙漠在这个时期暗暗地释放出透明的生长因子,快长啊,快长。那些因子在空气里大喊大叫。

地头有沙枣树,花非常细小,米黄色,三朵一攒。沙枣花在一瓣一瓣凋谢,飘落在沙地上。花朵飘落的声音很轻微,不惊扰别的作物,几乎悄无声息。沙地上覆盖薄薄一层碎花屑,清香沉下又浮起。

后来,每次读到"簌簌衣巾落枣花"这句,心里总是有一种莫名的感动。我年少时枣花落了一地。

父亲吃完最后一根烟卷,吭吭干咳几声——有一天我在路上走着,不经意干咳了几声,声音和父亲的干咳声一模一样,吓我一跳。那时候十七八岁。而现在,这种干咳声已经根深蒂固,走几步路就得吭吭两声。这种遗传令人吃惊。明明我不想咳嗽,嗓子也好好的,但是忍不住。

土豆苗长势很好,不用担心。父亲站起身,扔掉烟蒂,避开脚底下的庄稼,走到紫花苜蓿地里。很快,传来咔嚓咔嚓收割苜蓿的声音。这种收割声显然过于粗糙,惊吓到了别的作物。庄稼生长的声音猛然间停顿了一下,片刻后继续沙沙沙生长。有些作物被割走,有些作物正在生长。

我在地头等父亲。庄稼生长的声波，锋利的镰刀割下苜蓿的声波，吭吭的干咳声，脚底踩在苜蓿茬上的咔啦声，包裹着我。夜还不深，我已经困得眼皮打架，昏昏欲睡。

父亲从紫花苜蓿地里走出来，看不见我，高声喊——梅娃子——梅娃子——

他的肩上扛着一大捆整齐的苜蓿草，苜蓿茎秆被割断，茬口滴着浓绿的汁液，散发出青草独有的味道，新鲜而野蛮。我牵着他的衣角，高一脚低一脚踩在乡间沙路上，回家。

灰毛驴老远就听见我们的脚步声，闻到青草诱人的香味——对于灰毛驴，苜蓿草是清香无比的美味。它咴咴叫着，声音欢快，蹄子不停地刨地皮，急得不行。

院子里有葡萄架，我睡在葡萄架下，夏天太热了。葡萄也才豌豆大，一攒一攒，藏在叶片后面。庭院里的花朵都收拢花瓣睡了，一点儿声音都没有。我在灰毛驴咀嚼苜蓿草的声波里酣然入睡。

毫无疑问，土豆丰收。秋天，我们撕掉地膜，把土豆从地垄里刨出来，一窝一窝白白净净的漂亮土豆，新鲜得让人想立刻咬一口，脆脆的生吃。

土豆越刨越多，那么多的土豆，简直把我们惊呆了。父亲从未收获过如此多的土豆，有些措手不及。

"我们捣了土豆的老窝。"他嘿嘿笑着，有些得意。

整整两窖土豆。整个冬春，都在吃土豆。土豆炖白菜、土豆饼、土豆丝、土豆蔬菜羹。有时候也有土豆煨鸡汤。

长得歪瓜裂枣的，很小的，铲伤的，这些不完美的土豆都挑出来，煮熟了，喂给家里的鸡儿和黑猪。

冬天长夜里，窗外大雪。父亲把土豆烤熟，掰开，咬一口，哈出热气，笑着说，多好吃的土豆啊。

选自《广州文艺》2023 年第 10 期

放牧心灵

秦湄毳

一

窗外，雪花。

课前学生在齐声欢唱《童年》："盼望着……有张成熟与长大的脸……"歌声里，我恍然发现童年的自己离现在很近，它分明就是眼前的学生。"老师的粉笔还在拼命叽叽喳喳写个不停……操场边的秋千上只有蝴蝶停在上面……"黑黑的小胖边唱着边冲我做鬼脸。是呵，多少次，幼时我们的课堂上，老师的粉笔不也是格外刺耳吗，我们的心不也是急切地渴盼那秋千上蝴蝶不要飞啊不要走，等着我下课吧。我哥在回忆童年时说"重回童年，我会在外面打皮牛，打一天不回家"。

上课了，讲析《从宜宾到重庆》，"重庆这个城市本文讲了几个特点"？我提问认真听课的孩子们。靠窗玻璃的"小黄祆"正把小小的脑袋扭向窗外，顺着他的视线，我看见白雪覆盖的操场。"……重要港口，山城，雾城。"课代表在总结她的答案。"对，对。"不少学生在点着头。

结束了新课，我没有马上留作业。"××，请告诉同学们你看到了什么？"小黄祆怕怕的，忙说："老师，我注意听讲，我……"同学们笑了。我说："真的不批评你，给大家说说吧。"小黄祆慢慢站起来，狡黠地眨眨眼："老师我说了你可别生气，我想快点下去，看看我的脚印，刻在双杠下的，还有没有？"我一激灵来了兴致："今天的作业，陪他下去看看脚印还有没有，写日记。"其实，我还想说，"也帮老师看看，老师的童年是不是还在雪下面盖着呢"。学生的欢颜伴着下课铃声兴奋地飞向操场，一如从前他们去观雾去看云彩朵朵的秋日碧空。

我记得雪下的操场上有我第一句诗、第一行泪水，有我燃过的第一堆篝火、放飞的第一个期盼，还有学着闰土撒下谷米招来的一只只小麻雀，以及阳光下春风里飞扬的马尾辫、蹦跳的蝴蝶花……那时的目光清亮，那时的脚步稚嫩，那时的谛听，还有花开的声音，月光叩响第一缕芳香……

白雪覆盖着我的童年，覆盖着少年的梦，成年人的幻想。白雪下的童心柔韧而执着，在每一个风浪险急的人生港口绽放着光芒。

我让学生沉重的书包里塞进一双小脚印，一朵秋天的云，一株浓雾里挺拔的校园松，只为有一天，或许他们可以沿着它，走回简单的心灵童年。

二

冰心先生携了她那盏弯弯山道上的小橘灯远逝了，身后却闪耀了朦胧的橘光无数。

淡淡的橘光从我的老师的眼眸里走来，驻进我童年的心空，而今，我又把它一盏盏挑入我的学生的视野，留存在他们清澈见底的记忆源头，记忆的路有多长，这勇敢乐观的橘光就能够亮多远。

每次讲析《小橘灯》，不同的孩子都有相同的欣喜。他们精心记生字，认真读课文，投入地随我分析小姑娘的形象。望着他们小芽芽般葱茏的身影，我会叮咛一句：什么时候都别忘了这橘光呵。

课后，学生们最喜欢做的事就是制作小橘灯啦，在日记里我清楚地了解到谁回家就向爸爸要了两元钱出去买橘子，谁想尽办法才把小橘碗穿起来的，还有谁剪了妈妈的毛线，挑着灯不当心烛火将美丽的灯烧成"三脚猫"……清晨，我惊喜地看到学生把做好的小橘灯整齐地摆满讲桌，风铃一样挂遍教室的窗台，一桌的心灵手巧一屋子的晶莹童心，美丽的小芽美丽的小橘灯，我感到高兴感到知足。

燃尽青春点亮孩子们的心，这是青春之初我为自己立的盟语。"位卑未敢忘忧国"是大学毕业定位教育时我的力量之源。穿梭在操场上孩子们广播操的队伍里，我仿佛行走在阳光下青翠的小竹林，分明地听见他们的拔节声。有学生问，老师我们能亲亲你吗？我不禁笑了：在老师微笑的时候，老师的心已经被你们亲过了。

我深爱着我的学生们，祈望他们一生坦途，可我又清醒地知道哪个人生都有风沙弥漫的时刻，在他们的留言册上我写道："有一天，你或许会感到有些累有些泪，什么都不想说的时候，别忘了老师正燃了你做的小橘灯，等你……"

我的学生们呵，漆黑的暗夜要记住，你小的时候做过一盏多么美丽的小橘灯啊！

三

我喜欢乐音叮咚里读书，喜欢夜深人静时读书，我喜欢秋风渐起时读书，喜欢梧桐花开季读书，忧伤着读书忧伤没有了，欢乐着读书欢乐变多了。

月下见李白，潭边柳宗元，桃花林中遇陶潜，田间秦罗敷，垄上飞鸿鹄，闹市有文君与相如相伴。立碣石观沧海，看黄龙痛饮，品寒江钓雪，悄然入阿房、访病梅、聆听少年中国说，静察祖冲之长须里的智慧，思忖圆明园里冲天的火焰。看云卷云舒、赏花开花落、识白云苍狗，三尺讲台，我满怀激情把这一切讲述给我的学生。

四

在我的心里，花儿朵朵就是我的学生们心灵的模样；在我心里，花儿朵朵就是我所希望的我的学生们永远的模样。

这是一群还不明事的孩子，却是最美丽最圣洁所在。呈现在我眼前的每一颗灵魂流淌着朝露般的纯净。我蓦然发现能够永远这么美好的真谛，花儿一般的心灵是我们的底色啊。

　　今天我眼里花儿般的孩子，在走过千万里路，也许有着老榕树的面容，但我依然期待着花一样的心灵，那时再见。

选自《阳光》2024 年第 1 期

崭新的乡愁

鱼 木

居住地

我在新都的生活从文家巷开始，此后辗转南门河、龙家湾，再到马超东路。相对于硕大的城市，这几条街实在微不足道。至少在名气上不值一提。新都自有其厚重的历史：上升街、状元街、圣谕亭巷的街名里依旧保留着古老的体温，古城墙和桂湖公园里还能闻到中华文化淡雅的芬芳，宝光寺里佛光普照。任意一处拎出来，都让这个城市与众不同。

初到新都，城市就以其庞大的身姿给我提供了灵魂的庇护，让人不自觉地想倚靠它。现在，定居新都二十年了。这个时间长度，已然超过了我在故乡生活的时间长度。

足够长的时间，总让人沉思，仿佛不停下来，在人生刻度上做个标记——表明自己是珍视时间的，能处理好时间中自己与生活的关系——日子就算白过了。

算一算，四十年的人生旅程，我的时间大致分为两截：离开故乡前和生活在异乡后。

空间也大致分为两块：故乡和新都。

按理说，故乡是一个人生命时间的起点，亦是身体上的胎记。事实却是，自十三岁离家住校起，我与家乡就生分了。生病时，失意时，我自会思念它——因为我没别处寄寓情感；得意时，我想告知它——因为我只习惯这么做。但当我真走向它时，脚步又会不自觉地放慢——仿佛怕看见那块胎记，得隐藏起来才心安，哪怕那胎记是长在脚底的。

我和故乡像极了两块磁铁，只在回忆的场域里相吸。

内心深处讲，我是根植于城市而不是乡村的人。

只是，我先熟悉的是乡村。我熟悉乡村的桉树气息，知道松树油脂可以点灯，知道在菜油里放一根线能当灯芯，知道柏树枝丫可以熏腊肉，知道涨水时把渔网放河沟就能抓到泥鳅，知道兔子吃的草与猪吃的不一样：兔子的草上不能有露水。这些生活经验是看会听会的，不需要刻意去学，但这并不表示我认同这些生活。毫不避讳地讲，我更愿生活在城市。我喜欢淋浴，不想烧火煮饭，渴望早晨下楼就能买到白馒头——这的确是我努力学习时不太高尚的动机。

当然，每次回到家乡，我总是快乐地奔向它。尽管只是三两天光景。因为，很快，我就会在烟熏火燎和割草挖土中怜惜自己的素手、白肤与新衣。这不是矫情，作为与土地比较疏离的一代，我并没真正挽起衣袖劳作过——我对劳动的印象更多来自父母，他们在田间地头挑粪饮水打药收麦打谷，累得腰也直不起。无论是我，还是父母，或是亲戚，都认同离开故乡是更好的选择，并且我们坚信这样的选择是有意义的。

从我踏上新都的土地始，我就同时在心里认同了这个地方，把它当作了故乡，至少是故乡的化身。只不过，我在精神上还未完全断奶，还不能远离生养自己的故园，更何况，所有的牵绊还在故园里。

新都，只能算作居住地。

居住地，当这个词从我头脑里冒出后，我仿佛终于找到了如何安放新都的办法，厘清了自己与新都的关系。居住地可以托举我、成就我，又不至于和我有血脉般的深沉纠葛——如果有一天，我打算离去，也是可以立马背着行囊转身的。

当年的我，真诚地这样盘算过。

还是太年轻了！当年只把新都当作一个地理名词了，给它的定位是距离故乡一百公里的地方。

我一度忘记添上时间的筹码：在居住地生活一个月、一年，和在此地生活十年、二十年，乃至一辈子，是完全不一样的生命感受。

一辈子的关系

将在新都生活一辈子，是我最近才明确的一种意识。

新都不仅见证了我的青春、中年，并将继续见证我的晚年与死亡——我所经历的过去猛地变成了一座山，横亘在现在的我和过去的我之间。

诗意的行囊早已破旧不堪，我不可能再去拾掇，也没心情去拾掇——二十年了，我的身体吹过刮向新都的每一阵风，淋过落在新都的每一滴雨，闻过飘散在新都街道的每季桂香。我知道哪家豆瓣抄手的味道不咸不淡，哪个路边边的烧烤最巴适，哪里可以摘到最甜的柚子。年初，我去宝光寺烧香拜佛。六月，去桂湖看荷花。有时间就去毗河边散步。我教过六七届学生了，他们都来自新都或周边地方。

我无法将新都从身体上剥离，更无法将它从思想中剔除——我们无法分开，也没分开过。我的身上处处都带着新都的烙印，口味、审美乃至口音——回到老家，我拖着新都的尾音，惹得亲戚们笑话。

我纯然是一个新都人了。

我与新都的关系，比我和故乡的关系更密切。

去年，那个叫许村的村庄从地图册上消失，并入桥楼村，再并入万华社区后，我与故乡的脐带就被剪断了。等老屋被推土机推倒，池塘边的梨树、桃树被砍，三亩橘林的橘子树被卖，井台边的香樟树被抬走，田地变得空空如也，连屋基上都找不到片瓦片砖了，我真正成为一个没有故乡的人。

亲戚朋友也陆续在新城买了新居，他们正学着在城市定居，将小区当作故乡。很难。值得欣慰的是，籍贯没改——总算和故乡还有一丝微弱的连接。

我不一样。

每次填表格，籍贯和居住地两栏的内容相异。

以前，故乡就是故乡。居住地充其量是故乡的化身。如今，故乡没了，居住地似乎该乘势而上，补偿我无处落根的乡愁了。

自然而然，新都就成了我精神上的故乡。这情感和王鼎钧先生《水心》里讲的很相似："我是异乡养大的孤儿，我怀念故乡，但是感激我居住过的每个地方。"新都塑造了一个更复杂的我。这个我，即便前二十年与它无关，来自距离它一百多公里外的地方，但精神的质地却完全是城市化的，由它塑造出来的。生活在新都，我不再是老家那个扎着马尾的小女孩了，不再是那个四体不勤五谷不分只晓得读书的余家老大了。我从过去的体内孕育了出来，成了一个老师，一个默默无闻的写作者——花了二十年时间，我不过是在反复追问自己与新都的关系罢了。不可否认，我对新都越来越熟悉。只是我还是没法真正说清楚新都对我意味着什么。

我是谁？当我回到老家，对家里的每个人，熟悉归熟悉，却很难知道他们内心的冲突。于是我们争吵，和好，赌咒，宽恕，出走，又归来。永远说不清当初的情感为何产生，为何再次产生。

但，我从未放弃过向家人诉说！

正如，也从未放弃过讲述新都！

继续穿过大街小巷，沿城墙或河流漫步，在一棵黄桷树下歇息，偶尔背靠一块刻着《沱江赋》的石头发呆——我在空间上努力确认自己的存在，同时，刻意截断时间，好寻到更多解读新都的线索。

或许，某一天，我能理解这座城。

崭新的乡愁

走累了，故乡就成了一味最有效的安慰剂。

我用想象送服入口，立马就感觉到了温暖——可抵御一切凄风苦雨。

我和故乡终究藕断丝连：它是我终身的爱人、忠贞的家人，即便我们分开了。

在塑造我时，故乡在时间上占了先机，以至现在，我的每一次行动里，皆能觅到过去的蛛丝马迹。如果没在乡间田野上奔跑过，没追鸡赶鸭过，没手拿石头跟狗干过架，我生命底色定然不会如此活跃！如果没在一棵橘树下坐过一整个上午，没将脸庞映照过有熊熊火焰的灶膛，没亲身踩过泥滩，我对大地定然不会如此熟悉，也就不会在异乡寻找精神寄托时，沿着一条河流去看两岸的庄稼，在城市湿地公园里流连忘返时，绕着一棵泡桐树徘徊。我愿意去的地方都是极安静的地方。在宝光禅院虚度一下午，看银杏林间漏下的天光，看鸟儿腾跃，看青烟袅袅，看茶汤颜色渐浅。对于桉树香樟树桂树有着天然的亲近感。在菜市场看到老农卖菜会停下来挑拣。能一眼认出无花果树，只因老家池塘边有这么一棵树。

"笃笃笃。"有人敲门。是楼下的一个老妪，她手里拿了半只黄南瓜。因我把多余的衣服、报纸给了她，她就时不时送我一些自己种的菜蔬，热心地教我如何切、如何做饺子——我猜的，因为听不懂她的口音。她离开后，我完全没按她教的方法做。我直接将南瓜切了块，放白水煮了，就像在老家时那么做。闻着南瓜发出的甜糯香味，楼下老妪就变成老家大婶幺婶姑姑姨婆一类的人了。

蝉声不绝，和很多年前老家听到的一样，似乎是乡下的蝉鸣飘进了屋中。

我倚靠窗前，侧耳倾听，那模样像极了一粒乡间的种子落在了城市的阳台上。这粒种子凭借天生的乡下基因——把对泥土的熟悉感和对光的渴望融入了城市的天光中，并顺着高楼间漏下来的那点天光沿防护栏攀缘，一寸寸地长，最后竟在时间里占了上风：萌芽，生根，像模像样地占据了阳台。

据今年统计信息，新都常住人口 157 万左右，其中户籍人口只有 86 万左右。如果每个异乡人身后都带着自己的故乡，那么这座城市至少要容纳 70 多万个故乡：比肉眼可见的星星还多！

毫无疑问，我们每个异乡人，都在城市开放包容的臂弯里憧憬、奋斗、生活、寻觅归宿，我们亦将生出共通的乡愁，一缕崭新、梦幻而又斑斓的乡愁。

选自《四川文学》2024 年第 8 期

冒　顶

张雄文

一

父亲吃过早饭，带上门出去了。又是一个惬意的清晨。

我家所在的煤矿家属区蹲踞山顶，与山脚矿井入口、村庄、田野、小溪，还有通往市区的公路都相距甚远。

每栋家属楼之间或屋宇侧畔，是香樟、梧桐等绿化树，间或也有家属们在树下开垦的菜畦，或宽或窄，像山下农家一样种了辣椒、茄子、苦瓜、丝瓜等菜蔬。几年下来，绿化树早已枝叶繁茂，蔚然成林。我家窗外一排梧桐，惹来雀鸟们欢快盘桓，叽叽喳喳闹个不停。从外地大学回来过暑假，每个清晨，我喜欢鸟儿们嬉戏，母亲在厨房锅碗瓢盆叮当忙碌。

小弟和妹妹早出门疯去了。大弟尚未下班，大弟是井下采煤队的矿工，三班倒，这些天上零点班，晚间十二点到第二天早上八点。说来惭愧，大弟小我近两岁，已上班好几年挣工资贴补家里，我这个哥哥却还在花钱念书。大年三十晚上，大弟给我和其他弟妹压岁钱，他享受着他辛苦换来的快乐。

二

"砰——"隔着卧室门，听见母亲的惊呼声伴随着急促的脚步声。

顾不上套外衣外裤，我猛拉开卧室门，瞬间惊呆：外出不久的父亲回来了，他瘫坐在地上双手抱头，无声啜泣，半白头发分明随全身在抖动，仿佛秋风里的一丛枯草。母亲扶着他，连问几个怎么了。我从未见过父亲这般模样：满脸悲怆，纸张一般苍白，哽咽着，说不出话。他在儿女、亲戚乃至全村老小眼中，一直是身材高大、声若洪钟，行事威猛果断，说一不二的形象。

"井下零点班出事了！"好一阵，父亲终于哽咽出了声，却像一声霹雳，震响了整个屋子。母亲迅疾瘫软下去。零点班正是大弟的班，我意识到，往常这时早到家的他还不见踪影。

儿时听说矿上有事故，我根本不懂其利害，父亲也从不主动提及这些事。邻居们有时好奇打听，他多半只淡然说几句。

随着发展，矿上安全措施日渐完善，但仍隐伏"水、火、瓦斯、煤尘、顶板"五大灾患，仿佛黑夜里蛰伏的只只饿狼，随时都有可能猛扑过来。大弟下井采煤，回家后极少说他的工作。我只是从家属区的宣传栏里，大概知晓采煤是怎么回事：基本工序分为"破、装、运"，"破"是把煤炭从地下整体煤层中破落下来，"装"是把破落下来的煤炭装入采场中的运输工具内，"运"则是将煤炭运出采场。无论哪种工序，都是重体力活，一干就要八个小时，看不见阳光与星月，只有头上那盏矿灯微弱的光亮相伴。但我从未见大弟下班后有疲惫的模样，也从无厌弃的神情，除了洗澡后脸庞依旧有点黑。每到出门上班前，父母都要再三叮嘱，注意安全！他总随口答应着，哼着小调一阵风地走了。日子一久，我原有的担心渐渐消隐，觉得采煤与别的地面工作没什么两样，何况大弟十分机灵，我总想那些发生在别人身上的悲剧，绝不会落到他头上。

三

母亲的哭声更为凄厉，直透门窗，似乎唤醒了父亲，他急忙制止道："小点声，还不知具体情况，矿里正在紧急组织救援。"他是担心楼上楼下的邻居们听到，引来惊慌。一丝希望滑过来：一个零点班 30 来人，还没确定有大弟，就有可能没有事。但须臾间，希望又如暗夜火花黯下去。

我没有去过井下，不过知道矿工们是在有支架支撑的工作面采煤，采煤巷道很深，采场控顶面积也比较大，若支架对顶板的总支撑力不能与维持顶板稳定下沉的要求相适应，顶板上厚重煤层就会骤然塌下来，这就是冒顶。冒顶之下，埋头干活的矿工们瞬间便会被煤炭掩埋，且前后通道被堵死，无处可躲，无处可逃。侥幸不在坍塌层正下方的人，才有可能逃过一劫，但也多有受伤，也急需地面救援行动迅速，否则仅有的空气耗尽后，存在着更大的危险。理论上，矿工们下井前，都被反复要求随时注意工作面每个细微处的变化，各种安全措施也很到位，但意外总是防不胜防，往往在神经稍放松的某个时刻突然降临。

　　"我去井口看看。"父母都因悲切而瘫软，我忽然觉得自己长大了，肩上有了一份责任。

　　太阳爬过了山顶，矿区所在的山脚却盘桓着巨大阴影，虽是盛夏，我却分明感到四方奔涌着寒气。矿井入口外，聚集了许多人，矿领导、职工、救援者，更多的是老老少少的家属。他们或站或蹲，脸上堆满焦急、眼泪。救护车闪灼着红蓝光束，灰暗底色的矿区被涂抹了层层紧张不安。

　　我找个无人的角落等待。井口黢黑，救援队伍早进去了，一直无人返回。我知道，经过多年的开采，采煤工作面已延伸到十几里甚或几十里外，照地上距离，早翻过数不清的山头了。救援队需要挖开堵塞井巷的坍塌层，清出紧急通道实施救援，非短时间内能做到。

　　一阵凉风扫过，哀戚再度上涌。我抬起头，天空似乎也沾染了煤灰，我祈祷上苍护佑大弟他们平安，若他能归来，即便要我中断大学学业乃至突遭不幸也无妨。

　　胡乱想着，我站了蹲，蹲了站。不知过了多久，人群忽然骚动起来。一队人正从井口出来，他们全身上下满是黑煤，只有睁开的双眼露出一丝丝白。担架，担架，悲痛是恣肆的洪流，我盯着担架，不敢松懈，只见一个抬担架的酷似大弟，但戴了矿帽无法确认，我急忙上前细看，果真是他。他根本不看我，而是肃然抬着他的工友，向救护车匆匆跑去。我返身向家的方向，转身的瞬间，看到父母在人群中掩面而泣。

四

大弟依旧在煤矿工作。他先是考上了煤矿团委书记，后来到了矿长岗位。煤矿生产条件也早有了不可同日而语的完善：新技术、新工艺、新装备不时增设，机械化、自动化、现代化程度日益提高。煤矿安全生产的法律法规，也更为健全。这些年，矿难事故也愈来愈少，我不用再为大弟担惊受怕了。

然而，刻骨铭心的冒顶记忆，却常在某个不经意的瞬间浮上心头，令我深深感恩命运，敬畏生命。

选自《湘江文艺》2024 年第 1 期

无处安放的父亲

时培京

漫头抹

从时店小学厕所出来，大迎着我，他从教室里后窗早看见我了。

不，脏不啦的，俺就不。嫌大吗，蓝道白杠的海军服，托人家从鲍沟会上捎来的。忒大了。够穿好几年的不要买了。你说我跟邋邋鸟一样，换它揍嘛哩？大席留给人家了？借俺大婶子家矿伟哥的？上回，上你冯庄姥娘家喝喜酒，还没还呢？

我嗯声嗯气地换上，先套上头，然后两手像投降的俘虏兵往上抬起来插进袖筒，再余出手摆弄平衣服——这叫漫头抹。

一股尿臊味压过了新布料子味。小学二年级时大是我的数学老师，家传的数学，老是不及格，高中会考 60 多分勉强毕业；从那天下午起，拾衣服穿捡鞋穿的日子越来越少了。

大老了二年多了，在村东南的老林躺着。我还没有学会做一个好儿子，我还没教育好儿子。

我的儿子，会在他的父亲的教育下没有任何遗憾吗？我不敢保证，我这个父亲不合格。儿子若在他的回忆文字中给我打 60 分，很圆满了很圆满了。

这段文字 2022 年教师节再改，父亲生前是教师，死后是我的老师。

窖萝卜

天冷了，大从南园拔萝卜，装了一筐子又一筐子，卸在南墙外。大门外墙根的土地要在冬天开肠破肚。

狸花猫吃过干巴鱼泡煎饼，三把三把地挠脸，因为煎饼多于干巴鱼。这土萝卜，一圈圈辣味。它挠饬三把，洗头蹭脸，还在小学一年级语文课本上钓过鱼。

"小猫小猫，你种的鱼没味，我鼻子不灵了？"

大平举铁镢，踩铁锨，挖坑窖萝卜。它有地八仙桌子腿五六十厘米深，一层萝卜一层黄土，像腌咸菜一层萝卜一层粗盐；吃一层，扒一层；扒一层，少一层；少一层，长一层肉。

土是村子的细花棉被。坑为保温箱。大喜种花、扎花灯、倒花盆（铸花盆）、修锁、剪纸、刻天皮子、写春联。这会，他要用土和土的空间造上一架机器。这怪物不用电、铁，不用棒轴子、谷秆烧。土，无物不生的宝物。万物在它的胸腔发芽，在眼皮上跳神，在它的乳房上哼唱拉魂腔，在它的肚皮上滑冰，在它的肠子里穿行，在它的胃口划开口子，打开一个长方形的方块之地：窖萝卜，一座长方体，一张美食床。

地窖掩藏地蛋、毛芋头，过年的蒜薹、节藕、青椒、拴床头将用以结婚的大红公鸡。我叉开腿，脚踏着踏踏实实地刨出泥坑窝，安插进我小小的脚。娘说：你下去，我放筐子，装上红瓢芋头。还有，扒拉扒拉窖底，逮几只土鳖（土元）。

大喝芋头糊涂，土元茶也凉了，一口喝了，热气腾腾，神情欢愉，给奶奶说了一声："娘，喝完药了，我上时店教学了。"

土鳖治癫痫。1958年，父亲从滕县一中毕业；1959年，从山东省峄县师范学校（一年半速成班）毕业，在邹县看庄镇教过一段时间，零星去了济宁城区他侄女家十来次；后来回村里不走了，当会计，一次东山上拉石头，摔崩脑子，有了这病。

后来，我们骂生产队"没人气"；后来，我们知道摔是一个引子，大的病更毒（厉害）。终于有一年，大的病好了，不治而愈。大老了，在他发病——我亲眼看见的有三五次后，病和他都埋在了地下。

芋头窖填了，土鳖去了我家的坟地。窖萝卜，有了温室大棚和冰箱，土窖是民俗收藏点。

猫还在，狸花猫，不是看着大的那只了，它是它的六七代重孙子。

老家的旧屋还在，填过的芋头窖还有空隙，窖过萝卜的泥土撕开了眼。

土鳖的十几代孙子还在地窖，我家的地窖填了，在西屋窗下东南角。

鲤鱼灯

大还从地窖里捞上来游在泥地里的鱼。

大刻鲤鱼灯。一只长尾巴的幸运萝卜在空气和大年里游动，随萝卜粉白色眼泪纷飞，羽化成仙，如母鲤鱼。它跃跃欲试，挨上几十刀方能化为龙，手指盖子深深地掐入，水波纹里的半隐半现的鱼鳞——这一过程乡人叫作"发龙鳞"。小时候这样过节。大和娘不让我跃龙门，空攒着力气。

大人骗小孩子："灯笼下有长舌头蜥蜴、蝎虎子（壁虎）。"忍不住倒个上下位置，火苗子扑哧呼呼隆隆，着了，燎手。小孩子哭，叫大和娘再买。"现点现地要，哪还有？明天调萝卜猪肉馅子包扁食哄弄。"

我的灯笼烧不起来。我反过来看，再一次点蜡烛而已。大说：它蔫吧了，井水泡，五六天长出黄萝卜花，挂在堂屋和东屋的帐子上。这是童年里大给我挂起来的快乐。

小孩子挑灯逛街，比比谁家的好。从东到西遛花灯。大插走马灯，挂大门口门楼子下两旁，高粱梃子、竹篾子、玻璃纸、红纸、粉纸、丝绦、璎珞、彩布头子、辣椒米子、黑豆（猪八戒的眼）、糨糊、蜡烛、铁丝、漆包线，又劈又插，又剪又画，又粘又贴。人和马，祝英台、时迁、孙悟空，猪八戒累得不舍扔下媳妇，他们赶媳妇，媳妇在开始的那一格——他们和它们走起来。

"小三孩，《水浒传》里有咱姓时的，长大要考证考证，真有这人吗？"

烟花喷起来。气呼子，不爆炸的爆竹，往人群里钻。

坏孩子用来射大闺女小媳妇的腚帮。摔炮，投向电线杆子、土墙，一片片比山楂片厚上四五倍的圆柱形手榴弹。

上　供

正月初一过大年、六月六过小年，大和娘商量请时鲜果品上供，烧火纸金箔松枝香。

放火鞭是我的活。

元宵节娘捏面灯，每一只鼻子数量不等，从 1 至 12 个个不一，那是 12 个月。煮熟后，哪只鼻子的水多，哪月雨水多；干干巴巴的那月份到了，跪求老天老爷赏饭吃。

面灯、龙灯、猪灯、狗灯、勺子把灯，我的胃中之物，龙抬头二月二那天要剩下一个。娘表露了难以常见的不满：叫你偷吃，灯草灰染上嘴唇，肯长毛猴子脸。留一个哼，葱花豆油炸了烧汤，有好说法的。

老一辈子人，传来传去，哪有一个准头，稀里糊涂把龙肉切了。真正的真理似的，说法糊糊涂涂顺着肠子溜到厕所。

我饶恕了一只面龙，我的牙齿担不了"斩龙闸"的重任。生面灯咯咯吱吱地近似乎母猪肉，硬、香、压饿。有肉就好。庙里素鸡素猪肉素鸭，面和面筋做的，面是面筋的娘。

娘和大积攒了一年的不明白和困惑，一年里最后一天，要用最虔诚的仪式、最为丰盛的供品向她们挚爱和尊崇的神仙索要新一年福报，索要灾祸——

天老爷，可别降给小孩子。有祸，给我们，我们都老了，替他们受，早死干净。娘说。

谁叫你信了？你不信别说道胡言乱语。福祸是俺俩人的。你信你娘的？小孩就是老人最大的福报。大说。

大每月卡里打退休工资，他和娘不花我们的钱，请供品洗供品不要我们，娘只怕我的布兜里揣了去："神仙先尝，人不能吃在神仙前。心到神知不假，也要耐住性子等等。"

就这一天，天底下家数多了，神仙有空问我们家的事吗？我说。

大说：打嘴，这样想就是罪过。世上都是好神仙。

我说：我想要压岁钱。天天吃肉、顿顿白馒头。

你这是小事，天上的神仙奶奶福禄寿老爷都明白得像明镜，他早指示我们了。

不求，心不到；也许是有当无。一代代人这样过来。

选自《山东文学》2023 年第 12 期

晚安，海棠

曹志芳

　　从天上来的雨被海棠花割成两半，一半埋进黄土，另一半藏在了我的双眼，从此我便知晓了，人跟树是一样的，树在长大，人也在不停地长大，身体从树芽长成了树干，儿时的记忆在我们还没有变成枯叶前忽明忽暗。

　　我小时候的家建在河边，院子里有一棵长势喜人的海棠树，树身正对着村口的那条路，影子却延伸到水里，村里的阿嗲们坐在树下闲聊，远远看着，竟像是海棠生出的第二个影子。四五月份，花儿们争先恐后地从骨朵儿里冒出头来，枝头也被压弯了些，清丽的白色包裹着中间淡黄的花蕊，衬得春天也娇俏，偷吃的蜜蜂一头扎进那香甜里，在上面大摇大摆地劳作着，身子随着嘴巴的节奏畅快地抖动，一眼望去，倒也不像是会怕人的。四月的风路过院子，带着清香的花瓣跃跃欲试地从高高的树枝上跳到阿嗲的发尾，像是荡秋千一样乐不思蜀，阿嗲也不恼，像是看穿了它这般淘气劲儿，就任它来去，只是在下一阵风来时偏过头偷凉。

　　村里的学校就念到五年级，到了更高一级就得去镇上的小学，我从此于家中和学校间来回，在家里待的时间也仅限于周末。从新学校到家得坐半个小时的车，每每到了周五乘车回家的时候，我和另外几个同村的小孩儿就表现得异常兴奋，开着车窗往外看，稻田和云朵像是溶在了一起，两旁的树影也被闯入的车辆打得斑驳，我坐在车里，只觉万物可爱，长大后再走，却只记得那路弯弯绕绕，让人头晕得紧。在村头的路口下车，一抬头，那棵枝繁叶茂的海棠树和海棠树下笑盈盈的阿嗲便撞进了我的双眼，那是阿嗲每周五都要做的事，闲聊，和无声的等待。海棠和夕阳也是有情的花儿，斜斜地映着这个慈祥的老妇人，眷恋着这个等待孙女归家的阿嗲。

八月未央，海棠花早已收起自己的心性，把夕阳留给了果子，海棠果是夏天的尾巴，抓紧了最后的蝉鸣跳到树上，开始它的季节，所有的花瓣都随着上一场落雨躲进了地里，属于果子的捉迷藏伴随着最后的雨声露出了马脚。相较于调皮的花儿来说，果子显然是腼腆的，它躲在绿叶与树枝中间，不轻言也不妄动，就那样静静地等待着，等待着那个能将其带下枝头的有缘人。海棠树是花儿和果子的家，而阿嗲的口袋则是我的百宝箱，里面装着精灵的耳朵，它总在午夜时分人酣睡时溜进我的房里，悄悄听去少年人单纯的呓语，接着再顺着来时的路爬回阿嗲心里，将悄悄话说与心听。果子成熟的第二天早上，阿嗲来叫我起床，她就站在我面前，动作轻柔地摊开握住的双手，我看见皱纹爬上了阿嗲的掌心，却唯独绕过了那里的海棠果，阿嗲说海棠果切开是心的形状，那满手的心盖过了岁月，从阿嗲的指尖落到了我的心尖上，与血肉相连。

我不是那么不善言辞的人，却尤其擅长在说爱时沉默，对年少时的我而言，爱是一座深沉而不可言说的心牢，它把感情囚禁在里面，将声音隔绝，甚至习惯性地在旁人提起时矢口否认，唯恐声音会被泄露出去，跟爱闹别扭的人只会被爱打败，"我爱你"这句话像卡在我喉间的隆冬，在即将破冰时寒战，让人不得不等待春天。在与声音作斗争的那些年里我也忽略了一件事，我们都是不善言辞的花儿，但阿嗲却让上面结出了果子，阿嗲的爱是青山的喧嚣，无声也震耳欲聋。天上的雨变成地上的积水，积水随着河流汇入大海，那是阿嗲为我开辟的汪洋，原来爱也可以无声而强大地存在着。终于在某一个隆冬，我找到了一个不可战胜的夏天，一个有阿嗲和海棠树的夏天，我开始说爱，但最该听到那句话的人却被蒙上了耳朵，这是一个迟到的春日，海棠花还没开，夏天也在路上，阿嗲走进了泥里，就像去年落下的海棠花那样。

又是一年四月，幽人的风缠缠绕绕，被吹落的花瓣铺在地上，土地也被染白，像是一场暴雪过后，春天淹没海棠，也扰乱了记忆，树下的人已经长眠，未出口的话围于胸口成了一粒种子，种子随着流水破芽疯长，终于在下一个收获的夏天，变成了我和阿嗲的海棠树，开在心里，也落在泥里。

阿嗲的掌心，是一个不可战胜的夏天，上面有一捧泥里的海棠花，站着光阴和思念。

选自《青春》2023 年第 12 期

瓜田瓜事

王 俊

看 瓜

在荷村,若你看见了一片瓜地,准能看到稻草盖的瓜棚。

当我们眼巴巴的目光一遍遍投向瓜地之时,藤蔓上即将成熟的西瓜散发出香甜的气息。村里的大人们慌了,着手搭瓜棚。

我家瓜地的边上是很高的土坎,野生着一棵苦楝树,碗口粗,张开密密的枝叶。父亲把瓜棚搭在苦楝树下。或许他是想着一来可以仰仗其阴凉,二来还能节省下一根木桩。瓜棚两头微微翘起,俨然是谁家的一顶帽子落在地里,忘记拿回家。棚顶是塑料布,稻草覆盖其上。棚子三面挂着稻草,中间几根木桩托起一张竹板床。很多个夏日午后,我坐在竹板床上翻看金庸的武侠小说,两条腿垂下,晃来晃去。浓烈的阳光穿过苦楝树的枝叶,洒下无数闪烁不定的光点。树叶反射着阳光,刺得人的眼睛都睁不开。稻草和西瓜散发的香气混合一起。日头越是强烈,香气愈发浓郁。树枝上的蝉不知疲倦地叫着,生怕人们忽略了它们的存在。瓜地和田埂肩并肩朝远方延伸,稠密的绿色沉重地压向地面,大大小小的瓜棚割据一方。在遥远的天幕下,绵延的山脉被烈日照射得失去了生气,缺乏层次感。热风吹来,空气里裹挟着一股焦灼的气味。虽然有时我会厌烦看瓜的无聊,但这个时候,我却念着它的好。瓜棚虽简陋,可稻草隔开了瓜棚外面的热浪,里面却是无比凉爽。我读着读着,一阵倦意袭来,头一歪,在蝉鸣声中沉入梦乡。手里的书掉在地上,几只蚂蚁在书页中玩起了捉迷藏的游戏。

那时候，父亲不种马兰瓜，它的皮太厚实了。一刀切下去，半天看不到红瓤。父亲和村里人种了新的西瓜品种：麒麟瓜。麒麟瓜圆润，不像马兰瓜那么长，皮甚是薄。成熟之际，刀口对准西瓜虚晃一下，西瓜暗地里打个寒战，便裂成几瓣。我们小孩子给麒麟瓜取了个名字，叫"地雷瓜"。午后的气温向着无限递进的热度升腾，一些麒麟瓜经不起毒辣的日头烘烤，"嘭"的一声爆炸，红色的汁水四处飞溅。睡梦中的我，时常被这样的动静惊醒，误以为是贼钻进了瓜地，慌忙拿起木棍，循声查看。但事实上，我五岁就看瓜，一直到十几岁，从未遇到有人偷瓜。想想，那时乡下人家都种瓜，成熟时节，走廊下的西瓜像是喝醉了酒的汉子，站不稳，醉醺醺地满地滚动。

暑气渐渐消隐，太阳沉落。我倚在瓜棚的木桩上，努力地伸长脖子，看着夜色一点一点地逼近，逐渐吞没瓜地和瓜棚。地里干活的人和牛全回去了，田野陡然异常的岑寂。树枝上的蝉似乎叫累了，发出稀疏的低语。晚风拂过瓜地，可以听见叶片与叶片之间的摩擦，是琴弦上的颤音，一起一落。月亮升上来，好像泡在水里的镜子，一漾一漾，给大地漾入模糊的神秘感。我的肚子饿得唱了起来，却并不想回家。我在等待美莲的身影闪现。大我两三岁的美莲，是我儿时的伙伴，我最喜欢闻她身上淡淡的清香，像茉莉，但又不尽是，似乎有些玉兰的味道。美莲的家里有什么好吃的或是好玩的，她总是想着我。

"俊哥，下来。"美莲站在苦楝树底下，对我招招手。我顺着苦楝树的树干滑到地面。美莲递给我一根玉米棒，说道："下午拔猪草，我看到德祥爷爷家的梨瓜好大。"我啃着玉米棒，含混不清地回道："走，走，找德祥爷爷去。"

德祥爷爷家的瓜地在河边低洼处，瓜棚搭在两块瓜地之间的田埂上。靠近瓜棚，我和美莲放慢脚步，朝瓜棚里看了看。德祥爷爷好像睡着了，蒲扇搭在肚皮上，随着呼吸的律动起伏不定。美莲指着瓜棚后面，示意我梨瓜就在那里。我转过身，意欲迈步，德祥爷爷手里的手电筒倏然打开开关。雪白的灯光，照得我们像水边的青蛙一样，傻傻的，一副憨态。德祥爷爷坐起来，拍手大笑。原来，他早已听到我们的脚步声，却故意装睡。德祥爷爷道："你两个是冲着梨瓜来的吧。"美莲接上话茬，说道："爷爷，论种梨瓜，试问十里八乡，谁家种得过您呀。"美莲说的不是奉承话，德祥爷爷种的梨瓜脆爽、甘甜，压根不留想象的空间。德祥爷爷乐了，说道："就美莲嘴甜，知道哄爷爷开心。你们自己挑大的摘，别踩坏我的瓜藤就行。"说着，德祥爷爷将手电筒照向瓜棚的后侧。我和美莲摘了几个梨瓜，用衣襟擦了擦，就往嘴里送去。梨瓜溢出的香气，紧紧地包裹住我们。不远处的小河汩汩而流，恰似匆匆赶夜路人的脚步声。

月亮悬在高空，四周亮堂起来。劳累一天的德祥爷爷困得坐在竹板床上打起了瞌睡。我们离开德祥爷爷家的瓜棚，踩着影子往回走。脚下的田埂被月色镀上一层银白色，萤火虫跌落在草丛里，眨巴着眼睛。路过木匠家的瓜棚，我们看到他的大儿子靠在一根木桩上发呆。木匠的大儿子高考落榜，没有其他的出路，只得下地务农。路遥小说《人生》中的高加林有段时间在乡下劳作，和人赌气似的，没命地干着粗活，好像要将所有的苦都吃个遍。木匠的大儿子亦是如此。他疯狂地将地里的活干了一遍又一遍，直至浑身的骨头全散架了方才罢休。累了，乏了，他躲进瓜棚，整晚整晚吹着口琴。我和美莲上前和他打招呼，他没有搭理我们，眼睛仍旧固定地盯着一个地方看。我气呼呼地拉着美莲走，没走几步，身后传来口琴声。那明亮而哀怨的音乐如同白居易的《忆江南》——靠近一江春水，便觉得忽有斯地可想，有斯人可念。美莲幽幽叹口气，突然说道："他不该吹这样伤感的曲子。"我问："那该吹什么曲子？"美莲高声唱道："归来吧，归来哟，浪迹天涯的游子……"我笑着推了她一把，戏谑道："鬼来吧，鬼来哟。鬼哭狼嚎的，就不怕把真鬼招来吗？"我们的声音惊动了树上的倦鸟，它们拍打着翅膀，在我们的头顶掠过。

星星疏朗，夜凉如水。美莲回村子里，我没有睡意，便沿着自家的瓜地转一圈。月光下的瓜地，藏起了心思，沉入梦乡。远与近，虚与实，蔓延出一种类似沉淀下去的感觉。想起我们小孩每每扒开西瓜的藤蔓，总是不由自主地担心会不会遭遇蛇。瓜地里的乌梢蛇，身形在藤蔓间忽闪一下，足以吓得我们四散逃窜。有年在看瓜的夜里，冬生的父亲在瓜地里抓到一只兔子。兔子、刺猬、野鸡光顾瓜地，看瓜人不会恐慌。让人害怕的是凶猛的狗獾和穿山甲，它们将地里的西瓜糟蹋得不成样子，一年筹谋的收成往往就让它们无端地毁了。人若是驱赶它们，它们毫无惧色，冲上来攻击。冬生带我们去看那只兔子。它的毛发柔软，呈灰色，耳朵小而尖。兔子一双眼睛黑溜溜的，亮亮的，直勾勾地瞪着我们，摆出一副凛然不可侵犯的模样。"兔子鬼精鬼精的。"冬生养了一段时间，对我们说道。冬生到底心软了，瞒着他的父母，偷偷放生。冬生似乎在兔子的身上比我们更早洞见了什么先机。

回到瓜棚。父亲躺在竹板床上，已然熟睡。我在父亲的身边躺下，内心涌出一种安宁和幸福。天上的月光静静地流泻着，地上的植物沉入暗影中，虫鸣隐没于某个神秘的一隅。万物相生相依，与夜晚有着最温柔的交融。

卖 瓜

现在回想，幼时的我是多么讨厌暑假啊。暑期一到，田间地头的活永远都干不完似的。偏是节气像根鞭子，步步逼近，容不得脚步停下来。我们小孩被分派到田间地头，承担一些力所能及的农活。打猪草、放牛、做饭、晒稻谷、卖瓜，成了我们必须完成的"暑假作业"。暑期没有现在人想象中的悠闲安逸，是孩提时记忆中过得最苦的日子。

印象里，那时我们的吃穿，以及学费全得指望地里的农作物。我们村庄前有一条柏油马路，南来北往的车辆，有拉货的，有载客的。马路两边种着乌桕。树冠繁茂若巨伞，揽住火辣辣的阳光，在地上投射一大片阴凉。夏天，地里的西瓜成熟了，村里人挑到树荫下，随便支个摊位，将西瓜卖给南来北往的过客，获得微薄的收入。

天蒙蒙亮，我被父亲喊起，两人踩着露水下地摘西瓜。按照父亲的说法，抢在太阳出来前摘的西瓜，水灵，卖相好。父亲摘西瓜，我把西瓜一个个搬入箩筐。箩筐离得远，西瓜又大又沉，我累得气喘吁吁。我很想丢下活儿，跑回家睡大觉，可一想到开学交不上学费，老师那双能喷出火焰的眼睛时，我就一声不吭地忍受着劳累。摘完满满的几担西瓜，太阳刚升起，贪婪地吮吸着瓜叶上的每一滴露珠。

吃过早饭，父亲将西瓜挑到马路边的乌桕树底下，交代好西瓜的价格，扔下我走了。第一次卖瓜，我没有经验，有些手足无措。一辆客车在路边停下，卖瓜的村人莫名地兴奋起来，他们跑到客车的门口，对车上的乘客频频摆出笑脸，以夸张的语调卖力地宣传自家的西瓜有多么地甜，而且价格又是多么地便宜实惠。车上的乘客被说得心动了，他们跟着村人走到箩筐面前挑选起西瓜，并开始激烈地讨价还价。我低着头，瞥了瞥自家箩筐里的西瓜，也想着学他们去极力推销，但终究是面皮薄，定在了原地，张不开口，也挪不动脚。

旁边的雪花嫂子已经将摘下的西瓜卖完，准备收拾空箩筐回家，一抬眼，看到我像根木头杵在树底下，有些不忍心，遂对一个中年女人笑道："大姐，你不是还要买西瓜吗？她家的西瓜和我家的一样甜，都是一片土地种出来的。"中年女子闻言，走过来打量我家的西瓜，问道："你家西瓜能便宜三分钱吗？能的话，我就买几个。"我一听，心里急坏了，她讲的价格着实低得离谱，那时西瓜统共才卖一毛二分钱。我心里明明想着讲讲种瓜的艰辛，以此打动她，从而提高西瓜的价钱，但半天从嘴里蹦出两个字："不行。"中年女子撇了撇嘴，絮絮叨叨。言语间，明的暗的指责我不懂事，人家体谅我是个小女孩，我居然不知道领情。

我讪讪地，脸涨得通红，犹豫着该如何接她的话。那一刻，我尴尬得像个被打发的叫花子，看着别人的脸色说话，特卑微。我意识到劳动的艰辛，在生活面前是多么地不值一提。马路被毒辣的日头晒得病恹恹的，一只马蜂落下来，翅膀粘在黏糊糊的柏油上，动弹不了，怎么挣扎都徒劳。我的心突然像是被马蜂蜇了，有些疼，还有更多的是沮丧。

雪花嫂子看我露出窘态，上前帮腔："小孩子不懂事，你多担待担待。"中年女子蹙眉，不耐烦地对我说道："我也懒得跟你废话，多给两分钱，卖不卖？"

她的唾沫星子喷到我的脸上，我不敢动手擦掉。我思忖这是自己的第一笔生意开张，价格便宜一点也是自然的，便点头应允了。等她挑好西瓜，上秤，秤杆分明高高的，她却说压得太低。临了，还少给了我一毛钱。

卖西瓜的时间长了，我的嘴皮子变得利索起来，脸皮也变得厚起来，但我依然不会像村里人那样，看到车子停下就冲上去，殷勤地献上自家的西瓜。在等待生意来的时候，马路上的时间从来不枯燥，村里人要么坐在一起嗑瓜子，聊着家长里短的八卦，要么就搁起筛子玩扑克牌。他们一群人在一起，总是热热闹闹，而我却是孤独寂寞的，无法融入他们的热闹当中。我在品尝孤独寂寞的同时，兀自琢磨起卖瓜的细节。我寻摸客车停下来，前来买瓜的乘客多，而他们多半挑选一两个西瓜，短时间内，一杆秤时常顾不过来，但如果我的手能当秤的话，是不是可以多卖出西瓜来。果不其然，当我的手掂出西瓜的重量时，我总是第一个怀揣着厚厚的毛票回家。

从读小学二年级起，一直到读初三，每年暑假，我都坐在柏油马路边的树底下卖瓜。肌肤被日头的炙烤，经常过敏、发红，一层又一层地脱皮。若是换作现在，家里的大人哪里肯舍得孩子吃苦，然而，在那个年代里，父母忙于摆脱生活的苦难，往往疏忽了对孩子起码的关心和爱护。

印象中，读初三时卖瓜发生的一件事，令我至今难以忘怀。那年地里的西瓜正是伸蔓期，却在一夜之间，大部分被人连根拔起。我清楚记得，那一晚，父亲孤零零地坐在晒谷场的一块石头上，抽了一夜的香烟，竟连露水打湿了衣服都不知。后来，父亲不知从哪里弄来人家丢弃的瓜秧，带着我和母亲重新补种下去。补种的瓜秧长得很慢，即便父亲三天两头催肥、浇水，藤蔓上结的西瓜仍然是个头小，摆在村里人的西瓜面前，黯然失色。要将这样的西瓜卖出去，我的心里委实没有底。一天下午，一辆小货车突突地停下，司机说他喜欢小西瓜，嫌大西瓜切开，吃不完浪费。我想着卖掉西瓜，父亲就不用发愁得晚上睡不着觉，便主动提出降价，货车司机买走了我家几担西瓜，我兴奋地跑到父母干活的地方，隔着十几米之远，我把卖掉西瓜的事一五一十地告诉了他们。我原以为，父亲会很高兴地夸我。不承想，父亲心疼因降价少得的二十元钱，对着我破口大骂。十几岁的我，有了敏感的自尊心，便大声回了他一句。父亲气急败坏，抄起田里的土块，随手朝我扔过来。土块落在我身边的水田里，水和泥巴溅入我的嘴里，涩涩的，苦苦的。那种味道，只能自己懂得。

多年后，我离开乡下。每年夏天，在街道上看到吆喝卖瓜的农人，总会想到，若不进城的话，那些卖瓜的队伍中，也许就有我。而少年的忧伤，早已在找寻快乐的路上治愈了。

选自《飞天》2023 年第 12 期

男儿当兵去

王培静

那是四十二年前秋天的一个傍晚，我正在家里干着活，听到广播里说，明天应征入伍的青年去公社体检，我忙放下手里的活，走进屋里又听了一遍。走出门后我对父母说，我要去当兵。

父母迟疑着说，你要不愿在家里干，去东北你大姐那儿找个活干。

我说，你们要是不让我去，反正今后什么我也不给你们干了。

母亲和父亲交换了一下眼色说，不是不让去，怕你出去不行。再说，听说南边在打仗……

我说，人家那么多当兵的都不怕，我也不怕。

他们说，要不你去试试。我平日里不太爱和生人说话，没办法了，我硬着头皮去找村里的民兵连长。民兵连长说，报名的名单里可能是把你忘了，你再去找一下大队会计。明天早七点咱们一起去公社。那天从大队会计家回来我高兴坏了，终于没有错过这次机会。这天晚上，我兴奋得睡不着，天很晚了，才迷迷糊糊进入了梦乡。

第二天早上，天不亮我就起来了。民兵连长领着我们村里的几个小青年去了公社。公社大院里，每个村的民兵连长后边都跟着几个年轻后生，像老母鸡领着自己的几只小鸡在觅食。我在公社院里见到了好几个初中和高中时的同学，大家见面说笑几句，互祝对方好运。才开始我美得不行，凭咱这个头（当时有一米七八的样子吧），验兵的人当中，比我高的没有几个人，还有高中毕业生这文化，估计都能把一般的同志们比下去。但验了没几关，就不让我继续验了，说我的眼睛有问题，说是沙眼。我一下子变得心灰意冷，我跪下来求医生的心都有，看我以乞求的目光站在那儿不走，那医生上来拍了我的肩膀一把说，小伙子，别灰心，这沙眼能治好，治好了明年再来。听了医生的话，我心里又升起了一点希望。我不知自己怎么灰溜溜回的家。

我在家躺了两天，还得起来去参加生产队里的劳动。你要吃饭就得去挣工分。往后的日子里，凡是有机会出门，我就去医院问，这沙眼怎么治。有时一看药太贵，我就不拿医院里的，拿着单子去外边的药店买。上工前收工后我总是拿着个小镜子自己上眼药水或眼药膏，别人有时说，你怎么了，眼睛里老是粘着什么东西似的。我听了总是向别人笑笑算作回答。谁也不知道我心中的真实想法，我要治好沙眼，还去验兵。

那一年开始各家种各家的地了，人们的积极性都很高，不论什么季节，为了多出活，都有送饭到地里去吃的。为了把一块地里的活干完，下午才回家吃饭的更是家常便饭。人们侍弄分到手的土地精心了许多，这样收回家的粮食，除了交公粮，剩下的都是自己家的了。

秋天了，又到了验兵的时候，我提前去找了大舅，他认识公社里的武装部长，我验到哪里，大舅跟到哪里，一路过关，出奇地顺利。特别是验到眼睛那一关时，我心里七上八下的，心想老天保佑，可别再把我给验下来了。在公社里验上了，这只是第一步，还要去县里验。等待再去县里验的日子里，我心里既焦急又兴奋，焦急的是，验兵的过程中再别出什么变故，兴奋的是我的大半只脚已迈入了充满神秘感的军营。

去县里体检时，县上来了两辆"大解放"，我们全乡各村要去当兵的人，都来公社集合一起走。由于初验过关，大家脸上的表情都有些神气，上了车，有认识的同学或同村的小伙们开始打闹，只有民兵连长们荣辱不惊的样子，他们的眼睛看着车外，心里不知想着什么烦心的事，一脸凝重。农村的民兵连长百分之百都是当过兵的人，望着眼前这些充满青春活力的小伙子，他们是不是想起了年轻时的自己？

一路上，我们的目光都不够用似的，望着道路两旁的田野、村庄从眼前闪过，我们是想从这些山外的景象看出和山中的一些不一样来。我这是平生头一回去县城，我想这两辆车上的大部分人都和我一样，都是刘姥姥第一次进大观园。

到达县城时已是九点多，县武装部的院子很大，院子里已站了不少人，下车集合，公社武装部长讲了注意事项，允许上厕所，但不许乱跑，更不许吃东西，待会要抽血化验。在公社体检时血压高点的，赶紧找个背人的地方，从兜内拿出一个小瓶偷喝点醋。体检时我又差一点出了问题，才开始叫把衣服都脱光，我们还有点不好意思，医生查得很仔细，让举手抬腿，在蹲下站起时我的一个膝盖处不争气地发出了"啪、啪"的响声，医生让我再蹲下再起来，我努力装出已蹲到底的样子，实际上并没蹲到底，这样膝盖就不会响。往复多次，医生才认为没问题，终于过了关。走出那个检验室的门，我长长地出了一口气。有中途被验下来的，垂头丧气地躲到一边，不敢抬头看别人，像自己做了什么亏心事，有神的目光一下子呆滞起来。检查完身体，民兵连长们各自带着自己的人去吃饭，公家花钱，那顿油条、鸡蛋汤对我来说，吃得格外香。

回到家后，我心里想，我现在已是一只脚迈入了军营。我的心早飞得很远很远，我就要离开这贫穷的家乡到外边闯世界了，军营里人人平等，那里可能才是我施展才能的最佳场所。

这天，民兵连长通知我第二天去东阿镇卫生院复查身体，我的心情又沉重起来。忐忑不安地去了东阿医院，这回查体的军医特别地细心和仔细，最后解除了疑虑，认定我的身体一切正常，又是虚惊一场。

拿到入伍通知书后，我心里的石头才终于落了地。生产队里的干部们买了肉来给我送行，父母炒菜招待他们，酒桌上都嘱咐我到部队上一定要好好干。临走的前一天晚上，二姐和姐夫来了，给了我十五块钱，说让我路上用。我只拿了十块，那五块钱留给了父母。我说，明天穿上军装，部队上什么都管了，花不着自己的钱的。

去县武装部报到那天，公社给我们四十多个应征入伍的青年开了简短的欢送会，领导讲完话后，我代表入伍青年发言，表示我们决不辜负家乡人民的期望，到部队这个革命大熔炉里好好锻炼自己，发扬一不怕苦、二不怕死的精神，为祖国的国防事业作出自己的一份贡献，为家乡争光。

到了县里，在玫瑰酒厂上班的同村的高中同学东庆跑着去送我，还给我买了些吃的。在武装部，给我们发了新军装和被子，换下的衣服包在一个包袱皮里，外边写上自己的名字，派人给捎回家去。连衣服里边穿的裤头都是发的，穿上这身衣服我们就成了公家的人了。

后来给我们编了排编了班，开始走步、跑步，开始了简单的训练。虽然这些在学校都练过，但在军官的指挥下重复这些动作，不免还是有些紧张。齐步走后，有人踩了前边人的脚后跟，有人甩哪边的胳膊迈哪边的腿。惹得大家想笑又不敢笑出声来。晚上讲了三大纪律、八项注意和明天上路后的注意事项。睡觉自由结合，两个人睡通腿儿（就是一个人的被子铺一个人的被子盖），好像又回到了上高中时的学生生活时代。

那天的觉睡得格外香。

从此开始了我三十多年的军旅生涯。

我在部队成长为一名作家，发表了四百多万字文学作品，作品七十多次在军内外获奖，出版作品集二十二部。

而今，我已经从部队退休，虽然脱下了军装，但我骨子里依然是一名军人，我作品中书写的对象几乎全是军人，我愿一辈子为普通军人画像和立传。

选自《解放军文艺》2024年第1期

洋芋，洋芋

单小花

在我的老家西吉，把马铃薯叫洋芋。

西吉多山地丘陵，气候温和，雨量少，光线足，特别适合洋芋生长。据《西吉县志》记载，早在明成化年间，洋芋就作为秋粮作物广泛种植了。

别看洋芋形状不俏、颜色不靓、其貌不扬，可洋芋却是我的救命粮。

听母亲说，我一岁时，大嫂生了侄子，但没有足够的奶水。那时日子太穷了，侄子没有奶粉吃，粗粮又不敢喂。按当地风俗，亲奶奶不能给孙子喂奶，可看着孙子饿得连头都抬不起了，母亲也就顾不了那么多，狠心断了我的奶，将孙子早晚抱在怀里。我没吃的，趴在炕上哇哇大哭，尤其是看见母亲怀里的侄子时，眼睛直勾盯着，一边挣扎着扑向母亲。母亲不忍心看见我可怜的样儿，将我交给姐姐，姐姐就将洋芋切成条炒成洋芋菜，在里面撒上一把莜麦面熬成糊，一勺一勺地喂给我，我就靠吃洋芋糊活了下来。那段日子，我一饿，就伸手向姐姐要洋芋，从早到晚，就捧着个洋芋啃。母亲说，那时的我，对姐姐最亲，对洋芋更亲。她想亲近我，我缩头缩脑地躲闪。"几天不见，把我忘了，见了我跟见了生人一样。"多年以后，母亲跟我说起这事儿时充满了辛酸。

记得上小学时，每到春播，人们套好牛拉上车来到洋芋地里开始新一年的耕种，这时常有秋收时未拾净的洋芋被翻出来。母亲每次去洋芋地，便会将我带上捡冻洋芋。在地里睡了一冬天的洋芋变得黑黢巴蔫的，没有一点水分，可对我来说，每捡到一个就像是捡到了宝。于是每天我挎着小篮子，低头弯腰，紧盯着地面，像小鹰搜索猎物一般把冻洋芋捡到篮子里带回家。

年节好时，到了三伏天，母亲会把储存在窖里的洋芋切成薄片，晒干了的洋芋片能放好几年，吃起来味道也很好。

结婚后，我家的主要经济来源就是洋芋。春天时，我们将窖里的洋芋一笼子一笼子地提出来，倒在阴凉处，把大的拣出来，拉到县城里卖掉，换取种子、化肥。小一些的切籽，将洋芋的眼放正，一个眼一个眼地切成块，如果两个眼离得近，就将两个眼切成一整块。之后将没眼的洋芋另挑出来。

我们和邻居们合伙种洋芋。男人们扶着犁赶着牛在前面蹚地，我们在两头遗籽。洋芋籽装在尼龙袋子里，在地里依次立着，断籽了就随时去取。洋芋不能种得太密，密了浪费籽，还长不大。一小步一个最合适。

秋天时挖洋芋是农人最高兴的事，也是我最开心的事。每天星星还没有落完，我就爬起来准备好一天的干粮，待忙到闪亮的星星爬上黑色的天幕，才回家做晚饭。吃罢饭收拾完，已大半夜了，第二天再周而复始。虽然累，可看见窖里的洋芋一天天增多，心里感到无比高兴，那可是一家人的希望啊。

那时很多人家里都没有余钱，遇到人情世故时，我们就打开窖门，一个人在窖里拾，一个在窖口接，将洋芋一篮子一篮子地从窖里提上来，用蹦蹦车晃晃荡荡地拉到县城里卖，以解燃眉之急，说洋芋是救命粮真是一点都不为过。

2013年开始，国家施行精准扶贫，我家也是扶贫对象。扶贫的物资里有一项就是洋芋的种子。春天，一辆辆大卡车拉着薄膜和洋芋种子排成一字长龙，从我们村口开进来，排到村部门口，村支书在广播喇叭上喊起来："各位村民，快来大队部领薄膜与洋芋种子。"村民们听到喊声，人人笑逐颜开，有的开着蹦蹦车，有的开着拖拉机，有的拉着农用车，一齐向村部拥去。村支书站在大卡车前，手里拿着纸条，按序号念名字，有村干部站在车厢里，把一卷卷薄膜与一袋袋洋芋按人口数发放到我们手里。

在政府派来的技术人员悉心指导下，老家的洋芋品种也更新换代了，家家户户的洋芋地都用地膜覆盖上了，地膜保湿保墒，加上种子好，洋芋产量一下子就翻了两倍多，收入自然也就跟着高了很多，人们第一次尝到了党的扶贫政策带来的甜头。在政府的大力推动下，洋芋的种植面积越来越大。种洋芋也开始不再用人工，而是手扶拖拉机、四轮车。再后来，都用上了专门种洋芋的机子，把一袋袋洋芋籽倒在机子里面，一天就能种二三十亩。当然，有种洋芋的机子，就有挖洋芋的机子，同样一天下来能挖上一二十亩。现代机械一天就把过去好几天，甚至一两个月的活都干完。

洋芋的产量大了，老家的粉条厂也多了起来。听老人讲，早在 1935 年 8 月，红二十五军来到西吉时，见当地盛产洋芋，便把制作粉条的技术教给了老乡。群众念着红军的好，便将这种洋芋粉叫"红军粉"。现在，"红军粉"已经实现了产业化发展，销运全国各地，成为家乡的一张新名片。我的很多亲戚农闲时都在粉厂打工。

如今，村子里建了新房，还有一部分建起了小洋楼，村前村后是水泥硬化巷道，家家门前都停着不同颜色的小汽车。

洋芋不仅仅给了我生命。我爱洋芋。

选自《中国校园文学》2024 年第 9 期

怀抱大地的心灵

万物交谈

鲍尔吉·原野

喜鹊给麦穗鱼写信

亲爱的麦穗鱼：

我是喜鹊。你们在水里游的时候，好像在低头找东西，尾巴晃来晃去。你们能看清我什么样子吗？我不是星鸦，也不是灰伯劳，更不是斑啄木鸟，我是喜鹊。

你们在水里也有向上看的时候，对吧？天上飞来一只黑白相间的大鸟，从这棵树飞到那棵树上，那就是我。我飞的工具叫翅膀，长在我的身体两侧，伸开很长，长满了黑和白的羽毛。翅膀伸出后能缩回来，如果不缩的话，我只好一直飞，那太痛苦了。我喜欢在早晨大叫，一般是四声，呱呱呱呱。"四"是一个神秘的数字，中国的成语大多四个字——不劳而获、得寸进尺、纸醉金迷、花开富贵。四个字就是四个音节，这跟人类和鸟类呼吸的时间有关系。人类每分钟呼吸十三次，鸟类每分钟呼吸十八次。吸一口气，刚好说出四个字——呱呱呱呱，再吸一口气，很融洽。

你知道吗？氧气只占到空气的 21% 左右，而我们所能利用的氧气（溶解进入血红细胞内的氧气分子）只占所吸氧气的 30% 左右。所以，吸气与呼气的时间都不能太长。我们喜鹊说话、歌唱、争辩，要在吸气和呼气的间隙中完成。从容镇定，不至于急赤白脸，像人那样。所以我们选择四字发音表达对世界基本面的看法。这一点，喜鹊和人类的看法差不多，呱呱呱呱。你若问，这四个同音字的意义都一样吗？可以一样也可以不一样，全凭你猜想。更多的时候没有意义，我们用声音向自己的耳膜证明我们在说话。

并不是所有鸟儿都有文化素养。只有我们用合乎韵律的四字成语歌唱。如果有人没听清前两个音，后两个一模一样的音保证他了解词义，呱呱呱呱。杜鹃的叫声是"布谷、布谷"。太落后了，还是农业那一套。灰椋鸟的叫声是"啾呃、啾呃"。啾什么啾？黑琴鸡的叫声是"叽叽、叽叽"，好像自我介绍。不知它们是怎么想的。

亲爱的麦穗鱼，现在是秋天了。秋天的河水多么宁静，像有人在水里放入了明矾。水里的青苔、水草和石子清晰可见。如果不是你用尾巴摆出水的波纹，这一切都像在虚空中。你的脊背暗黑，接近于泥土的颜色。我更喜欢看你身体两侧银白的鳞，好像镶嵌了六排玻璃。你游在水里愉快吗？会比在空中飞行更悠然吗？好多人以为鸟类在空中飞翔十分自由，错了。空气中有气流堆积的高山和悬崖，像真实的高山一样坚硬。这些气流的高山用眼睛看不出来，但你的翅膀分明能感到它的存在。气流像海浪一样颠簸，动荡，摇摆；飞行中，一只鸟儿要爬上去，要跌下来，十分辛苦，在气流中受尽了罪，就像惊涛骇浪里的船夫。好在有树，我们飞累了钻进树的绿叶帐篷中歇息。蒙古栎树的大叶子为我们遮挡阳光。如果幸运，我们还能吃到几只墨绿色的天牛。你听懂了吧，你在水里游，不会像我们在空气中飞行那么辛苦。可是我也想过，如果大暴雨连下几天，森林里的溪流涨水，水里有从山上冲下来的石块、枯树枝，还有动物的尸体。这时候你们要到哪里去躲藏？人们说，你们会躲在石缝里。如果那块石头被水冲走了，你们要躲到哪里？还有一个可怕的事实是，你们被冲到山下怎么办？狂暴的洪水把你们冲到一个从来没去过的地方，那个地方像一片大湖，水边坐满了竖起鱼竿的钓鱼人。那时候你们就遇到了魔鬼。

亲爱的麦穗鱼，我为什么不给泥鳅鱼、鲇鱼、细鳞鱼、嘎牙子鱼写信，而给你写信呢？就因为你的名字好听——麦穗鱼。我想了很长时间，你叫这样一个美丽的名字，可能是因为你的尾巴像麦穗，这就够了。

不是每一个动物都有美妙的名字。我觉得孔雀的名字很好。虽然它身上不带孔，但把"孔"和"雀"放在一起就很妙。喜鹊的名字也很妙啊，这个"鹊"不是"麻雀"的"雀"，是"乌鹊南飞"的"鹊"。这就把我们和那些像褐色的老鼠一样乱窜的小短腿的麻雀区分开了。我们是喜鹊，身后有长长的像令箭一样的尾巴，显示非凡的尊严。有些人说看到我们就像看到了法官，这是对的。我们走路十分慎重，尾巴像天平一样上升下降，和法庭的标志一样。下雪天，我们喜欢在雪地里漫步。看啊，在洁白的大雪里，我们一步一步地向前走，背上有黑色的羽毛，又有雪白的肚子。人们看到我们行走，以为是白鸟儿背着黑鸟儿散步。

话说回来，亲爱的麦穗鱼，庆幸洪水没有暴发，你仍然生活在宁静的小溪里。那些在水里缓缓漂动的水草像河妖绿色的头发。溪水是你的神秘花园，除了黑石子，还有黄色的沙子。趴在沙子上很舒服吧？最幸运的是你从来不缺水喝，不会受到干渴的折磨，随便张一下嘴就喝一口水，不想喝可以用水漱口。可是，你们在水里不能唱歌，水阻碍你们发声，会呛住你们的嗓子。其实沉默也很好，大自然的多数生物是沉默的。岩石、星辰、月亮、树木，都是沉默的。沉默很神秘，让世界更像是一幅画。我们歌唱只是为了听到我们自己的声音，有些时候我们不能确认我们是否还活着，于是叫几声，回声传过来，我们才知道我们还活着。我们用爪子抓树，我们飞翔，我们吃多汁的虫子。

虽然喜鹊的名字里有一个"喜"字，但是有人排斥我们。他们说我们喜欢偷东西。听起来简直是一个笑话，大自然的东西为大家所有，你先得到就是你的。你能把先得到的人叫作小偷吗？

牧民宝音楚古拉在他家里东墙根种了七个西瓜，西墙根儿种了七个打瓜。当然他为了种瓜，除草施肥很劳累。瓜成熟了，我们落到瓜上，双爪感觉到它熟了。这时候瓜有弹性，爪子能感到里面的瓜肉颤动。我们用坚硬的喙捣碎瓜皮，吃里面的瓜肉。更好吃的你猜猜是什么？当然是瓜子。顺便告诉你，西瓜的肉是红的，打瓜的肉是黄的。但是打瓜的瓜子更大。我们用三四天时间扫荡了牧民宝音楚古拉所有的西瓜和打瓜。他对着天空咒骂我们，用词不堪入耳。

如果他会飞，一定飞过来和我们搏斗。感谢上帝没给他安翅膀。宝音楚古拉先生有宽大的脸庞和肥胖的臀部，脚上穿沾满泥巴的雨靴。他不停歇地对着天空说一句话——货拉嘎西，货拉嘎西。这句蒙古语翻译过来就是小偷。我们根本不觉得这句话有什么杀伤力，愉快地飞走了，飞到白杨树上整理羽毛。

牧民杀羊，我们早早赶过去，落在树上看。有的牧民鄙夷地说，看看这些喜鹊，真不要脸，又来了。杀羊的不是我们，我们怎么不要脸啦？他们把羊肉和皮分开，羊肉放进锅里煮熟，把羊下水扔到房后，我们到房后吃羊下水，吃饱了去羌木伦河里饮水。

那些牧民喝醉了，他们在院子跳摔跤时才跳的鹰舞，相当愚蠢。太阳落山之后，他们仍然在喝酒，对着月亮唱歌："十五的月亮升上了天空哦，为什么旁边没有云彩？"你听到没有，麦穗鱼，月亮边上没有云彩都能引起牧民的伤感，他们多么幼稚。

有一次我把他们唱的歌告诉了云彩，云彩捂住嘴哧哧笑了。说月亮那么大，想抱住它并不是一件容易的事。云彩还说，在夜空，云彩特别容易化成小碎片，这是因为月光融化了云彩的分子结构。

亲爱的麦穗鱼，从这封信里，你能感觉出我很活泼，也很洒脱。总的说来，我是一个喜欢交朋友的人，也有鲜明的原则。我不喜欢唯唯诺诺，更不愿意迎合潮流，祝你一切都好。

爱你的喜鹊

麦穗鱼的回信

亲爱的喜鹊：

你的名字让我喜欢。喜喜喜喜喜，鹊鹊鹊鹊鹊。这两个音节组合到一起，简直完美。我在河水里听不到你歌唱，只看到你张开大嘴，合上又张开，像剪影一样。看了你的信才知道你在歌唱，那么，我祝福你天天都唱歌。至于四个字或者六个字，我认为不是最重要的。你所说的泥鳅鱼经常在水里放屁，每次放四个，水里冒出四个小气泡。这事我是数过的。每种泥鳅鱼放屁，都是连续四声，这里面有哲理的含义吗？我认为没有。

亲爱的喜鹊，听你说偷盗牧民西瓜、打瓜，以及吃羊肝的事，我觉得不算猖狂，但也不是值得宣扬的业绩。至于你说你在雪地里行走的高贵姿态，我觉得言过其实了。在雪地里真正好看的是白兔，像一个雪团在飞奔，真是不可思议。狐狸更好看，像火焰在雪地里翻滚。你这样夸耀自己，证明你缺少审美能力。

审美就是看到美的东西，发自内心赞叹。这种美包括但不限于自己，更多的来自客观世界，来自从树叶缝隙落下的月光，来自虽有轻风吹拂却不坠落的草叶上的露珠。你一定会说，最美的认知来自主观，与客观无关。我只能赞成你这个说法的一半。审美是主观印象，但美一定与客观相关联。自恋者为什么可悲？它们的认知力被局限了，它们欣赏到的美只限于自己，看不到广大的世界上多种多样的美。所以它们封闭，它们绝望，它们形成饮鸩止渴的被动型人格。

亲爱的喜鹊，一条鱼对你说这些，你不奇怪吧？这些观念归类于哲学，但蚯蚓都懂得。爱歌唱的喜鹊，尽管你暴露了自恋型人格，我还是很喜欢你的来信。怎么说呢，你在信中传达出森林的气息，你对高空气流的描述，让我很震惊，拓展了我的认知领域。

我是一条麦穗鱼，我安静地生活在河里。你所说那些洪水的可怕情景，我还没有经历过。以后也许会出现，但我现在不去想它。

亲爱的喜鹊，有一次在雨中，我看你从河水上空飞过，那一刻风很大，你逆风而飞，像在空中徘徊。你用力伸直双翅，昂着头。你的翅膀和身体像一个十字，在斜线的瓢泼大雨里飞翔。我觉得你很了不起。我在水里，说实话不知道被雨淋是什么滋味。雨浇在身上疼吗？雨打在水面上激起浪花，像石子。我身边全是水，没法想象天上落下的水浇在我身上是什么滋味。你是勇敢的喜鹊，你的品格超越了你的虚荣。还有一次，我看见你站在金黄的草地上，身旁是红醋栗，这些浆果红得像烂泥，衬托得你黑白相间的大衣十分好看。

至于我，没什么好说。我不清楚为什么叫我们麦穗鱼，我甚至没见过麦子。我听鲹鱼说——它走南闯北是个老油条——麦子是大地生长的庄稼。麦穗像河流的波浪一样在风中摇摆，但麦子地里并没有鱼，上空会有燕子飞翔。鲹鱼还说，每一根麦穗都有像针一样尖尖的麦芒，指向天空，使小鸟不敢落在上面吃麦粒。

鲹鱼告诉我，麦穗代表美。在人类那里，松柏枝、橄榄枝和麦穗都是高贵的象征，装饰金牌和绶带。我听了觉得身体膨胀了一倍，我可以装饰金牌吗？

平常时光，我在这条宁静的林中小河里游来游去。我并不寻找吃的东西，我不饿，只是想感受水的温柔与爱意。我从给你写信这个地方出发，一直游到下游。中间会遇到一个像码头似的老榆树的树根，遇到一片毛茛草丛，它们开蓝花。再往前是款冬草丛，它的茎又叫鄂伦春黄瓜。那里有一个小湖泊，水底下长满了草，像密林一样。再往下，河道里出现火山岩，水里气泡很多，水的气味偏酸。如果还往下走，会遇到一片柳树，它的阴凉里有好多鱼在游戏。它们用尾巴画各种各样的圆圈。穿过柳树的阴凉是一段急流，我一般从那里折返，逆流回到现在写信这个地方。有一段，我在水里一动也不动，像石子那样。如果我愿意，去光线充沛的地方晒太阳。阳光射进河水里仍有暖意，晒在后背好像小蚂蚁在爬，让我进入梦乡。醒过来，天色已晚，大鱼在水里发出声响，如同松塔掉进河里。亲爱的喜鹊，这封信我就写到这里。

爱你的麦穗鱼

选自《当代》2024 年第 2 期

扯云话

乔 叶

在我的长篇小说《宝水》里，第一章中有一小节的题目叫《扯云话》。小说里宝水村的人聊天不叫聊天，叫扯云话。这有来由。因我豫北老家那边的人平日里就把聊天叫扯云话。写这个小说时，老家方言在我的记忆里被频频激活，当重温到扯云话时，我的鸡皮疙瘩都起来了。天马行空，白云苍狗，无主题闲聊可不就是如云一般？还有"扯"这个动词搭上"云"，多么妙。

仔细琢磨琢磨，但凡是和云能扯上的，其实都有些妙。

云新闻

频频看云是近年来的事。自到了北京，自然而然地就经常看起了云。在这之前，我是不怎么看云的。因看云似乎是很多北京人的日常，也就入乡随了俗。

看云是闲事。闲事也是事。我渐渐发现，这闲事居然还是件经常能上新闻的事。顺手翻一下关于云的新闻，隔三岔五，比比皆是。

某年仅四月到六月期间，我刷到的就有这么些条：

四月二十九日：五一假期第一天，北京晴空万里。午后，天空出现一抹七彩云带，画面十分美好。

五月二十七日：震撼！北京出现大片乳状云。

六月四日：北京上空出现壮美放射云，开启周末美好的一天。

六月十日：北京的云彩好似泼墨画，天空如画布，美翻了。

这天的云确实是有些美翻了的意思，我亲眼看见为证。这天是周六，我和朋友们在通州宋庄约聚，先是在一家书店喝咖啡闲聊，我聊天聊得言不由衷，只因一直在留意着云。这店是整幅的玻璃幕墙，巨大的云在窗框里，如画一般。———形容漂亮的实景，就说美得像画一样。夸画的时候又说，看这画得像真的一样。我们是不是总是这般套话？

坐着坐着，我就坐不住了，想要到这云下。就走了出去。蓝天做底，这云美得很不真实。———云总是不真实的，美梦一般的不真实。想要这不真实趋近于真实，就只有去尽力地靠近真实。

在真实的云下，我拍了好些照片，后来再翻看，也还是觉得不真实。那天的云无论大小，都有着特别随意任性的毛边儿，大块云有大毛边儿，流苏一样；小块云有小毛边儿，仿佛细丝。总之主打的就是一个飘逸轻盈，是再高妙的丹青手也画不出来的那个劲儿。

曾读过一本有趣的书，叫《云彩收集者手册》，我对照了一下里面的描述，这种云应该叫毛状云，书中说："毛状云就只是简单的、细条状的高空云……除了能表明高空有持续不断的风，它们几乎没有蕴藏关于天气的任何信息。"可能也觉出了这么判断缺点儿什么，作者又说："也许它们存在的意义就只是长得好看。"

每每想起这句我就想笑。好看，这就是足够重要的意义。如果天上没有好看的云，那该是多么不可想象的事啊。

云这么好看，却也不妨碍它下雨。那天，我们在宋庄的街道上闲逛，走着走着雨就来了。雨来了，云还在，太阳也还在。这就是名副其实的太阳雨了吧？淋着这雨，我们都没有打伞。打伞会觉得辜负了这云，也会辜负这雨，不是吗？

还有一条新闻是六月二十八日：受雷雨云团影响，北京天空出现浓墨般乌云，犹如怒海生波，场面壮观！在雷雨推进前线，还出现了弧状积雨云。弧状积雨云……由外流的冷空气和暖湿气流共同形成，一般是风暴降雨的前侧，意味着强降雨的到来……

这天我恰好在家。乌云也是好看的。某天下午四点多，突然乌云满天，打起了雷，然后就是大雨。还有大风。我家住在 25 层，从没有在这么高的地方看过下大雨。遥远的天边有亮色，中间暗的一团应该就是雨了。在明和暗的边缘，显见得一缕缕的雨云绸缎一般垂下来。雨就是这么从上往下走的吗？非常清晰。大风吹着，那雨云还飘摇起来，如巨大的丝带。近处，楼和楼之间，也有风挟持着一缕缕的雨云在飘，却是清亮的白色———这时就觉得云更近了。简直想扯一片下来。几个大雷过后，明暗处便渐渐模糊，混作了一团。云终于成了雨。

可怜的人类能怎么描述云彩呢

约翰·缪尔的《夏日走过山间》是我百看不厌的手边书，出差路上总带着。这本日记体散文集诞生于 1869 年，给了我极大的阅读享受。书虽薄小，天地却宽厚。很多语句抒情而不矫情，朴素鲜活，妙趣横生。

如"在山间我没见过任何真正死亡或者无趣的东西，也没见过被制造出来的垃圾和废品，一切都是那么清洁纯净，充满了圣洁的训诫。……当我们试着单独挑出一个事物的时候，我们发现它和宇宙中其他一切都有关联"。

"山间的空气让我精神焕发，心中充满了野生动物般的原始喜悦，让我早上忍不住想大叫出来。"

……突然觉得这些句子被摘抄出来很孤单可怜，脱离了语境的它们，如同离开了大山的石头，亦如同被抛到了岸上的鱼。那就止于此吧。

相较而言，把写云的句子摘出来似乎要好一些，是因为云悬浮于大地之上的缘故吗？约翰·缪尔也算是一个不折不扣的云彩收集者，他特别爱写云，这书中可以说处处都是云。他很习惯用百分点来描述云。

如六月二十二日：今天的天气反常地多云。除了带来阵雨的积雨云，头顶还有一片散开的薄薄的像雾的云彩，大概占天空的百分之七十五。

六月三十日：云彩特别地白。派勒特峰山脊顶上那些高高的松树在绸缎般的天空映衬下就像精致的小模型一样。今天的云彩平均覆盖率在百分之二十五左右。没有下雨。

七月二十九日那天：明亮、清凉，令人振奋的一天。云只覆盖了天空百分之零点五的范围。

七月三十日：云的覆盖率今天达到百分之二。

关于云，他还有很多哲思。

其中六月十二日写道：

"我还从没见过造型和质地都如此结实的云彩。几乎每天快到中午的时候，它们就在空中飞快地生长，就像一个世界在眼前新生。它们带着爱意在花园和森林上空盘旋，带来舒爽的阴凉和雨滴，滋润每个花瓣每片树叶以健康快乐地生长。甚至可以设想这些云本身就是植物，在阳光照射下如沐春风般醒来，越长越美丽，直到盛开后，像莓果和种子一样散落成雨滴和冰雹，最后干枯死去。"

七月二十三日："中午云中王国又显示出让人永远看不厌的力与美，这美丽无论是用文字还是图画都无法描述。可怜的人类能怎么描述云彩呢？正当你尽力去描绘它们巨大闪亮的穹顶和山脊，阴影中的鸿沟和山谷，带着羽毛般边缘的深谷时，它们就消失了，不留下一丝痕迹。无论如何，这转瞬即逝的云中大山与地面上更经久的花岗岩的大山一样巨大真实。"

"可怜的人类能怎么描述云彩呢？"每当读到这里我就想笑。此话固然有道理，不过换个角度去想，可怜的人类常常在做不可能之事，所以也是可爱可敬的人类啊。

1960 年的云

一直记得小学时的语文课本里有一篇文章叫《避雨》，那大约是我最早从文字里去习得天气知识，因此印象很深。后来学习中国现当代文学史方才知道这文章其实是李準先生的小说《耕云记》的开头。近日翻找了出来，只有八百字，全文摘录如下：

今年春天，我到玉山人民公社去，走在路上，雨沥沥拉拉地下起来。"春雨贵如油"。青青的麦苗有一筷子高了，正赶上拔节。麦苗痛快地喝着雨水，似乎可以看出它们又悄悄地抽出了两片嫩绿的叶子。

大路旁有个小草棚，人们都挤在下边避雨。大伙说着笑着，谈论着这场好雨。有人甩着伞上的雨水，有人脱下衣服迎风晾着。这个小草棚顿时变得又拥挤，又热闹。

雨正下得紧，从大路上跑来一个姑娘，十八九岁，高高的身材。衣服被淋湿了，贴在身上，不时滴着水珠。一双很俊的眼睛，露出纯洁坚定的表情。她没有拧衣服上的雨水，也没有跺脚上的泥，只用手轻轻掠了一下额前几丝淋湿了的头发。她在草棚最边上找了一块刚能避雨的地方，就不声不响地站在那里。

天上亮出了几块黄色的云，雨停了。大伙急着赶路，象放开闸门的水一样，一下子都涌到了路上。只有这个姑娘没有动。她抬头望了望天空，喊着："同志们，还有雨！"大伙只顾挽着裤脚向前跑，听见的人不多。果然没跑二百步远，一阵急雨，象筛豆子一样又哗哗地下起来。

大伙都嘻嘻哈哈地笑着跑回来，又挤在小草棚下面，因为位置还没站好，草棚下面显得更挤了。那个姑娘又悄悄地向外让了让，仍然站在最边上。她没再作声，可是大家已经注意她了，就你一言我一语地和她谈起话来。

"姑娘，刚才你怎么没有走？"

"我看到天上有两块黄云，那是下阵雨的'积雨云'。"

"春天雨就是多！"不知谁插了一句。

"这里春天雨不多。"姑娘不同意地说，"去年四月一号到十二号就没下雨。十三号，也就是去年的今天，只下了四指雨。"

"去年四月十四号呢？"一个青年故意问道。

"晴转多云。"

"十五号呢？"

"阴，下午有六级西南风！"

"十六号呢？"那个青年好象要打破砂锅问到底。

"晴。一直到六月七号才下了十毫米雨。"

姑娘记得那么清楚，答得那么流利。一年前的事好象在她嘴边放着一样。多么有心计的姑娘呀！大家惊讶起来，问她的人就更多了。

有人问："姑娘，你是个气象员吧？"

"嗯，"她老老实实地回答，"我是公社气象站的气象员。"

《耕云记》是李準先生 1960 年发表于《人民文学》的短篇小说，当时冰心先生还为这个小说写了评论。先生是河南人，成名后到了北京，历任中国现代文学馆馆长、中国作协副主席。1953 年，他因发表了小说《不能走那条路》而一举成名，之后又有《老兵新传》《小康人家》《李双双小传》《龙马精神》等，他的笔底一向紧跟着时代风云。

1973 年至 1976 年，李準先生历时四年写出了电影剧本《大河奔流》。1978 年，电影上映，聚集了当时中国电影界最强大的阵容，却遭遇了惨痛的失败。原因很简单也很直接：作家正在埋头创作的时候，历史正在急转弯。此后，先生写作的节奏从容了下来，他开始反思自己创作的经验和教训，并自我评判："人未死，作品已经死了。"

《避雨》全文不过八百字，现在读来依然玲珑剔透，生动鲜活。如果一定要说美玉微瑕之处，我觉得可能是称呼。同为河南人，且是有些微乡村经验的河南人，我知道农人们一般不会称年轻女孩子为"姑娘"，多为"妞"或者"闺女"，还有，即便是在那样的年代和那样的场合，而姑娘称呼人们为"同志们"似乎也不合适，这应该出自作家的想当然。

云彩厂

某天下班时分，我坐网约车，和师傅说起北京的云——那天的云彩也很好看。

咱们这云呀，有时候是别处来的。他突然说。

从哪儿来的？

内蒙古有专门生产云的云彩厂，你不知道？

是吗？我惊讶了。

我也是听别人说的。说那边有厂子就是专门生产云彩的。根据风向，生产出来以后就能飘到咱们这里，跟赶羊似的。

好吧。我有些信了。他那口气，让我很愿意信。

我好想去那样的厂子里看看啊。

张老师说

关于云的消息基本都来自《北京日报》。我有些怀疑是不是报社里有一份专门看云的工作，若果真如此，我简直都有些想要去应聘了。除了跟踪报道云，还有配套文章介绍云的相关知识。如近日的云是什么云，为什么会这么美之类的。时不时地，就会看到有位名叫张明英的气象专家被记者采访，他是北京气象台高级工程师，我一直以为是位女士，查了资料才知道是位男士。

以张老师的说法，北京夏季最常见的这种云叫对流云。如果低层中的空气温度明显高于高层的空气温度时，大气就处在一种不稳定状态，低层暖空气会做上升运动，从而形成对流。上升运动的暖空气温度不断降低，当达到凝结高度后，水汽就会凝结形成云，这就是对流云。一般来说，对流云根据对流强度分三个阶段，初期形成的是淡积云，这样的云特点是云体较松散，云顶向上凸起，底部又相对平坦，看上去很蓬松，好似朵朵棉花糖在天空中飘浮。如果对流不那么强烈，这种云朵出现时就是晴天，在蔚蓝天空的映衬下，看上去更加洁白无瑕。对流旺盛时的对流云就是浓积云和积雨云，云体如山似塔地层叠在一起，此时就预示着雷雨、冰雹等强对流天气要来。

从张老师这里我还知道了"东北冷涡"，来自东北地区高空冷涡天气系统，被简称为"东北冷涡"，它会使高空大气温度明显变低，从而使高低空气温差变大而造成大气的不稳定，在不稳定的大气层结条件下，极易产生空气上下的热对流，低层空气上升遇冷……云来了。

东北冷涡系统四季都有，初夏时节往往表现得更突出，极易产生强对流天气，表现在空中就是云层复杂，云的种类繁多，且此时的北京还没有进入三伏天，空气湿度小，所以大气也很透亮，能见度比较好，蓝天更蓝，云朵自然也更美。因此初夏可以说是北京观云的最好时节。

为什么有时候可以连续好几天看到多姿多彩、形态各异的美云？

张老师说，因为冷涡系统比较稳定，往往可以在原地维持三到五天。

看着伸手可摘的云到底有多低？

张老师说，看着很低的云其实也都在七八千米的高空，所以湿度和能见度特别重要。南方的淡积云美感就弱，那是因为水汽含量较大，轮廓不如北方的淡积云清晰，视觉效果自然也会差一些。

西山那一抹晚霞

对流云爱变且善变，往往是午后云层逐渐增加，太阳落山前后云层减弱，此时光线照在云体上就可能出现艳光四射的晚霞。这种光线也有说法，叫"丁达尔效应"。我惰性大，难得早起，没赏过朝霞。西山的晚霞却是经常看的。确实美极。曾听人说，徐志摩有言："北京的灵性，全在西山那一抹晚霞。"便上心去找出处，却怎么也找不着。后来便也作罢了。就当这话是他说的吧，确实也像是他说的，毕竟他写过那么多有云的诗句。如《再别康桥》里"我轻轻地招手，作别西天的云彩"。又如《偶然》里："我是天空里的一片云，偶尔投影在你的波心——"毋庸置疑，他一定是爱云的人。

突然又想起二十世纪七八十年代在乡间的日子，也有很多云。乡亲们走到路上，抬头看一看天，随口就能说出"云"句：

　　八月十五云遮月，正月十五雪打灯

　　白云黑云对着跑，这场冰雹不会小

　　早烧连阴晚烧晴，中午烧云雨不停

　　天上花花云，地上晒死人。

　　日落乌云涨，半夜听雨响。

　　黑云接驾，不阴就下。

　　扫帚云，三五日内雨淋淋。

　　云下山，地不干。

　　疙瘩云，冷临门。

　　……

优美如诗。全都是。关键的是常常确实很准。

很多同龄女孩的名字——是的，在我心里，她们还是女孩的模样——都带有"云"，在我的记忆里，七八十来个女孩子里，必有一个名云。爱云、彩云、秀云、丽云、小云、巧云，而叫巧云的这个，大概率生在七月七前后。"七月七，看巧云。"七夕前后雨水丰沛，"七月七，眼泪滴"，这雨就是织女在抹眼泪。雨由云成，云样便也丰富，谓之"巧云"。看巧云要找一个安静地方，比如躲在树下头，一边看着云，一边在心里想。心里想什么，云就会变成什么。我试过，果然如此。

选自《草原》2024 年第 6 期

怀抱大地的心灵

傅　菲

> 空山不见人，但闻人语响。
>
> 返景入深林，复照青苔上。

甚爱王维的《鹿柴》，尤其在山中客居之后。"复照青苔上"是自然之境，也是心灵之境。这样的情境也是我生活的日常。窗外是无尽的针叶林、阔叶林，积雨云就堆在山尖之上，不雨不晴。夜灯亮了，菜粉蝶、稻眉眼蝶、尖翅银灰蝶、大紫琉璃灰蝶、蓝灰蝶等，噗噗噗，扑打窗玻璃。清晨开门，蝶落了一地，成了季节的标本。当然，这是初秋，夜露未寒，蟋蟀唧唧，枫香树欲红未红。

2018 年一本书交稿后，便想找一座深山客居。不为别的，就想安安静静地过自己想过的生活。去山中走走，去了解和体会山民的日常，去感受一座山的孤独和丰富。2021 年 8 月，我来到德兴市大茅山北麓的笔架山下客居，作深度田野调查，了解这座山脉和山民。

大茅山山脉属于怀玉山脉的支脉，大茅山是其主山之一，主峰海拔 1392 米，属于国家森林公园，动植物十分丰富。这里距我老家广信区郑坊镇约 45 公里，距上饶市约 90 公里，交通与生活都十分方便。与郑坊镇毗邻的华坛山镇，其西北部便属于大茅山山脉。

1993 年 2—5 月，我曾在德兴市长田闲居，住在长田中学的祖明兄家中。闲余，和祖明一起骑着自行车，走遍了长乐河畔村落。客居笔架山下后，我又走遍了德兴市境内的主要水系：泊水河、乐安河、长乐河、银港河、马溪。反复走，不厌其烦地走。也去了非常多的荒僻山谷、山坞、河洲，以及偏僻的自然村落、荒村、破落矿区。只有脚落在大地上，才会感知到大地的厚重。大地沉稳、实在，供万物生灵承袭。

大地的伟大之处，在于物种传承和万物兴衰，滋养寄居者。人类只是寄居者之一。

我并没有急于写作新书。很多野外的观察，需要多次观察，且需要时间的发酵和论证；许多生活事件的发生、发展及结束，也需要交付给时间。生活有常规原则，也遵循意外原则，因此不可预料。于个人而言，这就是命运。尤其近三年，山民的生活发生了许多意料之外的变化，也因此改变了许多人的命运。

在一个地方生活，集市是我喜欢去的场所之一。卖器物的，卖鲜鱼的，卖家禽的，卖时蔬的，卖砂糖的，来自四乡八村，他们口音各异，会集在这里。他们知道地方趣闻、小镇小村物产。集市周边有各种小吃、各种地方传统风物。去一趟集市，我要转悠两个小时，和各色人等闲聊。这是我了解周边世界的一扇窗户。

我热衷于认识山民，熟悉山民的生活，与山民一起挖笋、一起打井、一起割草喂鱼。2023 年 6 月 4 日，我特意去乌石村拜访酿酒师蒋高文，与他交流古法酿造。他不抽烟，见我去他家，特意买了一包好烟款待。他爱人抹桌、泡茶。他说话谦和、文雅，让我感到他有一种翠竹的气息。他酿造的谷烧，就有一种表面柔和、内里野性的特质。这是大茅山北麓遍野的翠竹赋予他的。山民是山的一部分，或者说，山是山民的一部分。

当然，我最喜欢的，还是去深山或偏远小村。一个人去，或三五个好友一起去。大多数时候，一个人去，不论远近。"没有什么事，就去山里走走吧。"这是一种召唤，也是一种野外实践。在山里，可以把自己清空，排解不良情绪，更主要的是，可以通过草木看到时间的色彩，认识生命，获得自然现场的心灵感受，省察自己的内心世界和生命世界。人会变得通透一些，免除了很多繁杂。四季的风车在转动，万物在轮回。

最为让我关注的，还是山民的生活。长潭洲二十余村户，我溜达半天，竟然没有发现一个人。户户建起了洋房，村人去了外乡谋生。长潭洲临永乐河，与瑞港村相邻。村头枫香树上，有一个笸箩大的马蜂窝，无一只蜂，剩下一个空壳，吊在树丫上。马蜂去向不明，不再回巢。令人伤感。去过五次高山小村黄歇田，有两栋老屋的木门被木蜂蛀了孔，木齑粉落在门槛上，堆出了山尖状。木蜂蛀老木，蛀门蛀木柜蛀木窗蛀木床。雪夜归家的人，看见被蛀空的门洞，不知作何想。

凭气力的人、做低等手艺的人、做小生意的人，在外谋生不如前几年那么轻松，返乡生活的人很多，山村比以前热闹了些。但这种热闹，让我难受。有一次，路遇一个跑"滴滴"的人，四十来岁，说话很温雅。他说，他开了十多年的木板厂，给家具厂供货，生意很是跑火。这几年，木板厂亏损厉害，把十几年赚的钱全赔了，只剩下城里三套房子。房子又抛售不了，只得开"滴滴"。

开早餐店的人、开理发店的人、在工地上做重体力活的人、砍茅竹的人，他们凭真诚和细致的手艺，赢得自己生活。他们可能浑身散发油烟味，可能指甲有黑黑的污垢，可能说话粗野，但他们从不怨艾，眼里充满了光。那种光，有力、坚定，如海岛的灯塔。虽然，很多时候，他们无可奈何，唯有双手可以依仗、信赖。

对我而言，去山里或去原野，重要之处在于葆有一颗强烈的好奇心，对未知的行程充满了期待。去山里，会看到什么呢？会偶遇什么呢？哪怕是遇上恶劣的天气，都是值得高兴的。我把好奇心和期待，归并于自己对生命的热爱和尊重。因了好奇心的造化，才愿意不辞辛劳去探究、深入自然的现场，解自己眼中的"自然之谜"。乐得其中。

在大部分人眼中，看到的是风景，而并非自然。自然是有博物学和自然伦理学深度的，而风景则无需这些。自然难以深入，但身临其中，便可获得美好的心灵感受。如此，已十分宝贵。美好的心灵感受，会分泌美好的情愫。万物皆美，我也如此。

深入自然有难度，是因为我们破译不了"自然的语言"。植物和动物有自己的"语言"，菌类有自己的"语言"，气候也有自己的"言语"。太广博。其实，我们无需破译，以自己的"心语"解读世间万物就是了。物象是心象的外现。

鸟的"语言"太复杂。我们就不管鸟怎么叫了，享受鸟鸣就行。

说实在的，去山中或原野，并非为了采集什么，而是寻找一种对话方式。与滔滔或羸弱的江河对话，与旷野中一棵孤独的树对话，与明月或孤星对话，与此处和彼处的人对话，与活着或死去的自然之物对话，与远山的荒路对话，与山民对话。终究是与自己对话。

在山坞，静静地坐。

在河边，静静地坐。

在死去的老树下，举头仰望。久久地仰望。

世界之大，尽在其中。世界之变，也尽在其中。河自去，水自流。"青山上野艇，白水到林扉。"（宋·晁补之《北山道中示公为》）居于林中屋舍，仍可感知世事纷扰。如一滴水映照星空。

英国诗人蒲柏说过："自然永远灵光焕发，毫不出差错，它是唯一的、永恒普遍的光辉，万物从它那里得到力量、生命和美。"我们越深入自然的现场，对生命的体悟就越深切。我们需要葆有一颗怀抱大地的心灵，以大地之心去感受山川万物，去敬重生活和生命。万物遵循自然法则，自然法则无情也无道德可言，而人类需要建立自然道德。

对待自然，我们需要人道主义。德国女作家赫塔·米勒在访谈中，以拟人的方法说：我坚信植物是有眼睛的，它们夜里会到处游荡。我知道我们家附近的那棵菩提树会去看你村里的那棵菩提树。赫塔·米勒的话，我信。对自然心领神会的人，都具备超验主义。我希望自己是这样的人。自然不语，却道明了所有。

当写下这本《客居深山》时，我遵循了自己的山地美学：有情、有趣、有思、有异、有美、有灵；见人、见物、见深、见博、见心、见境。

选自 2024 年 6 月 27 日《文学报》（本文为作者新作《客居深山》跋）

山顶上的海（外二篇）

马　行

沧海桑田，大海会不会变作桑田？当然会。

沧海高山，大海会不会变作高山？当然会。

沧海山顶，大海的波浪会不会被沸腾的岩浆突然塑形，直接凝固成石，然后被地壳抬升为山顶？当然会。

那天，我不仅发现了沧海山顶，还坐在沧海山顶上。

沧海山顶的具体方位：柯坪地区北部无人区之群山中，500勘探测线之右。

那天，我差点儿与这沧海山顶擦肩而过。我原本的计划并不是来这儿，而是去山外的一处戈壁滩，也就是400测线。勘探项目的甲方人员要去400测线检查施工，由于勘探队的车辆紧张，我没有再单独要车，就搭乘一辆去400测线的卡车，准备到那看一看。半路上，我突然遇到勘探队的另一辆卡车。会车时，卡车司机说要去最远的500测线帮着钻机班搬家，说跑完这一趟，500测线就完工了。我一听就慌了，我知道500测线是最偏远的一条线，勘探队的筑路小组用推土机推了三个月，才推出一条进入500测线的通道。其实，别说是500测线，就是400测线所在的高山，在我们勘探队到来之前，就是雄鹰也几乎飞不进来。我原本打算过几天再去500测线，哪想到这么快就要完工。当即，我对同行的人说，我得去500测线。说完，我从这辆卡车跳上另一辆卡车。到了500测线，我原本也不是往沧海山顶的方向走，因为一时看错方向，往北多走了两公里，才突然发现了这片沧海山顶。如果不是看错方向，我就不会发现这片海床。

这份缘，可真是阴差阳错，歪打正着。

我在海床上坐了一会儿，又直起身，沿着海床走一走。然后，再坐下。

海床是一个巨大的倾斜状凝结板块。海床一端扎进山下峡谷，一端因风化呈戈壁状。海床灰色，呈波浪状，平均约有 30 厘米厚，一面镶嵌着大大小小的贝类化石。有些贝类化石，纹理特别清晰，保存完整。我一次次地伸出手，轻轻抚摩那化石，仿佛我摸到的不是化石，而是堆积了亿万年的时光。

是啊，正是化石，让时光不再流动。化石，本就是停下来的时间。

走了一会儿，我再次坐下。这时，出现了一个龙虾模样的化石。它与其他化石不同的是，虾身没有镶嵌进海床，而是高高凸起。它给我的直觉是痛苦，巨大的痛苦。可以想象，亿万年前，在突如其来的地壳运动中，当海床抬升、岩浆升腾，它多想跳离“苦海”，幸运的是，它跳了起来，不幸的是，它的头部还是被岩浆吞没了。而更为奇特的是，就在这一瞬间，岩浆的涌动停止了，它的身体就这样定格在海床之上。亿万年来，它的身体一直裸露着。我仔细抚摩着它，用手轻轻一提，它下面的海床竟然开始松动，再一用力，它连同一小块海床被我提在手中。

何为缘分，这就是！我把它拿在手上，不知为什么，居然感动得想哭。

坐在柯坪北亿万年前的海床上，我感到一种巨大的战栗。

那是生命的战栗，无边无际的战栗。那战栗来自时光的堆积与庞大。我一伸手，似乎就能触到亿万年前的天、亿万年前的光。

坐在亿万年前的海床上，我看到柯坪北部无人区的群山是那么特别又逼真。从色彩上看，有黑的山体、灰的山体、红的山体。从形状上看，有菱形的山，有粮垛一样的山，有似驼背的山。好多山头还挂着盐碱的花。再看，天上有几朵白云。而两公里外，是勘探队的卡车，是钻井帐篷，是勘探测线上一面面或红或蓝的旗子。

这会不会是地球上唯一一片亿万年前的海？

我在勘探队待了三十年，难道就是为了遇到这片海？

可以肯定的是，亿万年来，这个地方只有我们勘探队来过。而勘探队中，我又是这片亿万年海床的唯一发现者。

我是多么感慨：亿万年前的时空，远古的生命，永恒的孤独，居然可以这么近，居然就在身边。

那天，我一直呆呆地待到下午五点左右，才准备离开。

可是，走了不足百米，我又回过头，向着那片沧海山顶，挥了挥手。

那一刻，我满眼泪水。

黑山上的红房子

在柯坪北部无人区的腹地中，有一座方圆数百平方公里的黑山。

那是我这些年来见到的最黑的山，黑得都不像是山，而是有点儿像一堆堆遮天蔽日、高耸入云的煤炭。之所以说有点儿像煤炭，是因为它们有煤炭一样的黑，却没有煤炭幽暗的光泽。煤矿高高的煤山，尽管黑，却能让人感觉到一种黑色的暖，炉旁烤火时那样的暖。可这黑山，给人的感觉是寒，是恐怖。行走在山中，不时吹来的阵阵冷风，令人毛骨悚然。

还好，我不是一个人在行走，我还有两个同行者，一个是勘探队的副队长吴庆恩，一个是钻机班长大燕。当时，黑山中的钻井施工总是出问题，不是卡钻，就是钻机不转。勘探队爆炸、排列等班组的六百多名队员，全盯着这钻机呢。施工是链条式的，一环扣一环，钻机总出问题，整个勘探施工就无法正常推进。那些天，勘探队的几个队干部，全都跑钻井现场。怎奈这黑山，不仅极度偏远，还沟壑纵横。有时，从一个山头到另一个山头，直线距离只有七八公里，却需要绕行八九十公里。这不，仅仅为了从一个钻井点到另一个钻井点，我们的卡车一直在走，整整用了四个小时。

督促、检查完钻井点，我们开始下山。就在半山腰，突然间，我看到一座小红房子。小红房子距离我有几百米。

卡车还在行驶，我脸贴车窗玻璃望着小红房子。我对正在开车的钻机班长大燕说："你看到那小红房子了？"

"看到了，前几天，我从这儿路过，就看到了，很奇怪，这儿怎么会有房子？"

"是够奇怪的，要不，我们停车，去看看！"

"好吧，我也很想去看看！"说着，大燕把卡车停下。我们下车，沿着陡峭的山坡，向下走，直至到了小红房子近前。

房子前的空地很平整，像是有人专门平整过。房子由石头垒成，屋檐下还垂挂着彩云一样的幡布，风一吹，就轻轻摆，这风中的幡布，就像一个年轻女子额上的刘海。房子只有一扇门，一扇窗。屋顶是紫红色的，门框、门、窗框也是紫红色的。门上挂着一把铁锁，铁锁只是摆件一样挂在那儿。我只要随手摘下铁锁，就可推开房门。可我用手摸了摸那把铁锁，并没有把它摘下。在青海或是新疆的牧区，我常见一些牧人的小房子，房门有的上了铁锁，有的只是很随意地拴一条铁丝。也有一些门，连铁丝都不拴，只把一块大石头堵在门前。对牧人们来说，铁锁是否坚实牢固并无多少意义，他们需要的只是"锁"的样子和形式。这正如作家木心的那首诗中所说："你锁了，人家就懂了。"

按我以往的经验，这样的房子多是牧民的，房子附近大都会有一些羊粪或马粪。可我房前屋后仔细看了，也不见有羊、马活动的痕迹。

站在窗下，我隔着窗玻璃往里看，可见房子正中有一个烤火炉。贴墙放着叠放整齐的棉被，墙上有红色的挂毯，还挂着一把木琴。距离木琴不远，有个杌子，上面摊放着一件小孩子衣服，看上去应是随手扔在那的。

屋外屋里的一切，让我百思不解。这儿到底是什么地方？这儿住着的到底是怎样的人？这儿为什么还有小孩子的衣服？这儿的主人现在去哪儿了……这黑山上下方圆数百平方公里，我们勘探队拉网式地跑来跑去，也没见到一个牧人。其实，这进山的路，也是勘探队几个月前刚刚用推土机推出来的，在我们到来之前，这儿完全是一片连飞鸟也飞不进来的生命禁区。

退一万步说，就算是有人能进来，由于这儿一无水源二无草木，人也根本无法活下去。可是，小红房子的种种迹象又表明，这儿不仅有人，还有小孩子，这儿的主人似乎就在附近，还生活得很自在。

唉，这黑山上的小红房子，多像是某个神秘世界与柯坪北部无人区之间的一座生命廊桥、一个秘密连接点。难道，这儿住着的是一位不食人间烟火的神仙？

带着太多的不解和疑问，我离开小红房子又回到卡车上。我查看了一下勘探队自制的地图，从卡车所在的位置再次出发，还需向外行驶一百六十公里左右，才能到达黑山的山口。

别了，这生命禁区的腹地。别了，这孤独而又温馨的小红房子。再望车窗外，一座又一座的黑山，变得更加怪异、更加神秘了！

带着帐篷住进九级大风

克拉玛依北部数百公里宽的低丘戈壁，是西部地区有名的特大风口。都一个星期了，狰狞怒号、飞沙走石的九级大风说来就来。只要一刮大风，工区地面上的采集设备不是被刮跑，就是被刮歪，勘探施工不得不宣告暂停。

早晨见到勘探队党支部书记老杨，他说这几天正是勘探施工的关键时期，只要大风一起，他就紧张得要命，要是大风再这么三天两头地刮，整个勘探队可就真吃不消了，停工一天，不说别的，光人工成本就得白白消耗十多万元。

可九级大风才不管这些，它不认识勘探队，也不认识老杨，它只管刮。在九级大风看来，克拉玛依北部数百公里宽的低丘戈壁就是供它行驶的一条"高速风路"。

大风要刮，老杨却急切地想要大风停下来。因而，老杨不打算在驻地与工地之间来回跑，想靠前指挥，直接住进大风中。他问我愿不愿意住工地。我说这没问题，我就喜欢住工地。我们在驻地食堂匆匆吃了早饭，就带上帐篷向工地进发。

一路上，卡车就像一个逆风的行人，被大风刮得直摇晃。等赶到工地，我们才明白，在大风面前，勘探队根本无法与之对抗，所有的努力都是徒劳的。工人们只能眼睁睁地躲在帐篷内等风力减小。当时，测线上好几顶帐篷都被大风刮跑了。排列二班的一顶帐篷，虽然被工人们追了回来，却烂得不能住了。

老杨和我一商量，暂把我们的帐篷给了排列二班。司机爬上车厢，打开后挡板，把帐篷推了下来。然而，要想在九级大风中扎帐篷，不仅是技术活儿，更是重体力活儿。在场的七八个人全部上手，有的用手按住铁架，有的用脚蹬着铁架，有的去扯帐篷拉绳，有的搬来石头压帐篷边角。可是，石头的重量不够，根本压不住帐篷边角。这时，有几个人就挥动铁锹，装粮食一样往口袋里装土，然后再把装满土的口袋压上去。大伙儿七手八脚，忙活了半个多小时，才将帐篷扎牢。

下午，老杨用电台通知队上，又捎来一顶帐篷。这时，大风或许刮得有些累了，似乎弱了一点儿，不过也依然有七八级。把帐篷卸下车，大伙儿又是一阵忙，才将帐篷支起。帐篷内，搭了三张地铺，我住左边，电视台的虎子住右边，老杨住最里面。再就是，老杨把一个纸箱子往地铺前一放，在纸箱子上铺了一张牛皮纸，再把电台往牛皮纸上一搁，一个前线指挥中心，一个临时办公场所，就成了。

帐篷里面尽管还算宽敞，高度却有限，人在里面根本直不起身，这让腰部相当难受，所以我进了帐篷，能不弯腰就不弯腰，多是躺着或坐着。

当时正值盛夏的七月，白天，由于有大风吹刮，并不觉得热。可天一黑，气温就断崖式下跌，从盛夏一直跌到"冬天"。到了下半夜，盖一床棉被根本不管用，我又加了一床。可这样，背上依然感觉特别凉。一时睡不着，拿出手机玩，可手机上啥信号也没有，想发个短信，也发不出去。在这特大风口的黑夜里，手机已无任何作用，只是一个摆设。

还是觉得无聊，就摆弄前几天新捡的一块戈壁石。边把玩戈壁石，边想这世界真是奇妙。昨天，朋友圈里内地省份的朋友都在感慨身边接近四十摄氏度的酷暑高温多么令人难熬，可在这西部边地之夜，天气居然冷如寒冬，需盖好几床棉被才行。而老杨的"指挥桌"上，电台一直响着。老杨不时拿起话筒，调度着现场的"战大风工作"。

也不知什么时候，在电台的"吱吱嘶嘶"声中，我迷迷糊糊地睡着了。等我醒来，老杨的地铺空着，电台也不在。我掀起帐篷的棉布门帘往外看，天黑黑的，只有冷冷的启明星高悬空中。不过，最欣慰的是，大风居然停了下来。

又过了半个多小时，虎子也醒了，他披上厚重的棉工衣，扛起三脚架急匆匆出了帐篷，说去拍启明星。我睡不着，过了一会儿，也离开帐篷。走了三五十米，发现一公里外的仪器车亮着灯，就向着仪器车方向走。

仪器车又高又大，我踩着高高的铁梯进去，居然见到了老杨，原来他不到凌晨五点就起床来仪器车上看资料了。

又过去大半个小时，天空终于亮起来。又冷又饿的我，到炊事班帐篷前的露天食堂，喝了一大碗热粥，又吃了两个热馍馍，才暖和过来。

这时，副队长吴庆恩来了。站在帐篷前，吴庆恩很认真地说："还真是邪门，你们带着帐篷这一来，居然把九级大风都给镇住了！"

话音刚落，风又起了。眼看着，风越来越大……越来越大……

选自《胶东文学》2023年第11期

春街花月夜

陈思呈

一

有几个春夜，老赵带着我们潜入公园内部。这是市中心的公园，位于城市的 CBD。我平时住在城市北边的城乡接合部，公园这一带对我来说就是广州的纽约。很难想象，荒野会出现在这里。

荒野的出现，是以各种声音。公园里的高树间传来的声音。白胸苦恶鸟，叫起来正如它的名字：苦——恶！苦——恶！领角鸮，猫头鹰的一种，叫起来是 woop！ Woop！牛蛙的叫声固然像牛，另一种什么蛙，老赵说它的声音像狗叫，还有斑腿泛树蛙，老赵说像优雅的交谈："远远地问你一声，咯——？"

如果没有老赵，我不会注意到这些声音。就像我从街上走过，我也不会注意到车子的声音。它们都是混沌。但当时，老赵帮我们把它们整理出来，一旦整理出来，我便听到了，也便认识了。这是类似于恺撒大帝的成功："我来过，我听到，我拥有。"

也有另外一些极为普通的声音。比如竹子摇晃。安静中听到，竟然很陌生。很像一扇老旧的、长年关闭的木质窗户，被艰涩地推开了，吱呀作响，还夹杂一点轻微的爆裂。那是高大的竹子伸展着它们的颈椎和胸椎时，关节的声音。

禾雀花以它的气味先被我们得知。极为浓烈，并不好闻。它的气味吸引的不只我们几个人类，还有树下的斑腿泛树蛙，还有各种飞蛾、蜂类和蝶类，还有鳃金龟，正在啃食它的叶子。

禾雀花是岭南春天的标配，花朵有点憨拙，很有野气，几乎粗鲁。它总是大串大串地披挂在各种藤上，有一次，我们爬火炉山，在半山腰与它们偶遇。那是劈头盖脸的袭击！

白蜡长在水边。女贞属的植物，开白花。这种花的香气是一个"能指"，香而尖锐，能够指代夏夜、童年，略为过量的莽撞，父母的壮年以及训斥。

我们转到一个池塘边，真正壮观的事物来临了。

这只是一片乏善可陈的草坪，坑坑洼洼，我看不出有什么异样。但老赵让我注意到草丛中有一些亮点。我以为那是露珠，但老赵说不是。她又让我戴上望远镜，并用电筒照亮前方。那些亮点在光线中亮得极为锐利，成双成对，那种亮度，根本不可能是露水。

是动物的眼睛！成片的、数以百千万计的某种动物！

二

那是成年的斑腿泛树蛙，上百上千只，蹲伏在草丛中，静静地长考。

无数、无数的眼睛，闪烁着精光，直勾勾地望向我们。

这算不算对视？

它们知不知道自己正与几个人对视？

不，只是这几个人，借助望远镜，发出了单方向的、极为惊异的凝视。

三

老赵说，她第一次见识这些隐藏于草丛中的两栖军团，是上万只刚刚脱离蝌蚪形态的黑眶蟾蜍，当时她根本想象不到，仅仅几平方米的地方，几厘米高的草皮下，每一片叶子下，都隐藏了无数的小蛙。幸好，出于珍贵的灵感，她蹲了下来，仔细地、长久地寻觅，才发现这么一个巨大的世界。

是什么样的灵感呢？

令我好奇的正是这里。是什么样的灵感，引导着一个忙碌的中年女性，在焦头烂额的工作和家务活之外，抽出时间来，到这夜的公园里，蹲伏池塘边，伺于草丛中，头顶灯，脚踩泥，手提打蛇棍，长久地等待着与这些微乎又微的事物相遇？

看到一万只草丛里的小蛙会让我们的生活变好吗？

认出了一百种鸟的叫声会对我们的生活有影响吗？

老赵是我大学时的好友。我们相识时还不到20岁，当年的岁月尽管谈不上无忧无虑，但堪称放浪形骸，我印象最深的就是夏天里，我有一件漂亮的睡衣，老赵借过去穿着，并自嘲道：这就叫沐猴而冠。

但转眼间，我们都来到中年，46岁那年，老赵遇到了人生的重创，这场重创带给老赵的变化是，她成为一个夜观者。

白天她朝九晚五地工作，傍晚回家，安顿好家人的晚餐之后，她就到离家最近的这个公园里来，开始一个人的漫游。她对这个公园，一寸寸地扫荡过去。

每一棵树，树丫里有没有可能存在睡觉的鸟儿？比如那棵棕榈树上，她就带着我见过一只酣睡的暗绿绣眼鸟。

初夏的湖边，她遇到一条成年银环蛇。一米多长，大拇指头粗细，在她的电筒光圈笼罩里优雅地蠕动而去。

她看到黄蜂与蚂蚁在一棵木麻黄树下持久地战斗，持续了几个星期。

她还曾连续91天每天都与一只蜘蛛相遇，那只蜘蛛生活在一棵树的节疤里，她给它赐名"节疤蛛"。

有时候她停下来，把一只小树蛙轻轻地拢在手里，或者伸手去摸蛞蝓那滑润的背部。

跑步的人和散步的人从她身边经过，没有人注意到她，她也没有注意到任何人，一天天过去，她认识了这个公园里除人类之外的几乎一切生灵。

我们是很好的朋友，但我很少听她谈论创伤。我觉得，她不"谈论"创伤，但她"使用"创伤，她使用创伤的疼痛感。最初只是想与心里的疼痛赛跑，不让它追上。但跑着跑着，旧的自己像蛇蜕一样脱落了，落在自己后面，各种新的事物组成了新的生活，那就是自己以前从来没有听说过的这些，蛙、虫、鸟、蜂、蛛……

门罗有一篇小说的女主角在重创之后突然对古希腊文学产生了兴趣，不，古希腊的文学与她所遇到的事情毫不相关。她只是开始研究，"醒着的时候基本都在读书"，却放弃了学位和论文。她觉得有意思的主题密集得像一窝苍蝇。钱不够用的时候就去咖啡厅打工，其他时间依然研究。

我只想说，疼痛让一些人健步如飞。这只有少数人能做到。她们需要疾驰向一些新的事物，获得一些超越性的力量，比如夜晚的荒野世界，比如古希腊的文学。"新的"，这两个简单的字，组成一种多么神奇的洪荒之力啊。"新的"，能创造新的，相当于自己就是自己的上帝了。

四

我是借由朋友，才拥有各种认识这座城市的角度。

比如从老赵那里，拥有了一个夜观的角度。只要我在下午五点坐上地铁，转三趟，一个半小时后，我就到达城市最中心的公园，与老赵碰头。然后就能将那些隐蔽的生物们，从夜色里一一辨认出来。

从另外的一些朋友那里，我拥有一些其他的角度：

> 在大街小巷徒步的角度，
> 在各个菜市场买菜的角度，
> 这座城市正以各种各样的途径走向我。

我有个发小叫老冰，她的工作是病毒研究，是个很优秀的科学家，但在日常生活中，却是个很有鉴赏力的吃货。那天，也是春风十里浩荡的三月，我和老冰在老市区闲逛，准确地说，逛吃。

请相信我，海珠区巷子里的正麻茸汤丸要比世界上任何一种汤圆都好吃。前进路的烧烤店，除了点上孜然烤羊肉，求你必须试试他们的烤干鱿鱼，配以1000毫升的原浆白啤酒。

一边吃，一边闲聊到广州的花树。相对北方来说，广州的春天花不算多，尤其是最常见的宫粉紫荆我一直觉得不甚好看，叶子经常破破败败，纠缠在一起，整棵树瘦得即便是壮年，也给人羸弱之感，好像站没站姿，坐没坐姿。

楝树倒是非常好看，树型也好看，叶子也好看，花量也大，但楝树总是太高了，难以一亲楝花的芳泽。

至于市花木棉花嘛，壮观和独特都是有的，但就是觉得风韵不足。

正在我们觉得略为遗憾之际，一阵浩荡的春风吹过。路边的黄葛榕，展开了它恢宏的落叶。

这个场景，是独属于广州的春天，堪称奇观，春天里的落叶。

尽管每年都会看到，但今晚这条街上的黄葛榕，不知为什么落叶量特别大，阵容特别浩大，大到什么程度呢，地面已经很厚的一层黄叶了，但半空中还有无数，缓缓回旋，好像很久都不会降落。我向夜空举起我的手机，黄叶扑向我的手臂。

它们仿佛突然敞开心扉，无数的话语，像无意识倾泻而出。

老冰显示了她的专业优势，她说，这种落叶叫"细胞程序性死亡"，也叫编程死亡。跟病理性死亡所不同的是，时序一到，新叶的基因表达就启动，老叶的细胞凋亡也开始表达。

也就是说，春天到了，黄葛榕的老叶们就约好了死一死。

面对这么欢乐的死亡，我不知为什么，觉得很感激。

说起来这只是平平无奇的晚上：在我47岁的某一个晚上，与发小无所事事地闲逛街头，直到深夜。我们两人第二天都没有任何工作，家里也没有任何事，我们精神饱满，脚也不酸，腰也不痛，一点也不困，也就是说，即便我们现在要逛到天亮，也完全可以。

这大概就是"若无闲事挂心头，便是人间好时节"吧——没有闲事挂心头，重点并不在于"没有闲事"，而是在于"没挂心头"。

月亮又圆又低，总在树冠不远的地方，非常显眼。但不知为什么是古铜色的，而我记得前一天，分明是白银的颜色。一天之隔，月亮的颜色竟有那么大的变化。

如果我会写诗就好了，此时我想写一首《春街花月夜》。

选自 2024 年 4 月 27 日《文汇报》

云在上，我在下

黄　风

天空一碧万顷，一朵云云游而来，带着南方五月的气息，它一路北上，越过天下黄河，行至三晋腹地上空，闻到了龙的鼾息，于是，打住脚步。

俯瞰大地深处，便见峰峦叠翠的石膏山像塞尚眼中的田野，"吃饱了绿色与太阳"。顺着那一脉鼾息而寻，原是龙吟谷的龙被幽梦缠上了。

那幽梦之处，一派清凉胜境，难怪龙睡得香，比它还要逍遥自在。

在龙逍遥的山谷中，我走在林荫小路上，阳光从头顶的树隙洒下，给我穿上了迷彩服；或说是龙的梦，斑斑斓斓。一个叫莱昂纳德·科恩的人，从与我半面之交的书中赶来，裤脚挽在半腿里，说万物皆有裂痕，那是光照进来的地方。

与云不一样，我说龙睡了，完全是推断。龙吟谷嘛，却听不到龙吟，我想一定是龙睡了。一如既往，吟累了泡梦，它醒来就会歌吟，一条山谷被它拥有，为它激荡、为它翻滚，在遥远的往昔曾招来虎啸。

龙占据了所有清凉，涧水从龙梦中流过，带走的丝丝缕缕清凉，或被漧草挂住，或水绵一样锈到石上，或落叶般随波逐流，变成几多欢声。

火伞高张，云一副"慈氏"的脸样。

驻足之下，苍苍郁郁，如临大海。偶尔飞过的鸟，一只白色或黑色的大鸟，孤鸥似的贴着碧波飞翔，翅翼一张一翕；或翀翀而起，迎着阳光，踆乌一样，要飞入日中。

石膏山成了水下世界，一切像底栖生物，"入清凉境，生欢喜心"。沉浸着的龙，蜿蜒的山谷是它的身形，闪耀的树叶是它的金鳞，盘绕的藤蔓是它的龙须。

那"底栖生物中"的我，透过交错的枝叶，瞭到天空的云，如乘浮槎而泊，阳光做成的缆，系在龙吟谷侧立的山峰上。浮槎一漾一漾，阳光缆一晃一晃。

云闻到龙的鼾息时，我想它也听到了"蜩沸"。龙醒时蝉屏声敛息，龙睡了蝉才叫个不停，似乎在为这个椿寿之词"原解"。龙眉皓发，不再跟"殷商"有关，就是形容它的叫声，"蜩鸣如沸"。"蜩沸"也是我的旁证，证实龙吟谷的龙真睡了，如临大海之上的云，听到"蜩沸"的时候，也一定看到了"蜩沸"的景象，像鱼群唼喋"水面"，像龙吐出的鼾息升腾，一串串由深入浅冒上来，把浩渺的"水面"沸了。

沸了的蝉声让我无法准确分辨，时而听起来"吱吱"的，时而听起来"嗞嗞"的，此起彼伏、彼起此伏，朝蜎一样急促，赶趟儿似的，"吱吱吱吱，嗞嗞嗞嗞"，叫得"咬牙切齿"，把阳光纷纷切碎，仿佛云槎载来的，自天而降，落到油松、青杆、侧柏、蒙椴、白桦、黄榆、脱皮榆上，落到杨树、漆树、桑树、栾树、臭檀、山桃、白鹃梅上，落到辽东栎、五角枫、鹅耳枥、六道木、对节木、葱皮忍冬上。

满山盈谷，碧叶披纷，闪闪发亮。落到林下潜伏的金钱豹身上的，被花纹悄悄隐藏了；落到踱步的褐马鸡身上的，被翅膀一振抖掉了；落到松鼠尾巴上的，被穗芒一样张扬了；落到蜘蛛网上的，被墨蚊似的网罗了。

还有落到龙梦中的，该是溟溟蒙蒙，春雨雨人一样；或是雪花飘飘，每朵水蚤萍大小。龙不再睡在龙吟谷，而是幕天席地，睡在辽阔的原野上。

当然了，蝉的声也有拖延的时候，"吱——，吱——""嗞——，嗞——"，像我老家的树蚂蚱在叫。

据说蝉有两三千种，我不知道龙吟谷的蝉属于哪种，在我老家雁门风沙里，一概称为树蚂蚱。盛夏时候，"蜩沸"谈不上，多是三只五只在叫，把声从嘴里一段一段往出抽。

躲在大树深处，叫得非常耐心，像孤芳自赏，"我叫故我在"；或一端连着树下午休者的鼻孔，把带饭腥气的鼾声拽了，拽到午休者窒息时，猛地拽出一嘟噜来；又像在炎日头上薅毛，叫一声薅一根，将炎日头上的毛薅掉，薅得红光光的。

在鼾沉沉的龙吟谷，被拽的蝉声从山谷一边到另一边、从一棵树到另一棵树；或从树上到地下，拽延得玻璃筋一样。中间弧坠了，缀着一串儿阳光。

不再朝蜈般急促，而是"吱"一唱、"嗞"一和；或说大鹏化作长空，"学鸠"早不知所终，蜩与蜩仍不忘"笑鹏"，说给云听："我决起而飞，抢榆枋而止，时则不至，而控于地而已矣，奚以之九万里而南为？"

太阳自扶桑来、雒棠去，经过石膏山后，龙吟谷悄然起风了，从崖根底、从磈石上、从蒿草尖儿、从灌木梢上。天空的云告诉我龙醒了，起风是龙吟之兆。

树枝"调调"、树叶"刁刁"，风势在涨，云匆匆走了，我也匆匆走了。在那晚的梦中，我看到龙吟谷掀起的风，从地下到天上渐渐大起来，一树一树像凡·高画中如焰的丝柏，漫山遍野"波涛汹涌"。

大风"扬汤止沸"，"蜩沸"挣扎着落了下去，最后的残声枯叶败草一样，被席卷得无影无踪。我听到了龙吟，像漆园吏笔下的地籁，口若"大木百围之窍穴"，声如"激者，謞者，叱者，吸者，叫者，譹者，宎者，咬者"……

选自 2024 年 8 月 16 日《山西日报》

芊蒙梨花满，春昏弄长啸

玄 武

某年驱车寻王维墓。史称王维为太原祁人，但这里当然只是衣冠冢。黄昏时在一个茂盛的梨树园找到，有一土冢，前有石碑，碑文粗劣。时值秋深，梨果累累垂地，其大如僧人头颅，是养尊处优的僧人头颅，其上坑坑洼洼疙里疙瘩。园中无人，摘了几颗梨果作为墓前供奉，石头压了一点钱在树下。又泻带来的酒，于墓碑之上。

应该很少有人寻来纪念。那时遗憾，一代代人从幼时就诵读王维诗歌，王维墓却不被重视，如此荒败，如此冷落。而全国各地古代文人差不多都是这种状况。

王维在此，只得一个淳朴而毫无诗意的村名，曰王贤。王贤不像村名，倒像个旧时代乡绅的名字，而且是那种没什么文化，土地也不多，每天和佃农一起下地干活的土里吧唧的勤劳小地主。但"贤"在古汉语背景里也算是大的赞词。圣贤嘛。一个人因为诗歌才能而被称为贤，这情况在中国历史中并不多。

再想想也能理解。几千年来，人们希望子孙发达，无非是升官发财。有几人会祈祷子孙里出一个诗人并视为家族荣耀，来此祭拜王维呢。创造美，以及美，是被世人称为可以忽略的事。尤其当美与生存发生冲突的时候。

这是第一次结识祁县的梨。是梨果，不是梨花。回程边开车边吃梨，梨太大，又结实，一路回到太原，没有吃完。

这一年还没有想过，这梨园梨花开放时是何等盛状。

第二次是去年，清明之前高速上行驶，微雨中忽见路两侧铺天盖地的梨花。车行数十公里，仍然是梨花，心中若起惊鸿，久久不能止歇。返程又见梨花，是正在败落的梨花。我在《春山空》一文中留住它们，说自己幸运，这一年同时看到了无边际梨花的绽放和绽落。

春山空，自然是来自王维，本篇标题却是李贺诗句。在中文语境里，梨花往往怯弱女性化，唯有李贺诗句，可见春日黄昏时分漫山遍野梨花盛开如齐声呐喊般的壮观，那像是天地之间自古存留的勃然之气。

特意在电子地图里收藏经过梨花的地点，正是祁县。

第三次，是专程来看梨花节了。祁县梨花，号称十万亩，其实达到了近十六万亩。近距离来看又不同，阴郁的天空之下，闪闪发光的白从身边、从所有方向涌向天际，这种视觉震撼无可比拟。人心里有呼号的欲望，又起柔软的情愫，仿佛有泪意。我想，这是人沉浸自然之中忘我时分的自然情感。它是好的。

祁县的梨，品种以酥梨、玉露香梨、雪花梨、巴梨为主。我自己种过其中两种，玉露香和巴梨。巴梨好吃。玉露香大概与种植地方有关系，我种的一般。我猜祁县的玉露香梨，种植场地与栽培管理技术不同，滋味也大不相同。

梨是古老物种，起源于中亚，约三千年前。公元前一千年左右的《荷马史诗》明确写到了梨："你们给了我十棵梨树，十棵苹果树，四十棵无花果树。同样地，你说你会给我五十行葡萄树，结出各种不同的葡萄，当宙斯的季节在他们的头上装满了果实……"

中国原始梨一般认为来自西南。诗三百一十一篇，没有直接出现梨，六篇出现代指梨的名称，如杜、甘棠、檖。这些应该是野生状态的梨树。杜，即杜梨，我们从现在的杜梨树也能看到它的样子。

梨是最难栽培的大宗果树，也是欧亚大陆最晚一批驯化的果树。《圣经》中提到的橄榄树、无花果、葡萄、石榴和椰枣，是枝条容易生根或可以分株繁殖的果树。

而梨树的野生祖先自交不亲和，自花不结实。同时不能靠扦插或种子繁殖，用种子繁殖会丢失上一代的优良性状，繁殖需要复杂的嫁接技术。因此，同属蔷薇科的梨和苹果的驯化，在人类掌握嫁接技术后才得以实现。

中国西汉时，东方朔《神异经》中，把梨树神化：

> 东方有树，高百丈，叶长一丈，广六尺，名曰梨。其子径三尺，剖之白如素，食之地仙，可入水火。

那时梨树尚属珍贵之物。司马迁《史记》曰：

> 淮北、荥南、河济之间，千株梨其人与千户侯等也。

拥有一千棵梨树，可以相当于千户侯。这是现在种梨树的农户所不能想象的事了。

也正是从汉朝起，梨树和关于梨树的记载多了起来。孔融让梨的典故尽人皆知，但需要进入当时的语境才能够明白，少儿时的孔融如何知礼仪。他让出的，不是我们今天视为普通的水果，而是在当时弥足珍贵的物品。

梨树的寿命不长，一般二三十年，有的也可达百年至两百年。我国现存最古老的梨树，也无非是明代梨树，不会超过五百岁。中国最古老的梨树品种是秋白梨，分布于辽宁中部，我没有见过。

而我多么渴望事物能够长久，美好的事物能够永存，人心能够安稳，尤其不要人为破坏。近年所见，大片果树被连根挖起的事太多太多了。

祝福祁县十六万亩梨花的每一只花朵，每一片花瓣。离开时去祁县的四县垴看漫山蔓发的山杏花，路过一处，见一路标，瞬间大脑清明。

又是王贤村，王维的故乡。

王维在他的时代，不可能见到故乡这么多的梨花，更不可能想到他的衣冠冢，乃在一片梨园之中。他后来在他的终南别业，会不会种几棵梨树呢，会不会和裴秀才一起，当梨花盛开时节在树下谈论诗文、音乐与佛学？

选自 2024 年 5 月 2 日《文学报》

草原上的奔跑者

王　族

香獐子

香獐子有一个美称——自带荷包的动物。说的是它们中的雄獐，不论走到哪里，身上都会散发出香味。熟知它们的人都知道，它们身上的香味来自脐香腺囊。它们在一个地方卧过后，会留下浓浓的异香，人们有时候就称它们为麝香。麝香虽然是金贵的药物，但是长成的过程却不复杂，它来自雄獐身上长着的一个脐香腺囊，里面的分泌物成熟后会慢慢干燥凝结，形成的香料即为医药中的麝香。人们在一般情况下谈论的麝香，即是指从脐香腺囊中取出的凝结物，而长出麝香的香獐子，已无从谈起。如果一定要弄清楚它们被割取了麝香后的去向，实际上会使割取麝香的人面露窘色，因为他们常常会先取香獐子的命，以保证顺利割取麝香。

香獐子在新疆多出现于阿尔泰山，自古到今以身上的麝香吸引人们的眼球。正因为麝香是一种异香，且在平时难得一见，所以便具备了独特的意味。在新疆的音乐和诗歌中，麝香常常是极富古典意味的象征。譬如《十二木卡姆》歌词中，就有"夜晚我看到你缬草摆动的长辫，如和田麝香般在天地间氤氲"，"你唇上的汗毛，与麝香般的秀发，乌黑难分"，"她的呼呼犹如兰麝，对我又犹如美酒佳肴"，"你编织的秀发散发出麝香般的夺香，令缬草无人问津，郁金香炉火中烧"，"哎，冤家，你那瞳仁、麝香般黑茸茸的唇毛，竟使我的居室变得黯淡无光"等句子。麝香奇异浓郁，用于表达爱情再合适不过。

在诗歌中，香獐子也常作为意象出现。譬如鲁提菲的《格则勒》中的"香獐子窃取你的芬芳，在于阗酿成麝香"。诗中的于阗即古代和田，有一阵子我很疑惑，为何在诗歌和《十二木卡姆》歌词中，都多说在于阗酿成了麝香？和田有香獐子吗？抑或说是别处的麝香被运到和田，加工成了香料和药物？也许还有一种可能，和田历来以种植玫瑰花著称，是一个有香气的地方，所以麝香便汇聚于和田。问过几人后，得知和田因为背倚喀喇昆仑山，在以前有不少香獐子，而且因为加工业发达，麝香便在和田出了名。但那样的时代已在数百年甚至一两千年前，如今的和田已不见香獐子，人们但凡说起新疆的香獐子，则多指阿尔泰山和天山一带的，在那里，经常能听到香獐子的故事。

前几天与一位朋友说起香獐子，他说现在的阿尔泰山也很少有香獐子了。我听得一阵失落，等他解释一番后才知道，香獐子是国家一级保护动物，没人敢捕，所以很难见到。早说嘛，这样的情况怎能不让人欣慰？如今难得一见香獐子，是因为它们拥有了自由安全的家园，这是多么好的事情。人类不能因为一己利益，一再戕害香獐子，而让它们长久存活，把那股奇异的香味散浸于山水之间，它们便是大自然中最美的精灵。

几年前在阿尔泰山见到过一只雄獐，它的脐囊已被割下，在等待里面的分泌液自行干燥，然后变成棕色硬粒，即成麝香。香獐子活着时会因为麝香发出异香，而脐囊一旦被割下干燥后，则发出恶臭味。但此时的麝香已归于药物，闻不到香味也罢，更重要的是它已经成为用于治疗病痛的药物，没有人再在乎好不好闻了。

后又见到过一公一母两只香獐子。其时正是雌獐的发情期，它不停地走动，将臀部触到地面磨蹭，用两只前蹄交替踢打乳房，并发出一连串低沉的求偶声。它的举动终于引起了一只雄獐的注意，于是它们奔跑追逐，最后终于缠绵到了一起。难得见到香獐子，等那一公一母香獐子交媾完毕，我们便远远地藏起来观察。此时的雄獐精神抖擞，跃到一块石头上向远处张望。它的两根细长的獠牙突在嘴外，阳光一照便闪烁出光芒。而雌獐则温和腼腆，站在低处望着雄獐。少顷，一只鹰飞过时发出嘶鸣声，雄獐仰头怒视，短短的尾巴奋力甩了几下，跳下石头护在雌獐身边。雄獐之所以警惕性高，是因为它知道，自己身上的麝香常常会带来危险——只要危险降临到它身上，大多都是为了它的麝香而来。雄獐子紧张恐惧，而雌獐则显得平静，只是在鼻孔中发出短促的喷气声，表示不满和抗议。那只鹰在空中盘旋一圈后又飞了回来，两只香獐子立即转身离去。它们的速度很快，将几棵小树撞开后，便不见了影子，只有小树起伏成一片绿色波浪。

后听人说，香獐子有一个难改的习性，无论遇到怎样的危险，逃脱后不久，必然还会回来。它们如此固执的习性，被人们称之为"舍命不舍山"。正因为如此，香獐子的领地意识便非常强，它们常常把尾部分泌的油脂涂抹在树干、岩石和木桩上，既作为划定区域的标记，又作为联系同类的暗号。它们喜欢沿着固定路线行走，如果身处陌生地带，则会迅速通过，哪怕风景再好，也不逗留片刻。

有山就有树，有树就有香獐子的吃食。它们吃植物的根、茎、叶、花、果实和种子，冬季则啃吃树皮，有时还会舔食积雪。吃饱了，它们会走到光线好的地方，用唇角触舔露水，待露水散尽，便又啃食青草。它们在固定地点排泄粪便，常常见香獐子匆匆忙忙去往一地，那里便是它们排泄的地方。雄獐走过后，会留下麝香的味道，所以雄獐的听觉和嗅觉比雌獐灵敏，即使一起行走，也总是雄獐走在前，并负责观察和判断四周情况，而雌獐跟在后面，显得颇为轻松自在。

有了这些故事，便觉得香獐子是极富个性的动物。但在阿尔泰山碰到一位上了年龄的老猎人，听他讲述了香獐子的故事后，我才知道香獐子有那么多感人的故事。有一公一母两只香獐子，被猎人用枪口逼到悬崖的狭窄处，当时必须有一只香獐子迎向枪口，才能换得让另一只逃走的机会。平时娇柔温顺的雌獐，一声大叫后冲向猎人，让雄獐顺利逃脱。猎人捕获了那只雌獐，默默想，一定是雌獐觉得雄獐身上有珍贵的麝香，才舍身让自己死，为雄獐换得生的机会。

另一只雄麝则更决绝，它被猎人的铁丝圈套紧紧勒住后，见逃生无望，便将脐囊撞向一根枯枝，"噗"的一声脐囊被刺破，里面的分泌液流出，洒到树叶和泥土中，很快便渗得没有了影子。那猎人两天后上山，闻到扑鼻的异香，但那头雄麝的脐囊已破，一切都无济于事了。

马

有谚语说："你能数清马的鬃毛，但你数不清马的蹄印。"此谚语说的是，马是永远在路上的牲畜，马的传奇故事，亦多发生在路上，如果让马在原地打转，是看不出它们有任何惊人之举的。另有一句谚语说："只有跑远路的马，才会让鬃毛迎风飞扬。"我有一年在阿勒泰的那仁牧场上见到一匹受伤的马，主人一直抚摸着它的鬃毛，后来月光升起，那人突然发现马的鬃毛挺立了起来，它像是终于有力气似的站了起来。后来与牧民聊起那事，牧民说那匹马一定是在等待月亮出来，只有月光照到它身上，它才会站起。至于马的蹄印，在以前亦听说过一个说法——马跃起前蹄，如果在原地落下，只会在地上踏出浅浅的蹄印，而它们奔跑时踏出的蹄印，则深深地插入地中。牧民为此又总结出一句谚语："马圈中的马只会留下影子，草原上的马才会留下蹄印。"

大家都熟悉马，就不写马的习性了，这一篇只写马的故事。

某年，出现了一匹好马，人皆喜欢。喜欢乃人之常情，观之赞之，是一种享受。有人却动了心思：若让它与母马交配，产下小马，可将优良基因延续，岂不是好事？于是它变成了种马，每日忙于性事。但它很固执，凡是不喜欢的母马，绝不交媾。某一日，男主人外出，其妻用鹿篚（用鹿皮做的盛物器）蒙了它的头，让它与九匹母马交媾，挣得几个私房钱。待揭去头上的布，那马看见那九匹母马皆非自己喜欢的，便嘶吼一声跳入悬崖。

另一匹马，在那仁牧场走丢后到了另一个牧场，它不吃不喝，整日嘶鸣。人们知道它想回到那仁牧场，但谁也不想送它回去，心想它叫累了就会消停，时间长了便会在那儿待下去。几天后一场大雨，雨停后又有风，牧场上干爽怡人，颇为舒服。关于干爽，柯尔克孜族的长诗《玛纳斯》中，曾专门写有一句："醒来吧勇士，你在干爽的高地上，已沉睡得太久。"人喜欢干爽的天气，牛羊和马亦会有反应。那匹马闻着刮来的风，甩了一下尾巴便上路了。第二天传来消息，它回到了那仁牧场。一位年长的牧民一语道出实情：那风是从那仁牧场刮过去的，那匹马闻到后依着嗅觉，便回到了那仁牧场。

还有一匹马，更为传奇。主人骑马去放牧，从一座雪山下经过时，突遇雪崩，人和马被积雪砸伤，困于山谷中。后来主人勉强起身，却因一条腿骨折挪不了一步。那马见状便在主人身前伏下，让主人爬到了背上，然后便把主人驮回了村庄。主人得救了，那马却如同大山坍塌一般倒在地上，再也没有起来。人们惊叹，那马也是受了伤的，它用最后的力气将主人驮回村中，累死了自己。

要说的第四匹马，让人欣慰。某一日夜晚，村民误将一只狼关进了马圈，人们担心马会成为狼的食物，但狼不但没有吃掉马，还和马友好相处了好几天。那件事传得沸沸扬扬，村民便释放了那只狼。但是，一马一狼之间的友谊，却并没有因为释放了狼而结束。之后数年，那只狼经常出现在牧场边，望着那匹马出神，那马对着那狼嘶鸣几声，那狼便转身离去。后来那马一日日老去，直至在一个夜晚命殁，第二天早晨，那只狼在牧场边狂嗥许久，才慢慢离去。之后，那狼再也没出现。

四件听来的马的奇事，如上。

马因为是家畜，似乎受人的影响，行为便多与人相似，很多时候看到马的同时，便看到了一个人。马是有灵性的畜物，加之又经过人的驯养，所以马是懂人的。有一年听到一事，说有一位牧民的一匹马丢失一年后，那牧民已转场换了好几个地方，但一天早上掀开霍斯的门帘时，却看见那匹马站在外面看着他。那牧民在事后说，那匹马记得他身上的气味，认得他的脚印，所以隔了那么大的草原、那么高的山、那么多的河流，它也能找到他。

另有一件关于马的事情，是我亲眼看见，亦为我体验到的，在此详细叙述下来。十余年前的一个傍晚，我在阿克哈巴河边逗留。当时的阿克哈巴河一片铁青色，让人感觉它不是一条河，而是一个要将天边倒影装进去的深洞。一抬头，看见挂在天边的月亮。新疆地域宽广，经常能看见天上一边挂着太阳，一边挂着月亮。如果在白天，月亮只是悄悄在天上挂着，而一旦太阳落山，便能看见远处的天边变成了铁青色，不一会儿，那片铁青色越来越大，一直铺展到眼前。

天黑下来后，我看见那片铁青色压到了河面上，河水似乎被压得凝成了块状，不再有流淌的动感。此时的阿克哈巴河，让人觉得更像是一个深洞，亦要把落到河面的铁青色吸入进去。我正看得兴起，一位哈萨克牧民骑着马，一边唱着歌一边往这边过来。空旷的夜晚，他的歌声打破了宁静和孤独。他走到我跟前，从马上跳下来，愣愣地望着一片铁青色的阿克哈巴河。我觉得他有点奇怪：为何突然瞅着阿克哈巴河就发起了呆？过了一会儿，他表情复杂地看了我一下，然后转过身去，准备牵马离去。我想和他说几句话，就用称谓朋友的哈萨克语，叫了他一声"佳克斯"。他听到我的叫声后，准备去牵马的那只手在半空中犹豫了一下，还是收了回来。他走到我跟前，也像我一样说了一句"佳克斯"。他的声音很有磁性。我们两个人都不说话，望着月光中的阿克哈巴河，长久沉默着。

此时的阿克哈巴河面仍是一片铁青色，我仍然感觉它不是一条河。

少顷，我发现他的右手上有血。再仔细一看，他的右手正在流血，一滴一滴的鲜血从指缝里流出，滴在沙土中。此时月光正亮，因而他的那只手看上去黑乎乎的，可以肯定已经有大量的血流了出来。我问他的手怎么了？他把手伸到我跟前，我看见他的手心扎着一根骆驼刺。他把手翻过来，我触目惊心地发现，那根骆驼刺刺穿了他的掌心，从手背露出二三寸长的一截。紧挨着阿克哈巴河的山坡上，到处都长着骆驼刺。骆驼刺坚硬无比，其叶锋利如刃，人和动物一旦碰到身上，必然会被划破皮肤；如果碰得重了，则会被刺入肉中。

我问他，你这是怎么回事？他说，刚才，我的马看见阿克哈巴河，就狂跑起来，我不小心跌落在地上，这根骆驼刺就钻到了我手心。我扭头去看犯下错误的那匹马，它仍然在出神地望着阿克哈巴河。看它的样子，它很想跳入阿克哈巴河中，但被主人紧紧抓着缰绳，它动不了。他说，我本来想在河水中把手上的血洗掉，但一看见阿克哈巴河，我发现我从来都没见过它是这样。我不洗了。说完，他翻身上马，两腿用力一夹马腹，那匹马就奔腾而起驰向远处。不一会儿，远处传来了他的歌声。此时的他跟刚才来到阿克哈巴河边时一样，正高声唱着歌，而那些鲜血伴着歌声，正从他的指缝里一滴一滴地落入沙漠。

文章写到此，突然想起他当时的面部颜色，与阿克哈巴河一样，都是铁青色的。当他离开后，他的面孔和河流便隐入黑夜，就像刀回到刀鞘。

选自《山花》2024 年第 7 期

阿勒泰的夜风

阿瑟穆·小七

"快听，什么鸟儿唱的？多好听啊！"清晨，妈妈拉开窗帘，指着窗外的白桦林说。我走出屋子听了听——真的，非常悦耳。牧场的野鸟，比人类更早察觉出春天的气息——在它们的歌声中，大地将再度转绿，草木将蓬勃生长。这是我在牧场生活的第十五个春天，它和过去的春天——甚至未来的都没什么两样——一个村民所能感受到的春天，与城里人大不相同。

昨晚，窗户被狂风吹得稀里哗啦的，响了一夜。仿佛有人奋力追赶春天，终于碰触到春天，把春天揽在怀里。看哪，雪原上随着积雪的褪去，黑色的土地露出来了。群山环绕的牧场，真的是快要被绿色覆盖了。

我沿着白桦林的边缘行走，一直期待地盯着路边的河道。冰雪融化的软土上乱糟糟地覆盖着可辨识的腐草。突然在河道上方偏远的静默中，传来令我心跳加速的"嘎——嘎——嘎——"的叫声。越过依稀可见还未融化的冰凌，看见消失了一个冬季的绿头野鸭与麻鸭，三三两两地出现在水面上时，我无比欢喜、无比激动。对我们来说，野鸭的出现，寓意良多。野鸭的出现寓意牛羊将要从冬牧场迁徙去春秋牧场；寓意转场途中低矮的骆驼刺灌木丛中，有闪闪发光的紫色或黄色的碎花；寓意长途跋涉的转场途中，黄昏时分，薄雾浓云中牛羊身后有扬起半边天的尘土。同时野鸭的出现也意味许多事情的结束：意味雪道融净，冬季滑雪进入收尾阶段，野兔穿越雪地上的足迹消失，松鼠储存用于过冬的食物被消耗殆尽。沉寂整个冬季之后，陡然间，生活有了转机，充满了新鲜的激情。世间万物，都在捕捉春季来临的视觉、触觉、嗅觉和听觉。

春天是生命诞生的季节。每个清晨，我都会被小羊羔绵延不断的咩咩声叫醒。

我家屋后的山坡上，是扎特里拜和古丽娜的木头屋子。旧木围成的羊栏，坐落在离木屋不远的斜坡上。他们夫妇在牧场上是出了名的勤劳。早晨七点不到，古丽娜大婶就会提着小木凳和铁皮桶给母牛挤奶。

积雪刚开始融化，我在屋后的山坡上溜达，看看能否开出一块地来种植蔬菜。我闻到了烟雾的味道——最初的春天之火。邻居布鲁汗大姐担心牛羊误吃腐叶中毒，正在石头垒的矮墙边用草耙把角角落落里腐烂又干燥的树叶聚拢，放火烧掉。我看见孩子们骑在马背上，穿过薄薄的烟雾，在小径上追逐玩耍。他们因户外活动的逐渐恢复而感到愉快。公鸡站在栅栏上扯着嗓子啼鸣，母鸡在干草棚里咯咯地叫。头顶上是一列大雁和红嘴鸥，这些飞往北方的鸟儿如美妙的旋律掠过牧场上空。

我正想要去更深一些的灌木丛中寻地，突然飞出两只鹌鹑。

收割苜蓿草还需一段时间。紫色和黄色的苜蓿花，瞅准时机，惬意地沐浴在柔和的春日暖阳中。

我家的菜地里住着不同的小生灵：小蜘蛛、蚂蚱、蚯蚓，还有七星瓢虫和绿毛虫。我一直坚持无农药种植的原则。由于无农药种植，我家菜园曾经出现大量的蚜虫和小菜蛾，看到时就要马上驱除，稍有疏忽叶片就会在一夜之间被虫子吃得残缺不全。但光靠人力驱除是有限的，还是要设法与自然界的生物合作。

居住在牧场的第一年，我就想，如果鸟类能更靠近我的家，乐趣就更多了。我把盛麦子的小桶挂在屋子旁边的树枝上，没几天，野鸟便开始不断飞来。

这些野鸟不只是让我有观赏的乐趣，还会帮忙吃掉菜叶上的毛虫，并且还会留下粪便，改善土壤。就让野鸟们住下帮我好了。离村子不远的木材加工厂的板皮子都是免费送给需要的人，我用手推车推回一车，着手做了几十个鸟屋，挂在屋檐和树枝上。

没几天，鸟屋里住满了野鸟。野鸟一进入菜地就吃掉毛虫，发现毛虫的速度之快让人吃惊。它们不断地吃，一直吃。菜叶上的毛虫刚露头，便被快速消灭了。

十多年前，有幸读到美国作家蕾切尔·卡森的代表作《寂静的春天》，她是世界环境保护的先驱者。我记得这本书首次出版是在一九六二年，她在书中提到一个重要话题——环境保护。蕾切尔·卡森从杀虫剂出发，将近代污染对生态的影响，透彻地展示在读者面前，提醒人类环境问题已经上升到了人类能否生存的地步。她在这本书里提到未来人类有可能出现的几种现象：有可能医生越来越为病人中出现的一些奇怪的病感到疑惑；成人或孩子有可能出现奇怪的死亡现象，比如突然倒地而死；有可能有一种不知名的病毒突然袭击成群的牛羊、鸡鸭；人类有可能面对一个没有鸟没有蝴蝶没有蜜蜂的世界。

我突然吃惊地注意到，已有一段日子没有走柏油路进城了。可我并没有总是劳作，而是会花点时间带家里的羊驼和猫咪去草地散步，还会去常邀约我的古丽娜大婶家聊上几句。

不知从何时开始，我不太愿意去村口等班车，我变得更愿意骑自行车进城。独自骑行不需要路程和时间的计划，往前走，道路自会为你徐徐展开。我常常在途中停下，心怀感激地凝视眼前的群山、绿地、阳光，或抬眼观望空中的老鹰在明亮、白如棉絮的淡积云下双翅展开，平稳地滑翔出一条弧线。那是一只金雕，是鹰的一种，号称"阿勒泰天空之王"。它在空中飞翔时，展开的双翅达到两米以上。在这里，人们一年四季都能看到它的身影。阿勒泰几面环山，往深山里走，棕熊、红狐狸、盘羊等野生动物很多。即便是我所在的地区，野鸭、鹌鹑、野兔、松鼠、刺猬也随处可见。一如所有群山环抱、树木众多的地区，这里除了偶尔浓积云的阴雨天，其余总是阳光灿烂。而淡积云正是好天气的象征，它总在晴朗的日子慢悠悠地从湛蓝的天空中飘过。

有时，我会斜躺在路边歪倒的树干上休息。浓密的草叶，围绕在身边，风吹过的时候，一片片高草倒伏下来，露出银白的背面，仿佛水面上泛起的涟漪。

长期的户外劳作，把我的皮肤晒得可以和牧民媲美了。

这片温暖的土地，每天都为我带来新的惊喜。每一次静静的感受，我都能发现它新的美丽。我穿过村庄朝着空旷的乡野继续骑行，不远处的干草垛上，一只小狸花猫正在睡觉，我的动静，居然没有打搅到它。

石墙就地取材，每次我经过它们，总喜欢用手在粗粝的石块上慢慢滑过。这里漫山遍野都是这些石块，石匠称其为沙石，质地不像大理石那么光滑坚硬，由灰色和褐色的沙砾构成，这种石头是砌墙和修建房屋的上好材料。牧场随处可见用这种石块搭建的石墙、石屋。看似随意堆砌，实则用心构筑，与周围树林、牛栏浑然一体，俨然简朴大方的艺术品。

越过低矮的石墙眺望白桦林，那里生机勃勃。

虽然村里到城里骑车只需两个小时，但路上风景不间断地分散着注意力，给人的感觉却相当遥远。

选自《红豆》2024 年第 3 期

古人梅雨泡茶，今人何处闲饮？

王太生

落雨天，最惬意的事，莫过于留客闲饮茶。这亦是江南梅雨天常有的事。

留客闲饮茶，宾主列坐，案几上，几盅茶盏，丝丝微漾。这样的雨天，絮叨絮叨，谈的都是家常话、应景话。要紧的话、正式的话，已经说过，现在下雨，雨滴打在屋顶噗噗有声，说话声被雨声淹没。

我的眼前出现一幅古画。画中有两个雨天喝茶的人，离我很远，大约是在宋朝。

闲饮茶，传神之处在一个"闲"字。人闲，听雨声；人闲，闻鸟鸣；人闲，桂花落（当然仲夏尚无桂花，有细如黄粟米的无患子花粒，纷纷凋落，倒是得桂花几分神韵）；人闲，来喝茶。

再者，雨天闲饮的舒适之处，还在于空气湿漉，茶香妙味润喉，饮茶人气定神闲。

梅雨天，好多东西在微微呼吸。草，在微微呼吸；树，在微微呼吸；茶，在微微呼吸；甚至池中鱼，甩一甩尾，吐一串清冽气泡，也在微微呼吸。

雨天闲饮茶，杯中映着一棵烟树。这棵树，站在窗外，树干、树叶湿漉漉的，成为饮茶人周遭的风景。

雨天闲饮，应选择适合地点、场合，正所谓今日好风致。

古宅饮。外面下着雨，几个朋友坐在一间老房子里，雅集聊天。室外雨打竹叶，或芭蕉叶，屋内茶香氤氲。间或，有人来，亦有人离开，打一把伞，穿过花影乱摇的鹅卵石小径，人影消失在叠石假山的转弯处……

廊下饮。吾乡有旧迹"春雨草堂"，一溜烟草，满堂风絮，水意潺潺。堂前有拱形回廊，可供人闲坐。想从前，主人于雨落时节，呼朋唤伴，饮于堂前，品珠兰、茉莉花茶，谈诗论画，自是文人雅集。廊下饮，一半是品饮，一半是风雅；且饮且赏景，揽物于怀，清风拂面，花香舒展肺腑。旧年，吾乡老宅大院里，还有兄弟坐于祖宅廊沿，喝茶聊天。这样的房屋结构，房子的主人在正屋之外留出走马廊沿，以便进出。晚餐后，雨点淅沥，不便外出，遂置一方桌，坐于堂前，慢条斯理地闲饮。

花前饮。花是绣球，被梅雨洗得透亮。在公园亭廊里闲坐，自带一杯茶，坐于砖砌的廊栏上，旁植绣球，一簇一簇浑圆硕大的绣球花，于青绿叶丛间，躲闪迎逅。绣球在夏天开好长时间的花，白、蓝、粉色，或玫红、水蓝，触手可及。雨天闲坐亭廊，雨不停，茶且慢慢啜饮。

对山饮。对着一架青山饮茶，山野清气扑面而至。坐于山村堂屋，门外远处，是一抹连绵隐约群山。某年，我在雨天于徽州古村就遇见这样的古民居，闲坐高旷厅堂，手摸桌上茶壶，举目可见门外起伏青黛，如一道弧线。近处檐滴之声，远处溪流之声，汇成一片。这天地之间的雨，织成雨帘，山、树、房子……浸濡成水墨画。

临水饮。这样的雨天饮茶，当在江南古镇的某个窗口。人坐临水吊脚楼上，河道上桨声欸乃，此时白瓷盏里，数朵茉莉花瓣遇水复活，在水中舒展。当然，雨天到古镇拜访朋友，走过那座湿漉漉的石桥，叩开小院木门，主人待客人的最佳方式，也是坐于临水处，聊天饮茶。

古人认为梅雨是美好的事物，将从屋檐流下的雨水承接在盆里，然后舀入容器里贮存起来。《清嘉录》记述了苏州居民收集雨水泡茶的习俗，"居人于梅雨时，备缸瓮，收蓄雨水，以供烹茶之需，名曰梅水"。这个季节的天落水，顺势而为，成了留客饮茶的上等好水。至于茶味如何？"茶为水骨，水为茶神，梅雨味亦甘和。啜茗之趣在茶鲜水灵。"

雨天喝茶，正值梅子熟。

楼下有人栽两棵杨梅树，仲夏亭亭，枝叶繁茂。杨梅树在我家乡很少，倘若手捧一杯茶，对树饮，见果挂满枝，姗然可爱，必是心情大悦。

选自 2024 年 7 月 8 日《文学报》

茶烟起

储劲松

沧浪亭记

沧浪之水忽清忽浊，沧浪之亭时毁时建，人间亦复如斯。

我从长江之北的岳西山中出发，长途奔袭再来苏州，只为看一眼沧浪亭，访问一位陌生的故人。当日冬阳融融胜春朝，江水渺茫似高汤，江南江北虽悬隔千里，但吴头楚尾的风物人情并无二致。途中温习《沧浪亭记》，一是北宋苏舜钦原作，一为明代归有光继作。苏舜钦文章旨在记沧浪亭初始风月胜概，字清句丽，文情缥缈，归有光文章重在写沧浪亭古今源流变迁，叙世论史文势翩翩，两篇亭记都是绝妙好词。

读过归有光作品全集，其人是文士也是儒家学者，散体篇章文质相兼，可与韩愈、欧阳修并驾齐驱，尤其合我心意。也读过苏舜钦文集和年谱，写过他支持"庆历新政"，被不同政见者视为仇敌，最终因为进奏院事件被削职为民，以布衣之身退隐苏州的凄凉景况，其诗文是典型的才子篇什。在朝为官时，苏舜钦借居岳丈杜衍家中，夜夜躲进书房，以《汉书》下酒。归有光少年时代蜗居项脊轩，日日出经入史，冥然兀坐，俯仰啸歌。他们都是万世文章宗师，也是我的文章故人。

悠悠好风送我到姑苏，妙丽文章伴我至沧浪，自以为衣袖飘飘文气淋漓，风度渐近自然，渐近古人。古人不可见，前言往行依旧照今人。

沧浪亭前一水半围，形如玉璜，色如葱管，温润不似人间物。传说，这一池水是古莼溪所化。只是不知——一千年前苏舜钦流落于此荡舟水中时，莼溪是何种形貌？从何而来？又往哪里而去？微风起了，风拂柳枝枝拂水，鸟飞云过气蒸蒸，池水烟波涣涣，竟然有千里之势。水国里的粉墙黛瓦、亭廊碑馆、花窗月门、苍木瘦石以及来来往往的士女，虚幻晃漾如无所依。吴中诸多二八好女子，身着丝绸汉服，淡扫蛾眉，腰肢婉转弱不胜衣，在水边作姿作势，如敦煌飞天女现身于红尘，正所谓袁宏道《迎春歌和江进之》中的"青莲衫子藕荷裳，透额垂髻淡淡妆"。她们得风气之先，典雅妙丽也如苏州城。

水抱园，园抱亭，亭抱人。水非旧时水，园非旧时园，亭非旧时亭，人也非旧时人。世间现存的有名楼榭，大多经过多次重建，不是原物，甚至不在原处，失其旧貌也失其魂魄，慕名而往常常令人大失所望。沧浪亭则不然，气息醇古，姿态幽娴，仿佛它原本就坐落此处，从来不曾毁灭，重建。园子曾经的主人苏舜钦似乎也从未远离，依然在竹石水槛之间左右徘徊，望山拍水，觅句寻诗。

登亭一望，园中馆清阁秀，绿拥翠堆，七子山、灵岩山、天平山遥遥在望，杳霭如海上三山。翠玲珑馆中，箬竹、罗汉竹、龟甲竹、红哺鸡竹、斑竹、橄榄竹，林林总总百种万竿，竹风飒飒，竹语潇潇，似魏晋七贤旧日流连处。当年，王莽让方术之士到南阳占卜天下形胜，术士遥望春陵城郭，惊叹道："气佳哉，郁郁葱葱然。"我初见沧浪亭，也作如是慨叹。

墙角的那几丛芭蕉肥绿可喜，入得眼，入得画，入得梦。

清香馆西面庭院中的那两株古枫杨，树干腐蚀成片状，树壳老苍如龙鳞，仍千柯万叶滋茂婆娑，仰之弥高。

五百名贤祠西侧有一道月门，前后门楣上各书二字，一曰"周规"，一曰"折矩"，字体非篆非隶非虫非鸟，亦篆亦隶亦虫亦鸟，极不好认，印象又极深刻。周规折矩，言语行止中规中矩。这四个字，恰是苏舜钦索居苏州境况的如实写照。生命中的最后四年，他"迹与豺狼远，心随鱼鸟闲"，避世姑苏山水之间，以诗酒文章自娱，貌似得冲旷，得天真，实则如惊弓之鸟，生怕不可知的祸难再次降临。他说："我嗟不及群鱼乐，虚作人间半世人。"又说："时时携酒只独往，醉倒唯有春风知。"他的诸多沧浪诗文，一字一酒，一字一愁，一字一泪，一字一血，一字一乡思。

我在五百名贤祠中流连良久，搜寻苏舜钦的平雕石像，此前曾在旧书中见过。祠里光线昏暗，石像层层叠叠，竟然没有找到。像赞却记得清晰："倜傥高才，黜非其罪。沧浪一曲，风流长在。"寥寥十六字，曲尽他翩若惊鸿的一生。在宋仁宗温和统治的年代，斯人以才名世，竟然因为与馆阁同僚一场平平常常的聚饮，被废为庶民，最终以幽死，也是千古奇冤。

先秦古歌《孺子歌》唱道："沧浪之水清兮，可以濯我缨。沧浪之水浊兮，可以濯我足。"诗歌本意是说人与自然和谐相处。苏舜钦当年取沧浪为亭名，除推崇天人合一的大化之境以外，大概也有示人以随遇而安、与世无争面目的用意。

步出沧浪亭，已是黄昏时分。回头一望，残照当楼，大好湖山一截截遁入暮色，逐渐支离，逐渐惝恍，像一个王朝的剪影。水湄人家已闻砧板响，菜羹香。

茶烟起

虎丘冷香阁院中，梅影疏朗清华。据说冬春花盛时，各色梅花如吴中娇娃次第开颜，冷艳而清馨，是另一个香雪海。此行来得不是时候，海涌之山秋光温煦如春日，游大吴胜壤要吃两支雪糕来解渴。同行诗人思不群说，他每每于苏州第一场雪飘落之日，独自来虎丘，观梅观鸟观自在，觅句觅诗觅仙踪，思今思古思不群。我妒忌甚，装作没有听见，眼望高高在上的碧落。

碧落之中空荡无有，只有云岩寺塔斜斜入青缥。

阖闾精金所化的白虎千古，斜而又高的砖塔千古，花开花谢的梅树千古，冷香阁前的那一株黄杨瘦硬潇洒，枝叶披离，也有不朽气象。人世间多少人多少事，多少秦皇汉武南朝北朝，一起随风去了，千古英雄毕竟难觅。人事有移换，江山依旧在。江山本无主，或者说它们就是自己的主人，闲者手闲脚闲心闲，某一时刻来到虎丘，也可以充作半个东家。今朝风日好，当惜日惜时惜寸阴，惜人惜物惜清福。

且把剑气放下，任一碧剑池如古翡翠无辜横陈。

且把真娘故事丢开，任一缕香魂云游阊门内外。

且把生公和经书都忘了，任顽石点头，任千人坐上无数游人解衣磅礴。

且在冷香阁前，黄杨树下，把一盏红茶或者绿茶慢慢啜饮，看眼中茶烟浮浮，看天上鸟翔雀飞，看阁前叶绿叶黄叶展叶落。想起苏东坡在惠州嘉祐寺松风亭下说的话："此间有甚么歇不得处？"

黄杨树据说已经一百六十多岁了，当时我以为，自己在黄杨树下也已经安安静静地闲坐了一百六十多年。古人在这棵树下喝茶，我们也在这棵树下喝茶，品茗树下的古今之人都有幽赏佳兴。

思不群兄后来在诗作《在虎丘喝茶——给储劲松、杜怀超》中写道："碧螺春最先学会游泳／而滇红下潜得更深一些／更准确地与秋末的日色对称／就像我们坐在冷香阁外／在自己身上练习窨制技艺。"本想把诗全部抄录下来，到底不敢掠人之美。

杜怀超喝绿茶，胸有层云，文章泄泄，言语侃侃。思不群喝红茶，容色恬适，蕴藉自持，温润如玉。他们长住苏州，苏台风物日日见时时见，从容如在家中。来自长江以北的储劲松无茶不喝，眼里空无一物，只有一双妙人。

近日深研白居易，日有所念，夜有所梦，于是想起白居易。

十四五岁时，白居易随家人避难于江南，曾经游历苏杭二州。当时的苏州刺史是韦应物，杭州刺史是房孺复，二人一个好诗，一个好酒，性情都豪放不羁，常常在公事之余聚集宾客，饮酒赋诗，白居易羡慕得不得了。可惜他当时年少，诗名未显，入不得韦应物和房孺复的法眼，当然也入不得他们的酒筵。晚年，在《吴郡诗石记》中，白居易忆起往事，说："韦嗜诗，房嗜酒，每与宾友一醉一咏，其风流雅韵，多播于吴中，或目韦、房为诗酒仙。时予始年十四五，旅二郡，以幼贱不得与游宴，尤觉其才调高而郡守尊。"少年白居易暗暗发誓，他年一定要到苏州或者杭州当一回刺史，则此生足矣。后来他历任杭、苏二州刺史，治州理郡之余觞咏醉歌，风流雅韵也不在韦应物和房孺复之下。

这些年我也曾多次游历苏杭，心中最念是苏州，有终焉之志。曾与杜怀超和思不群郑重相约，他年当在苏州租屋常住，盘桓于吴中山水之间，与二兄为伴，时时梅中把盏月下持杯，如此方不负一生。

人生倏然如鸟影，我们都在自己身上夜以继日地练习窨制技艺。

选自《安徽文学》2024 年第 5 期

看见一条河流

李相奎

一

我不止一次，觉得自己一直在一条河流上漂流。即使我明明知道双脚就踩在坚实的大地上，但我感觉自己还在那条河流上漂着。我意识到，自己已经是一个精神病患者了。别人多次暗示过，我现在开始相信了。

这让我有点抑郁，我要对着卫生间里的镜子，来确定自己是否已病入膏肓。站在镜子面前，耳朵里突然响起大杜鹃的声音，还有云雀在荒野上的合唱。我不得不剥离了岁月风尘，借助灯光，仔仔细细地看额头的岁月。那额头上的沟沟壑壑，就像森林里的河谷，每一条河谷都是山脉的皱纹和诗意。我从诗意里看到了岁月深处的风生水起，又从皱纹里看到了浮世三千的故事。皱纹和诗意，一个现实，一个虚幻，都无法把脉我灵魂的疾病，我暂时还是难以确定，自己是不是患上了精神病。

我离开镜子，因为这不是照妖镜，我又不是妖，我能听见鸟儿的啾鸣，还记得刺玫蔷薇开花的模样。我只是暂时有病，而这病是旁人贴给我的标签。我在看梭罗的《瓦尔登湖》和《低吟的荒野》，有时候也看《山林笔记》，阅读的时候我会有感动，有联想，有思考，这时候我确信一个事实，我，对，就是我，至少不是一个白痴，因为我还能看懂书，我是一个有轻微精神分裂症的读者。我案头的书，有二十几种，我随手翻阅《醒来的森林》，眼前就又出现一条河流，几只鱼鹰，逗留在河岸的低处，窥视河面，那是它们日常生活的状态。我看见河流有激流险滩，有悬崖峭壁，有柔和的晨曦，有放排人的炊烟，有月光下漂浮的河灯……

我的河流，很少看见风花雪月，层层叠叠的河卵石上写着凤凰涅槃的故事。

二

因为寻觅，我经常凝望远方，目光也有正常人的深邃，却似乎又比正常人看得另类。我每一次凝望远方，都在试图通过迁徙的鸿雁，探测天空有多遥远这样幼稚的问题。为了寻找答案，三年前，我曾经在狂风暴雪的深夜，顶风冒雪登上小镇玻璃栈道的最高处，在刺骨的风雪中释放情怀。最让人难以理解的是，我一直以为自己在一条河流上，这条河不是松花江、鸭绿江，也不是图们江，但我深信不疑，绝对有我漂流的一条河流。从成年人的角度来思考和判断，我一直这样固执与执迷不悟，我确实患有精神病。

有时候，我喜欢自己是精神病患者。我发现精神病患者都具有偏执的性格，而想象力也独特和非凡。所以，我经常像一个幽灵，去小镇啤酒广场附近的树林漫步。树林有巴掌大，宽不过百米，长也就六七百米。就是这样一片小树林，树种却很丰富，有高大的青杨、柳树、蒙古栎、桦树、云杉、稠李子、榆树，灌木植物也丰富，有榆叶梅、毛樱桃、红瑞木、野刺玫、蓝靛果。一条小河蜿蜒于林中，并在林中分成两条小河，五座由木刻楞搭成的小桥，就像五个积木摆在西边的支流上。并没有一座桥，是真正跨越河流的。我几乎每一天，都在"积木"上走几个来回。今天下雨，我冷落了自己的后花园。

这片树林，在相隔不足百米的距离里，共有三个水榭，一个在东岸，两个在西岸。木板栈道在河西岸。我最喜欢坐在第二个水榭的木椅上，水榭附近有成片的蓝靛果、榆叶梅，在这里听鸟鸣，水榭就是音乐厅。在这片树林，经常出现的有大山雀、短翅树莺、云雀、家雀和沼泽山雀，也有白鹡鸰和"蓝大胆"。

不知从什么时候，我开始习惯性仰望。我的目光费力地穿过青杨的树叶，去看被树枝切割过的天空。我认为，光阴就悄悄地留白于其中。而且，我仿佛看见光阴的留白处，积淀了人世间的尘埃，木帮的喊山号子，发亮的开山斧，开始腐朽的放山人的索拨棍，抗联的烽火硝烟，还有不少人的悲欢离合，以及山里人生生不息的呐喊。

无论读书或看山水，听鸟语花香，我都要浮想联翩。思维跳跃得非常快，像兔子，又像迁徙的鸟儿。看见河岸白茅在风中摇曳，我好像看到很多旗帜在飘扬。短翅树莺在灌木丛里的低吟浅唱，在我听来都是一首快乐的歌谣。

水榭还有位常客——花栗鼠。我在第二个水榭，只要逗留得久一点儿，就一定能与花栗鼠不期而遇。阳光下的水榭，冷落出一些明暗的阴影，那只花栗鼠悄无声息地走在斑驳的光影间，它是光阴的漫步者，也是古老生命的活标本。

我看着天使模样的花栗鼠，心里却感觉莫名其妙的空寂。此刻，我确信自己是一个精神病患者。当我想虚构一个心有灵犀的人和自己交流的时候，我宣判自己病入膏肓了。即便如此，我依然愿意在病入膏肓中继续幻想。其实，从漫步森林伊始，我就一直虚构有一个人，与自己一路同行，我希望她是一位女子。我在很多无聊至极的时候，无数次反反复复给这个虚构的女子起一个名字，一个字的小名。云，有点俗，婵，有点媚，绞尽脑汁地把汉字翻箱倒柜，最后检出薇字，希望她有草木的微香，蔷薇一样的微笑。想来想去，觉得名字词不达意，既然她是虚拟的人物，叫她薇影更恰当，来无影去无踪。

如我所期，薇影发来留言，说我的文字引起了她的共鸣。她说读出了我的淡淡的忧伤和慈悲情怀。

我低着头在斟酌怎样回复薇影。我看见光阴凝结在青杨落地的叶子上。当岁月沦落与叶子为伍，就染上了枯黄。我回复薇影，惊讶她因我的文字引起的共鸣，冒昧地问她的年龄。我在虚构这个人物时，遗漏了设定她的年龄。问女性年龄，是不礼貌的事情，也许只有我这样的精神病患者才这样唐突。

虚构的故事在延续。薇影没有介意，不仅告诉了她的年龄，还发来一张近期的靓照。我自鸣得意给她起了薇影这样的小名，因为她就像一朵蔷薇。毫无疑问，我希望薇影不仅喜欢文学，还应该喜欢音乐、美术、朗诵和运动。

一只白鹡鸰落到水榭的护栏上。我还是第一次看见白鹡鸰在护栏上停落，倒是多次看见麻雀有这样的举动。白鹡鸰不时撬动着长长的尾巴，鸣叫两声就去了河岸的草丛间。

薇影恰到好处地具备了这些优点。她选择的运动是太极。这出乎我的意料，我曾经无数次看见，她穿着白色的短袖衫，那短袖衫有无色的纹路，质地像丝绸，戴着一副墨镜，款款地在河堤的柳莺下散步。她走路的样子轻轻袅袅，有着太极的味道。河堤上应该能听到鸟鸣，也许是燕子，也许是麻雀，最好有柳莺，这样的画面，才能构成唯美的风景。

那只花栗鼠，来无声去无影。我想，我虚构的薇影，也应该是这样的个性。薇影可以出现在我想象的任何地方，可以是高山花园，也可以是锦江大峡谷，还可以是白桦林，甚至可以是在梦里，我打开一扇窗，淡淡的月光，缥缈了我的一帘幽梦。同时，我也赋予薇影华丽转身的权利，她可以随时走出我想象的那些地方，只留下一世倾城的回眸。

我中断与薇影的交流。我知道，我在虚幻的时间耽搁得越久，我的病情就会越发严重。很多时候，我需要回到现实的烟火气息里，读书也好，写作也罢，还是去森林漫步，即使身心疲惫，也还能证明自己是尘世的一粒尘埃。

虚构人生故事，好比阅读书籍时，一不留神想起了天堂人间。

飞回几只沼泽山雀，它们临时休憩在水榭对岸的灌木丛，我情不自禁想起薇影，我对她的认知只有轮廓，好像一个朦胧的梦。

三

在一个漂亮的山谷，为了聆听鸟鸣，我必须沿着开鹿蹄草花的河岸，逆流而上。我走过一片生长着贯众的灌木丛，又绕过几株白头翁，才靠近一处小山崖前。河流在这里曲折一下，绕开山崖另辟蹊径。

漂亮的山谷，极像风韵犹存的女人。当然，是在风和日丽的前提下，河谷才具有这样的意蕴。在寒冷的冬季，山谷是狂风暴雪的滋生地，从峡谷吹来的冷风，让你瞬间寒天冻地、无所适从，于恐惧中瑟瑟发抖。

而此刻，山谷温和可亲。有四五只白鹡鸰，在山崖下面的河岸跳跃，就像跑跑跳跳的音符，发出清脆靓丽的鸣叫。看见白鹡鸰白色的羽毛，我想起薇影的白色半袖衫。我觉得这个时候不适宜把薇影联想成鸟儿。我静心地开始聆听白鹡鸰的歌唱。

后来，我干脆跳过温柔如诗的小河，向山崖攀登。登高远望的我，视野开阔了，但心情没有轻松下来。我举目远望，起伏的山脉，就像故事里跌宕的情节，天空过于精致蔚蓝，少了悠悠的白云和飞翔的苍鹰的影子，让我感受空旷的同时，也感觉到了辽阔的空寂。

我又回到了自己的那条河流。这时候，我是一个病入膏肓的患者。我知道这条河流来自久远，日夜奔流不息，我从流淌的水流里听到类似祖先的呼吸声，沉重而厚实，就像习惯打呼噜睡觉的巨人，每一声喘息都像传奇。中华秋沙鸭穿梭于日月的光阴里，美丽的羽毛收藏了先人的遗愿。总有人在某个特定的日子，在河流上放河灯，夜幕下，那些漂游在河面上的灯，就像一只只眨动的眼睛，汇集成另类的星辰大海。

四

我经常疑惑，疑惑多了眼睛有点麻木。我看见高大的青杨，从树根到几米高的树干处，鼓出很多树瘤。这些树瘤有圆形的，也有椭圆形的，有些已经开裂。从开裂的缝隙，竟然还能发出新枝。有蚂蚁在树干上爬来爬去，这让我想起都市里的车水马龙，想起文坛的奇闻逸事。

我凝视这些树瘤，想象这是青杨心灵阴郁的膨胀，它想释放某种压抑已久的东西，宁可身体承受着破裂之痛，也要不顾一切地倾诉。灵魂，难以掩饰的就是刻骨铭心的疼痛。

短翅树莺的歌唱，缓解了我对疼痛的敏感。我一边沿着河边灌木丛缓缓往前走，一边识别各种植物。巴掌大的树林，在我眼里是百草园。这里有山荷叶、白蕨菜、茵陈蒿、野芝麻、鹿蹄草、大苞萱草、白茅、白车轴草、蛰麻、牛蒡、贯众。每一次经过那几株刺玫蔷薇，我都要驻足一会儿，看着蔷薇的花朵发愣。恋恋不舍地离开刺玫蔷薇，在河边的石块上，用流动的河水洗一把脸。我看见倒映在水面上的自己，看见了最真实的自己，虽在他人眼里我病入膏肓，但我从自己的脸上看不到任何沮丧与不安，唯有眼角暴露了些许淡淡的忧伤，那是光阴留给生命的赠品，不管你是否愿意，你都必须完整接受。

走在红瑞木和榆叶梅掩映的林中小路上，我的河流再次出现。只有在这条滔滔的大河面前，我才能听见自己内心的声音，也能看到染过风尘的心灵。

躲在山杏树上的两只麻雀，在窃窃私语。鸟儿的亲昵，让我记起五月十一日这个日子。这一天是我一个私密的纪念日。

雨过天晴，阳光欢喜地跳到草地上打滚。云雀在远处尽情歌唱，短翅树莺在红瑞木灌木丛向我投来羞涩的回眸，含情脉脉。自作多情的我，依然病入膏肓地想象，我乐意给虚拟的薇影，一副云雀的嗓音。在虚拟的第五个季节，在长白山，在众鸟归来的日子，遇见薇影的一世倾城。

我甚至看见那年、那月、那风情中，我与萍水相逢、相互一笑的薇影，漂流在那条大河的蓝色浪花之上，她云雀般的歌声，惊艳了大河和大地，也惊艳了我的灵魂。

我向蔚蓝色的天空望去，想看见候鸟迁徙……

选自《天津文学》2024 年第 7 期

家山岁时·春夏

董　华

立　春

二十四节气之首，三阳始布，四序初开。

传统国画颜料中有一个美好的名字：萌黄。近水溪边先得绿，它是早春时节水边垂柳刚刚萌发的颜色，像茸茸的鹅黄，远望淡如烟雾，若有若无。知时节的有心人，不会错过乍见萌黄的惊喜。要知道，虽然仍然寒冷，但一点萌黄告诉我们，大地深处正酝酿着浩大的生机，天地就要苏醒了！

南宋人张栻《立春偶成》有云："律回岁晚冰霜少，春到人间草木知。"

"春打六九头"，打扫春节期间的炮仗皮时，你会发现，碎纸下边，野蒿棵子已绿湛湛刺入你的眼皮。

立春日有时出现在腊月底，也有时出现在正月初，还有的年份发生一年俩春或当年无春的情况。如果一年赶上两个打春，老人说："一年打俩春，豆子贵如金。"预兆此年旱涝灾害多于往年，庄稼可能歉收。

在立春日的头一天晚上，有的人家将一截高粱秆从中间劈开，均匀放入十二颗黄豆，然后用线将两爿高粱秆捆上扔进水缸，隔两天捞出打开，顺向看，哪颗豆子湿得厉害，就认为哪个月份的雨水大。

立春的这一天，山乡人要吃豆芽干饭。寓意种下的种子都能够发芽、出苗。还要折一根椿树枝，放火上燎了，扔进水缸里，认为这样做能解除瘟气。老人说，立春阳气上升，如果在一个竹筒里放上鸡毛插进地里，立春这一刻，鸡毛就会自动飞出来。

夏　至

此日，白天时间最长，过了这一天，白昼即日渐缩短。民间有"吃过夏至面，一天短一线"的说法。

天气炎热了，时令进入盛夏，是庄稼生长最旺盛的时期。"过了夏至不种黍"，转入农作物的中期管理阶段。

玉米从初期到成熟要耪（除草松土）三遍地。修理的程度分别为：头遍浅，二遍深，三遍除草根。耪头一遍地用小锄，人蹲着，一挪一挪往前蹭，连松土带间苗。此际最难受的，是因为二茬玉米种在麦茬地里，割过了的麦子还留有坚挺挺的麦茬，耪地就要卸麦茬，那手掌背必然会被麦茬蹭伤。没见不流血的。耪二遍地时，庄稼已经定型，是玉米的"喇叭口"时期，半人高了，根系已很发达，更需要土质疏松，促其吸收营养，所以得用四五尺长的大锄进行深耪。不十分遭罪。第三遍，玉米已"长大成人"，钻出了天穗，为了减少杂草与庄稼争肥，并避免剩余杂草继续结籽，要用大锄耪掉草根，将搂起来的土连埋带盖，不让杂草安宁存在，同时从长远看，地表干净也有利于秋播小麦，免得犁头挂杂草。做一明二眼观三，农民可不是那么简单。

玉米喜水喜肥，但不喜过度干旱和水涝。在玉米生长过程中，起码要浇两次水、追一次肥。

谷子就像猫有九条命，生存能力强，跟农民的关系"铁"。它耐干旱，耐贫瘠，不十分牵扯人的精力。产量是低了一点，亩产难上两百斤，但它又是玉米以外重要的粮食作物。谷子难耪的时候是头遍。小苗出土，才两三寸高，就要进行除草，除掉酸枣树拐子，给它间苗。这项劳动，男人往往比不过女人。别看小伙子能蹦能跳，能背能扛，可让他长时间蹲着，一手拿小锄除草一手不停歇地间苗，一会儿他就蹲得两腿酸胀受不了，不得不时而站起身来晃一晃。最难堪的还不是这，是他夹在妇女群里，左右都挨着姑嫂姐妹。妇女心灵手巧，眼光准，用不了多久就把棒小伙子甩在后面。她们会不断地回过头来奚落五大三粗的小伙子："快些吧，这么笨谁家给媳妇哇！"小伙子自然脸上发烧，加紧进度，但又出现了质量问题，一不留神把应保留的谷苗和应剔除的莠草弄了个相反，被发现了又要遭训……

莠子这东西，最能以假乱真。它和谷子长在一起，于幼苗之期最不容易厘清。一旦发现弄混，往往已成定局。

莠和谷不容易划分，还缘于谷子有多个品种，品种不同，出苗的标志色便也不同。每年耪谷，生产队队长或有经验的老农都要大声提醒：注意啦，今年地里绿秆的是谷苗，红秆的是莠子，别留错了！而到另一块地，又说这块地红秆的是谷苗，绿秆的是莠子。还有时说：长得干净的是谷苗，带茸毛的是莠子。给年轻人一次次"上课"，年轻人一次次接受"训令"。

"谷锄三遍不见糠，棉锄三遍白如霜。"盛夏之季，人们没有计时的习惯，全是日未出而作，日入了深山老林方才将息，蹚着露水进地，踩着星星回家。一天劳动十几个小时。无论男人女人，都尽显疲惫。这也是一年四季当中，乡民最为沉寂、娱乐活动最少的时候。

大 暑

大暑赶在中伏前后，是一年中最热的时间段。这时气温最高，农作物生长最快，大部分地区的旱、涝、风、雹灾害也最为频繁，抗旱排涝和田间管理的任务也就最重。

山区进入雨水最多的时节。一年的劳苦也有了甜头。农人得愿，终于可以歇伏、挂锄了。劳动日程转向了不紧不慢的割蒿草和沤绿肥。

田间小路上，人随身携带的家什不再是空空的了。有的篮子里搁着豆角，有的背篓里装着蔓菁和倭瓜。脚步悠悠，心情悠悠，如踩在五彩云头。

此一时，萤火虫舞得最欢。夜间，它与天上的星星交相辉映。这些个小灯笼，孩子们爱玩。他们原以为发光的地方会烫手，可逮住一只，用手指摸一摸它的腹部，竟一点也不烫，孩子们好生奇怪。

谚语说："大暑小暑，灌死老鼠。"此际特别爱下雨，有时连续几天，甚至十几天不停，让木头的大驴槽都长了蘑菇。老不晴天，人特别容易忧郁，老人就用布片做一个手拿笤帚的小布人，挂在房檐下，叫它为"扫天晴"。风吹来，手拿笤帚的小布人晃晃悠悠，转来转去。不久后天气放晴，老人这时就要说："瞧，还是我有主意吧！"

选自《散文》2024 年第 7 期

城西散记

文 河

雨 意

晚饭后落雨了。对古人来说,听雨是件韵事。楼有听雨楼,轩有听雨轩,阁有听雨阁,亭有听雨亭。

我在茅草屋里听过雨,雨声沙沙,有地老天荒的气息,整个世界仿佛都长满了荒草。在乌篷船里听雨呢,尤其是江湖漂泊之人,比如南宋的姜白石,独自听着满船的雨声,满江的雨声,满天满地的雨声,该是什么样的情怀呢——此时,他自己也变成一滴无处落脚的雨水了。在水泥楼上,雨声带有空洞的金属性。

古典画家,我很喜欢沈周,他的绘画语言里有一种真正的毫不掺假的个人化的恬静。要保持这种恬静,他一定要在现实中拒绝很多东西,并且是一种心甘情愿的拒绝,没有丝毫患得患失的犹豫。他有仕进的机会和条件,却终生未仕。这和唐寅不同,沈周对现实的超脱缘于对现实的拒绝,唐寅对现实的超脱则是因为对现实的绝望。在心灵的天空中,唐寅超脱的翅膀带着呼呼的风声,急速扇动着,而沈周则是优雅轻松地翩翩飞行。

沈周画过一幅雨意图,峰峦空蒙,奇妙的是,这些峰峦居然给人一种轻逸的感觉,似乎要轻轻飞去,飞向一个更缥缈更广阔的地方,然而,却又不是非人间的玄幽之处。迷离的云气弥漫到画面之外,弥漫到时间深处,并且向更深处一直弥漫下去。湿淋淋的高树下,茅屋一间,两人对坐而谈。泼墨写意的树梢上,似乎能听到雨水滴落的声响,甚至能听到旁边涧水潺潺的涌流声。此画绘于冬末，画境却春意盎然。时光如水，却永远停留在那儿，停留在一张纸上。画上题诗道："雨中作画借湿润，灯下写诗消夜长。明日开门春水阔，平湖归去自鸣榔。"明日雨霁，艳阳初升，平湖水碧，一舟如叶，鸣榔而行，这是一种多么悠然自得的生命状态啊。

在古典绘画和诗歌中，意境即是心境。一片小小的草叶上，却有春风无限之意。在古典绘画那些达到极致的线条、墨色和意象中，其中最微妙的区别，仍然是心境。

文化，它在一代又一代的热情传承中积累着丰沛的生命活力，在某个适当的永恒时刻，突然就开出奇异的花朵。没有东晋的门阀制度，就没有东晋神妙纵逸的书法，没有地主世家的物质性的优裕，也很难想象会有沈周绘画的雅静和张岱小品的精致。文化绚烂茂密的花叶往往遮掩了文化生长的根基。我想到考古学者张光直先生的一个观点：物质文化越浪费，在我们眼中文明就显得越伟大。

雨声潇潇，天空响起了雷声。我家四个月大的猫咪趴在窗台上往外望。这是它生平第一次听到雷声。

马　蜂

马蜂就是胡蜂或黄蜂，小时候的农村，经常见到，现在已经很少了。

记得我家门头东旁的房檐下，就有一个蜂巢，我们叫马蜂窝。不大，像个莲蓬，十几只马蜂飞来飞去，嘤嘤成韵，并不蜇人。傍晚，马蜂也会归巢，三三两两，先在巢上逡巡爬行几圈，像在仔细查看什么，然后再一一钻入小孔。过了一会儿，天色暗了下来，整个蜂窝寂然如水。

院子里的矮香椿树上，也有一个马蜂窝，这个比较大，挂在横斜的树枝上，像熟透的葵盘，上面孔眼密布，马蜂整天爬进爬出，成阵成群地飞舞。马蜂太多，就有了汹汹的气势，影响到人的生活。父亲觉得受了威胁，天黑透，等马蜂都入巢了，就用竹竿绑团破布条，浇上煤油，点燃，把整个蜂窝烧掉。死蜂啪嗒啪嗒雨点般往下落，发出浓郁的焦煳味儿。蜂群几乎受到灭门之灾，只有一小部分向着暗黑的夜空飞逃而去。第二天，天亮了，可怜的它们，又飞回来，围着故处，嘤嘤盘旋，还想找到自己的老家。现在想想，对于其他生命而言，人类的很多做法，都极其残忍。人类的文明，人类的文化，有着美好的表象，但如果对其成因追根溯源，就会发现，有很多让人类自身战栗的成分。

《聊斋志异》里婉妙无比的绿衣女，原本是一只绿蜂。蒲松龄从情缘的角度来看待有情众生，体贴万物，曲折入微，这也是一种"格物"精神。万物一体的境界里，一定要有情识的存在。或者说，如果没有情识的存在，人与万物之间，哪怕透亮如轻纱，那究竟还是有着某种隔阂的，不能霍然全通。蒲松龄写的是绿蜂，而不是黄蜂。小说中妙龄女子的穿着，绿衣长裙要比黄衣长裙好看，尤其在夜晚的灯光烛影之中。

蜂类吮吸花蜜，也吸食水果汁液。大观园中，花木繁多，蜜蜂多，马蜂也多。马蜂叮咬葡萄，一嘟噜上咬破三两个，汁水滴到好的上头，整嘟噜便会烂掉，非常可惜。袭人见老祝妈不停赶打，就建议用纱布口袋套住。曾经对袭人抱有成见，觉其心机太重，但我现在对《红楼梦》里的任何人物，都已没有太大的分别心了。怡红院里并非莺歌燕舞，其乐融融，潜在的冲突和矛盾从来就没间断过。贾宝玉内心真正信赖的人是晴雯，但无论如何，他还是真心真意地把袭人当作亲人。这就是生活。

老家后宅有棵大杏树。麦黄黄，杏也黄了。开始微黄，咬一口，酸得倒牙。等麦子割完，杏才能熟透，黄澄澄的，又透点红，捏一捏，果肉变软了。邻居有个小叔叫华，大我几岁。杏刚熟时，酸意未消，我们就开始上树去摘。先是摘下面容易摘到的，再渐渐摘高枝上的。高枝上的，更大，更甜。

有一年，整棵树就剩最高的那个树干未摘了，细枝密叶间杏果累累。我不敢上去，华叔胆大，便捷足先登。他竭力去摘，但胳膊太短，够不着。后来终于找到一个立足点，攥紧树干，狠命摇晃，想把杏子晃落。只听"嗡"的一声，一大群马蜂，如一股旋风，直向他冲来。妈呀！他大叫一声，顺着树身哧溜哧溜滑了下来，肚皮上划了几道伤痕。没想到那个枝干上，竟然藏着一大窝马蜂。

前段时间，回老家，见到华叔，提起这档子往事，他丝毫没有印象了。看来，有些回忆，是不能共享的。他才五十出头，生活的重压下，身体过早垮下来。皱纹满脸，须发皆白，像个干瘪的小老头儿，以前的活泼劲儿荡然无存，仿佛压根儿就不曾年轻过。

2015年秋冬之交，我在九华山云波书院住了几天。书院靠窗的屋檐下，有一个巨大的马蜂窝，其大如盆，上面蜂群密密麻麻，蠕蠕而动。这是我目前所见到的最大的马蜂窝，深以为异。

惹了麻烦，俗话说是捅了马蜂窝。马蜂活着，也不容易，还是别去捅马蜂窝。恻隐之心，人皆有之，要学会与万物共处。

霜　降

霜降之后，秋天似乎才算真正到来，虽然此时已是残秋了。杨树叶差不多落光了，桑、榆、柳、楸等树木，开始加快枯谢的速度。但其中梧桐、泡桐等大叶子树木，仍枯谢得很慢，每一片叶子，仿佛还在坚持着什么。整个树冠色彩斑斓，但当叶子坠落地面，很快就变褐了，一脚踩去，发出金属般的碎裂声。

麦苗隐隐钻出地皮，还形不成绿意，有些稍晚播种的，甚至还未钻出。劲厉的西风，掠过空旷苍茫的大地，掠过村庄和林木，掠过篱墙和枯藤，发出很大的声响。这样的秋声，才是真正的秋声。

秋声入耳，一种苍凉的感觉，便从生命深处油然而生，一时百感茫茫。

人生需要清明的理性。有时觉得自己还是过于感性了，内心容易为外物所动。钱穆先生提倡"以理御情"，可是，我总是做不到这点。以前喜欢读书，最近半年来，喜欢抄书。因为抄书让我心静，至少暂时心静。一笔一画，仿佛长路漫漫，一步一步向古人靠近。

抄《论语》，抄到"无可无不可"的句子，忽然明白，孔子的无可无不可，原来是一个圆融无碍的境界。东汉马援一见刘秀，便服其为天下之主，其后当论及刘邦和刘秀的高下，则认为刘邦无可无不可，刘秀虽阔达明敏，却终逊一筹。马援才智超群，最终却不为刘秀所容。从这点也可以看出，刘秀胸中仍然有所挂碍。

现在又抄陶渊明的诗。也不多抄，一天三两首。

喜欢陶渊明，在很多文字中零零碎碎地提到过他。不过，真正用自己的心灵触及他，还是最近几年的事。说来惭愧，我喜欢他，居然不是因为与之相似，而是由于自身欠缺。陶渊明弃官回乡，敢于舍弃。舍弃是大丈夫事，我则舍弃不了自己现有的生活，于是慢慢选择了与其和解。陶渊明起早摸黑，亲自耕种，我虽生于农村，长于农村，现在仍未完全脱离农村，由于小时候做过繁重的农活，深知其苦，所以，至今仍对农活不感兴趣。更主要的是，我无陶渊明的旷达。旷达，说白了，就是想得开。但想得开就那么容易？看看陶渊明，家里失火想得开，几个孩子不聪明想得开，忍饥挨饿想得开，生老病死想得开。一辈子想得开，太难了。说实话，有很多事情，我都想不开。

前几天因事去浙江，江南的残秋仍然葱绿，山麓林梢只隐隐可见衰飒气象。杜牧的诗句"秋尽江南草木凋"，也作"秋尽江南草未凋"。虽二者皆可，但我倾向于后者。"草木凋"，写的是心情；"草未凋"，写的则是实况。黄昏，从余杭赶往杭州，火红的落日下，三三两两的鸟影，无声无息地飞向远方。小山远近丛叠，山影浓淡有致。不知为何，我见到某个小山，就老是想跑到山的那边看看，虽然山的那边，可能和这边也差不多。就算明知那边什么也没有，也还是动起想去看看之念。

南方的秋天，没有鲜明的个性特色，北方的秋天才更有秋天的味道，尤其是那种混茫和苍凉的气象，直抵人心，直见性命。有僧问云门禅师："树凋叶落时如何？"云门答："体露金风。"树凋叶落时，已是霜降之后了吧。盛夏，那漫天汹涌不息的绿荫，到了深秋，慢慢变黄、变红，然后哗哗啦啦，纷纷凋落，又回到了地下。到了后来，天空变得宁静，湛蓝。枝条历历可数。这个时候，所有多余的修饰都已摒弃，所有多余的情感和妄念都已消除，世界和你，呈现出本然的面目。

选自《安徽文学》2024 年第 4 期

精神明亮的事物

——大雪纷飞

曹文生

谁能想到呢?

柴门不再,狗吠也零落了一些,雪居然悄无声息地落了。这场雪,不是那种温吞吞的性子,脾气有点急,睡觉前,风呼呼地吹,把人家的木门或铁门,吹得发出呜呜之声。听着听着,人就睡了。

六点,屋子白亮亮的。还以为天亮得这么早,是日子长了,夜短了。一开门,肥嘟嘟的大雪,贴着门槛,一直绵延到院子里。大雪,还在飞,是那种大大的片状,看着大,落下去,像鹅毛一样轻。

面对大雪,我的词汇显得有点短缺。我能想到关于白的词汇,无非是柳絮、白棉、面粉,再深入思考一些,就是虚室生白了。总觉得,面对一场盛大开幕的白雪,一落在白纸上,就少了诸多趣味。我认为大雪只可意会,不能写出来,意念里的一场大雪,比白纸上遇见的,更有嚼头。

雪下得洋洋洒洒,字正腔圆,把一个寄存着万物的大地,硬是下成了一种单调的颜色,这颜色里,包含着不同的性格,有遇见的欢喜,也有"白茫茫大地真干净"的悲凉。这个叫作白的帝国,太任性了,它把日常围在里面,气息也温暖了一些。它不停地落,落得毫无滞留感。

一场雪把这个世界打理得井井有条,它的层次感也出来了。

远处,一抹寒山,白如凝脂。近一点,是伸出的屋檐,骨骼清奇,带着唐宋传统的绝句,一个人,看见翘向天空的屋檐,再加上蓝瘦的砖,那些关于诗兴的因子,会像泉水涌出来,汩汩地流着。

一翻日历，到了小寒。

在故乡，或者是一进入腊月，阳历就失效了。这就是阴历的强大与可爱之处，人们开始跟着它的节奏活了，特别是乡下，你问阳历，再也没有人记起了。阴历和阳历，有什么关联呢？有时候，我想追问，阴阳二字，怎么这样频繁地出现在我的生活里，天地为阴阳，男女也为阴阳，就连一口磨，两片石头，也分。

母亲，是一个常年活在农家传统里的人。

一到腊月，她就开始念叨"一九、二九"。到现在，我都不知道一九、二九的分类方法，可是从母亲严肃的语气里，体味到了这个冬天的冷意。

冬，一步一个脚印，走得可欢实了。但是，我们的先人，对于冬天，总是讳莫如深，在饥饿与尊重的对峙中，他们会陷入困境。肚子干瘪，他们做的每一个梦，都带着五谷的香气。他们梦见北方的大地上，有那么多的高粱和麦子在拔节，噼噼啪啪地响，把大地都弄乱了。

祖父说起入冬，带着人生断炊的叹息声。

冬愈发冷，人愈发地饿。

那些年，靠近年关，总有人在窗户下放一袋麦子或者小米，有了它，这个年就能熬过去了。可是送粮的人，却不知道是谁。多年之后，才知道是村里的地主，他们让村里人，保存了自尊。或许，这是那个时代所遗留下来的美好。

此刻的雪，下得很饱满。

它，正堆积着盛大的雪事，占领着每一条街，每一个村庄。我们都被它堵在了家里。男人坐在那里，抽着烟，女人坐在床上，纳着鞋，乡村的生活，通过一场雪，正缓缓拉开了序幕！

树，就站在大地上。

它像一个中心。也许它真是中心。许多人，迷路了，向别人询问，别人一指那棵树，就又清晰了。它是一个坐标，一个关于乡村的坐标，这么多年过去了，我们仍没有摆脱它的影子，每次归乡，总是先寻找那棵树。

或许，每一个村庄都有一两棵这样的树。

那些归来者，怯怯地问。

风雪夜归人，说的就是这个时间啊！他们在远方，再也睡不着了，会梦见宁静的大地与安宁的灯火，还有清澈无骨的湖泊。他们梦见茅屋，被厚雪压着，发出嘎吱嘎吱的声音。那些炊烟才是春天最好的春联，就那样贴在村庄里，内容是留白式的，可以是春天的野菜，也可以是秋天饱满的五谷。

大雪之下，越来越多的人寻找归属感。

再也没有比故乡更安稳的床了。我们都是实在人，都走向那条回去的路。风雪夜归人，不过是将一种荒凉的活法，庄严地表达出来。我们在庄严中，完成了对肃穆的另一种理解。

"千山鸟飞绝，万径人踪灭"是北方大地上衍生出来的一种供词。鸟，人，都成了形而上境界的绑架物。雪在飞，鸟飞不出巢了，当然，也有几个不顾生死的，在雪里飞着。"孤舟蓑笠翁，独钓寒江雪"，多少有点虚构了，或许，人生都是这样，不是在虚构中活着，就是被虚构而活。

虚构，撑起村庄所有饱满的细节。

一双双路上的脚印，我们虚构着远方和结局；一炉香灰，我们虚构着护佑和神灵；就连一场风雨，我们都虚构着丰年与苦难的人间。乡村的内部，虚构着更多的谣言，我是个出走者，虚构了诸多关于它的乡愁与灯火。

面对它，我们都保持着沉默。它无尽地铺展着它的盛大与善。我对它的认识，也不过定义为一种阴柔的忧郁。我认可雪的本质，它更贴近"软"这个词。软软的雪，却覆盖了所有硬的事物。石头，木头，铁器，都隐藏在雪的内心之中，看见雪，我想起这个世界上的许多事物，它们都是软的，可是却产生无尽的威力。风是软的，可是却吹醒所有的草木，也吹落秋叶与草木，让天地与之同悲。流水是软的，会让石头失去本貌，我们无法根据圆润的石头，去推敲流水。

我认为，大雪纷飞，是一种阴柔的美学。

它的出现，让人从欢喜走向担忧，庄稼被大雪压着，是保墒了，可这雪越来越大了，又压坏了屋檐上的瓦。冷，一闪而过，进入我们的生活。或许，再大一些，一场盛大的美好就走向破败了。它脱去了外衣，世界变得一塌糊涂。泥泞与污浊，成了另一种关于它的影子，它活在大地上，被人诅咒着。

大雪纷飞之后，一种悲壮，正缓缓地展开。那些团在小寒里的生灵，都变得瘦弱了一些。炉火瘦了，木门也瘦了，就连炊烟相伴的饭香气，都瘦了。寒冬，本应该休养生息才对。

窝在家里，似乎不会再有什么事了！可是，这个世界，时刻都发生着故事，我们每一个人，都是以自我为中心而活着的。我的出生，你的出生，都是人间的大事。每一户人家，都会翻新出太多的故事，人间的历史，都是个人史，正如《兰亭集序》言：死生亦大矣！

每次想到生死，都想起母亲来。那一年，母亲大着肚子，挺过了一场又一场大雪。她翻越了年的门槛，终于在春天里把我生下来，或许，谁也不知道，她是怎么从寒冬里熬过来的。看似轻松的一段文字，包含着多少悲喜啊！一个女人，把中国女性的隐忍和贤惠，都活通透了。

抽屉里，还有一封信，那年冬天，也是刚落了雪，就收到了它。弟弟说："二叔越来越怀旧了，无论怎么劝，都不离开老院子。"

那里，有他一生的气息，或许那些安宁的时光，都藏在他的心里，他觉得那个院子才是他的家，新院子是儿子的家，他分得清呢，这关乎他的尊严，关乎一个人一生的故事。

他们这一辈子，都在写一篇洋洋洒洒的散文诗，只是，没人知道，大雪纷飞之中，都是些鸡毛蒜皮的小事，他们的日常生活，注定与那些宏大的历史毫无关联，但是它们发出的光亮，足够照亮我们的精神秘史。

我们深藏在大雪之下，像一些来路不明的风。但是，我们的亲人，会记住每一场关于他们的大雪，大雪在，根就在。

灯火照大雪，离乡又十年。

选自《安徽文学》2024 年第 6 期

一米茶历

田芳妮

一

雨一连落了一个星期。山里的日子在火炉边和雨水里无声无息短了长长一段。炉火边的人也并没太过在意，他们在红薯和土豆的块茎氛围中等，等那催谷萌种的雨消停落干净，天就会大大方方大晴一日。

这一日正是这一月的农历十六，茶山上的玉米出种了。厩肥在土垄里沃了一冬，山羊嚼食踩踏过的玉米秸秆像奶水一样沁润着茶树。雨从云雾里飘落下来，玉米不被人食用的部分从土壤深处、从一棵茶树虬曲的根部潜入，经茎脉爬升至叶芽。天空扬弃的雨水和人、羊废弃的草料一同涵养出春天，茶垄上现了翠蕊，是初春怯怯的绿，透着小鹅黄。

春上的月份还是一年里崭新的，照着新崭崭的世间，真是亮。

比月亮更亮的是那歌声。

一种在水色里荡起涟漪的鸣啭从林间传来，一声是一声，间隔着，不慌乱、不急躁、不气馁，也不停下来。月亮那样清亮亮地亮汪着。鸟的叫声亮汪汪地漾着。竞绿的山与山之间因那鸟鸣的音韵，显现出应有的空。

山下的小镇。隔壁山坡上的村。河那岸的灯。

都没有特别远。山巅与山谷，山峰与河流，天上的星与山间的灯火，显现出恰到好处的间距。特别是在久雨初晴后，偏又遇上一个泉水一样通透的满月，那些寻常需要走上一整天才能到达的地方，都近了，清楚了，不过是个一望眼的距离。

也是今年才知道的，在月色里唱着的那鸟，是"阳雀"。为什么不是月雀儿，或夜莺之类的应景之名呢？

阳雀子唱歌咯，春，起身了。从竹林边的手工茶坊经过，桂尔姐这样对木讷得像茶垄之间的地块一样的老战士说。

樱桃子花都快要开伞了，阳雀子也当要放哨了。

老战士用上句话答复了他的老伴儿。

二

这日两只小鸟悬在线谱上，赏析着眼前风物。雾霭拂拭着山间林木，像是对昨夜被雨水沁润过的山林进行察看。这么洁净的山村，跟春天开出的新鲜的花、展开的崭新的叶一样，令人觉得生是件美好的事，在山里过活也显得多么令人满意。那些浓雾般笼罩的辛苦和劳累，也随着一层薄过一层的消退，渐渐散去。

雾使山林时隐时现，像是山林里的树在雾的掩藏下慢步走动。它们在山坡上站立了太久，跟采茶的母女在茶垄前站立太久一样，树想在雾里移动一下，从一条溪水的这边去到那边走走。当雾从这片林子罩到那片林子去时，溪水两边的树都在林中漫步。大雾是多么深情的帐幔呀，把千百棵遥遥相望的树木呵护在同一个轻柔可靠的怀抱里，让相互倾慕的树、遥相呼应的树、暗藏念想的树，在云雾里交换彼此的气息，在云雾里触摸彼此云雾般的愿望。雾因了树的许愿变幻着浓淡，稠密时是伸手不见五指的白。那浓稠的白像是为有些走了很远很远终于靠近的树打掩护，树不想让对方看见自己的沧桑；轻淡时是清风把明月光吹皱的情态，那氛围是在为两棵第一次擦肩而过便被对方弥散的芬芳动了眼眸的树定格。

水的柔情以雾的缱绻、以雨的徐疾在林间演绎流转，树以枝梢的柔韧和绿意的深浅回应着水的成全。山里的雾有的是漫漶、叠加、消隐、留白或者一概笼统的大技法，叫看着那雾水的人去体悟。

在清江河北岸，属于初春的粉绿是沿着河雾爬过的山坡漫上高山的腰际的。河雾从清江河上来，有着和暖气息。河雾把那颜色一天一寸地往上移，一夜一村地往高山上递。足足一个星期，才把元气满满的春送到半山腰来。

清江南岸呢，群山壁立，那里的春是一步登天的绿。尤其到了镇子中心，站在桃山三岔路口，举起脑壳往上望，那蹭鼻子上脸的山迫在眉睫，只隐约看到山崖顶上悬着一排覆额的崖柏，并不能判断出山顶春色几许。倒是今日去茶园取那把肥嫩的节节根去，有一瞬雾完全化去，河流和它的南岸豁然眼前，经雾细细擦拭过的南岸陡山上，崖沿上开了两簇淡粉的山樱桃花。也许还有一团粉白的山樱桃，细看却又疑是云雾。芳去茶园时没洗脸，到底是看得不够分明。但春上了山顶，是无疑了。转身看屋后的山，二岩子、灯盏溪、冷冲岭上，到处是翼翼飞舞的山樱桃花了。

山樱桃花往山巅上开去的夜里，茶垄上的笔宝子也一点点展开身姿，再过不了几个日子就要出旗了。出了旗的茶便不再是笔宝子。一旗一枪的芽茶，两叶一芽的雀舌，虽是比起了茶蓷子的大势茶金贵些，可山外那些雅致的茶客，最可心的还是这款白毫被童子、翡翠抱雪胎的笔宝子茶。雅士们喜爱那蕴着霜雪的淡汇在一年中新太阳释放出的暖意里的那份天然融洽。习惯了大势茶浓酽滋味儿的老战士不能理解城里茶客的雅趣，却仍将那双锅中取栗的炒茶粗手放在茶垄上，一颗一颗捉着那嫩绿。山里哪家没有一坡茶园呀，茶不缺，缺的是人手，更缺这般放晴的天儿。

春天的阳光里，老战士和桂尔姐总是出双入对地一南一北面着茶垄对摘。茶树又高又密实，桂尔姐在坡上够不着的芽，老战士心领神会从坡下扒过来摘净。茶垄前对摘的搭档，必定是长年的默契配合才能净垄。各顾各眼前，只摘顺手儿的，一垄走过，还留新色。春山夜气肥，要不了两个夜工，那留了新色的茶垄上再起一茬笔宝子，前日没采净的新色便展了绿旗，不能采来掺和进竹篮里，败相哩。出了旗的芽茶，在柴火锅里炒制出来后像芭蕾舞演员展开的腿。那飞起来的纤长的腿便是茶芽展出来的旗帜。手工茶就是这样，藏匿不住任何细节，所以采摘的关把控得格外严格。茶垄上对摘的，多是姑娘姊妹、姑嫂姑子妹儿，夫妻少呢。山里汉子虽嗜茶胜过好酒，却鲜有在茶垄前捉虫虫儿的性子。老战士在部队上历练了五年，退伍后离不得一罐酽茶的他倒插门上了凉水寺，有了桂尔姐，也有了观山茶园。被他中意的桂尔姐支派了大半辈子，大半辈子里老战士被自己挑选的这位"口有一张、手有一双、脸儿亮一方"的爱人提溜得归归顺顺。他便是茶山上少有的采茶汉子。

"我晓得爸爸为什么欢喜摘茶。"芳姑娘瞄一眼她母上大人桂尔姐，又望着故作未闻的老战士，嬉笑着说："因为一年上头，只有摘茶这件事儿，爸爸可以跟她的女王对着干！"芳没大没小地拿她爸开涮，悦着了桂尔姐。桂尔姐斜一眼么姑娘，脸儿却把那笑意从茶树枝柯间递给了老战士。老战士两边嘴角往上弯着，嘴里却道："快点儿摘哦，等哈儿三个人摘一天，还炒不出两斤干茶来，叫你光打花杂。"

芳就是花杂多。隔天去镇上发快递，不是因电线上歇着的几只鸟留步，就是为漫上坡的河罩子熄了火。手机就在摩托车前兜儿里，总得走一会儿，停下来拍一会儿照片。回来的路上经过那树粉蔷薇，她又停下来看。小旧楼的女主人兰阿姨在蔷薇树下生炉子炖汤，问：姑娘，你到屋里头坐啊？芳顺着梯子往上爬，终于是打开了口，讨要了一根蔷薇枝条回去做扦插。芳蹦蹦跳跳跑去小摩托边时，那位认识她妈妈的兰阿姨还在叮嘱：姑娘骑车子慢点儿啊！

兰阿姨先是问爸爸叫什么名字呀，回了，她果然没印象。老战士只闷声干活儿，极少的话从他嘴里说出来，极少的人记得他。倒是芳报上母亲的名字时，兰阿姨眼睛一下子就烁亮起来——认得的认得的，那可是个能说会道、能唱会跳、能干得不得了的女子呢！

听到人家夸自己的妈妈，好似也连同自己一起被夸了一遍。可不是，人夸一个人的根脉和血统，就是夸自己的基因里揣着好。要不，世间骂人的话里最讨人愤怒的总是骂人祖上，也是一样的道理吧。

往山上回时，芳想着二回下山，把手工茶给兰阿姨带点，香香她。

选自《长江文艺》2023 年第 12 期

乡虫杂俎

古保祥

蝗妖弥天

不折不扣地讲：蝗虫就是一种妖虫。

蝗虫飞跃起来的姿态虽然有些优美，包括它们单只活动时，从草棵里优雅地蹦出来，一道弧线消失在人类眼球里。彼时，黄昏降临，薄暮如潮水一层层地涌集而来，这样的身姿，不比专业的跳水运动员差。它们一跃，在一个孩童的记忆里，将是一道永恒的优美风景。

但我说蝗虫是妖，是因为它们存在的意义有些可怕。人活一世，草存一秋，都是他们可以体现的价值，而蝗虫，它们难道只是为了祸害庄稼而生吗？当然，食物链条自然而然地存在于自然界，你吃我，我吃他，他吃你，这才是生态系统，而蝗虫呢，张牙舞爪地存在着，似乎只是为了证明它们就是一种搞破坏的生物。

比如说河南蝗灾，应该是 1943 年。刘震云的《温故一九四二》这样描写蝗灾：

> 据俺姥娘说，一九四三年的蝗虫个大，有绿色的（我想是年轻的），有黄色的（我想是长辈），成群结队，遮天蔽日，像后来发生的太平洋战争或诺曼底登陆时的轰炸机机群一样。

我的祖母那年 15 岁，当时，她正在秋天的原野里给仅存的玉米薅草。日本鬼子占领开封后，正虎视眈眈地准备攻打郑州，而蔡庄当时属于新乡管辖，所有的百姓噤若寒蝉。祖母的祖母只会哭泣，每天守着神龛不停地作揖念佛，祖母领事儿早，便每天往地里跑。天旱地冒了烟，祖母跑 2 里地用水桶拖水浇玉米，她正在奔跑时，周边冒了烟干涸的土地里有动静，地皮缓缓升起，有一种奇怪的生物，用一种非人的力量在田地里作祟。祖母好奇近前，用手拨拉开一块土坷垃，一种透明的生物蓦地跳了出来，接下来，周遭的所有的地块被地震一样裂开，那种透明的物质多了起来。祖母从未见过这种生物，因此，她好奇地捉了一只到手里，用力过猛，爆浆了，绿色的液体染满全身，接下来，田野咆哮起来，无数只幼小的蝗虫在干旱的环境里出生，然后的然后，漫山遍野，蝗虫的兄弟姐妹、大爷大婶们，蜂拥而出，几颗玉米苗儿瞬间便没了，空气中全是蝗虫咀嚼庄稼的声音，草没了，只剩下土地。几百只蝗虫跑到了祖母的身上，祖母拼命抽打，才幸免于难，蝗虫一般不食肉，但这样的环境也使得蝗虫成了精，祖母的脸上有无数个被蝗虫咬下的坑，奇痒难忍。

庄稼颗粒无收，国难当头，再加上自然灾害，绝望袭击了村庄，空气中全是蝗虫留下的怪味儿，还有祖母的祖母不停地念经祈祷声。

为此，我在小时候，认真地解剖过一只蝗虫，算是为祖母复仇，更是为了猎奇。

蝗虫又叫蚂蚱，还叫草蜢，我听了《宝贝，对不起》后，开始讨厌草蜢乐队，因为他们起了一个妖怪的名字。

我在花生地里捉到了一只蝗虫，这是我平生第一次杀生，我先拔掉了它的腿，它的腿部太脆弱了，轻折易断，后来听说这是蝗虫的一种保命办法。我择了一片花生叶，送到蝗虫嘴边，蝗虫的牙齿呈锯齿状，轻而易举地便咬下了花生叶。我学习压力过多，因此，我将手最坚硬的部分送到蝗虫嘴边，它有些迟疑，面对人类这样一个庞然大物，它们当然会恐惧，但蝗虫毕竟是一只虫子，它轻轻咬了我的手，我感觉到了一种由内向外的痛感，我发怒了，拼命地扯断了它的头部，然后像扔一条死狗一样把它扔进了田野里。

我固执地抓蝗虫，然后杀蝗虫，不到半天工夫，大约有上百只蝗虫的遗体呈现在我的面前。我感觉到了自己有一种变态心理。

吃蝗虫也是一种享受，我与几个小伙伴们，曾经认真地将蝗虫放在瓦片上面，点着篝火。蝗虫受到炙烤后，紧张万分，它们奔跑，试图逃离，但我与小伙伴们用手摁住它们，直到它们在忧虑胆怯中死去。炸蝗虫一定要等到油出来后口味才达到最佳，蝗虫的肚子里全是子。蝗虫放在嘴中咀嚼，爆浆的感觉十分酷爽，但吃多了也闹肚子，邻家一个小子，吃了十几只蝗虫后，拉了三天三夜，差点一命呜呼。

我经常会在原野里，逮住两只蝗虫，我以为它们是在开会，比如说学习某种专业文化知识，后来才知道，这是交配。公蝗虫在交配完成后，通常会在旁边守护，母蝗虫认真地瞅着地形，看到了一块松软的土地，便开始产卵，整个过程大约几分钟时间。然后不消半个月时间，小蝗虫便在土中诞生了，它们的生存能力吓人，繁殖能力可以称得上惊天动地。

蝗虫在古诗里也是活跃的角色，比如《诗经》：螽斯羽，诜诜兮。宜尔子孙，振振兮。

还有宋朝的杨万里，一定是蝗虫的忠实粉丝，因为他光写蝗虫的古诗就有五六首，最著名的"蚱蜢翅轻涂翡翠"，称赞蝗虫的身体透明，如翡翠。在诗人的眼中，所有事物都是诗，都是美。

近些年，由于过分使用农药，蝗虫的数量在减少，我曾经领着孩子，一边如数家珍地给他讲述祖母讲述的蝗灾故事，一边在玉米地和花生地里逡巡，我想逮住一只蝗虫，让孩子长个见识，可是，除了几只可怕的叫狗，一无所获。我曾经在自家的庭院里，逮到过一只受了伤的蝗虫，当时，它正栖息在一片草叶上，它的肚子破了，天青色的子儿流了一地，它不停地扇着翅膀，伺机准备逃离，可是，它没有成功。我不能以过往的姿态与动作来面对现在眼前这样一个弱小的配角，我只是认真地观望，然后不再有杀生之心。

而当我下午再过去瞧时，那只蝗虫早已经不知去向，一地的残躯，不忍卒读。

蛐高和寡

原野里一切尽是黄色，玉米的黄，花生叶的黄，还有天边挂着一块黄云。沁河呜咽着向东边流去，几只黄鸭无忧无虑地在水中谈情说爱。

在花生与玉米中间，有一条垄沟，沟中有残水，一只准备着长寿的蛐蛐在沟中忘我地喝着水。

一只小手伸过来，蛐蛐明白自己进入了危险的境地，因此，它蹦到了玉米秆上面。玉米尚未完全成熟，秆子绿黄，蛐蛐的绿与秸秆的绿相映成趣，让人类的眼球瞬间有了盲点。小男孩无奈，这是他第一次单独行动，蛐蛐笼昨晚已经扎好，是自己与父亲共同努力的结果，他已经在太阳底下忙碌了一个下午，如果这只蛐蛐逃离，他将惆怅一晚。

另一只大手飞快地从玉米地的缝隙里递了出来，他将蛐蛐的脖颈抓紧了，扔进了旁边半开着门的蛐蛐笼里。

小男孩找了半天时间，没有想到，笼子里居然有了动静。

他急忙上前，将半张开的蛐蛐笼扎紧了，那只蛐蛐，孤独无助地紧紧盯着小男孩胜利后的脸。

我从小便对蛐蛐有兴趣，头一遭遇见蛐蛐时大约六七岁，那时候上"育红班"，邻家顽童，擎着蛐蛐笼去学校，惹得所有的小伙伴们竞相探望，眼中全是艳羡。

蛐蛐通灵，它在笼中不停地歌唱着，似乎想印证自己是一个伟大的歌手，更或者它是想赢得人类的同情，从而让自己远遁田野。

教室里上课了，蛐蛐笼挂在教室门口，老师一句课文，蛐蛐便一声歌唱，好不热闹。

我曾经趁他们不备时，认真地观察过蛐蛐的神态，它谦恭潇洒，一点儿也没有那种身在困境的窘迫感，相反地，它跳跃自如，对任何投来的目光都报以歌唱。生活送给我压迫，我还生活以歌声。

它的触须非常灵敏，你用手挑逗它，它灵活地跳开，逃避危险。它的口中始终在咀嚼着某种物什，那兴许是好奇同学扔进笼子里的知了、玉米叶或者是花生。有一个好事的小子，伸手探进笼子里逮它，蛐蛐生气了，咬了他的指头，他的指头顿时红肿高大，这小子从此有了心理阴影。

蛐蛐的确会咬人，所以，要想逮住它，首先必须掐住它的脖颈，控制住它高危的头颅，如果你首先抓住它的下半身，或者是逮住它的胸脯，它便会伺机肆无忌惮地咬你的手，你的手一哆嗦，它便逃之夭夭。

我和父亲编织蛐蛐笼时，我刚好学了梅尧臣的《促织》：札札草间鸣，促促机上声。一根根玉米秆子在父亲的手中忙碌着，剪刀与钳子等劳动工具齐上阵，还要用铁丝绑定，蛐蛐笼的门分东南西北四侧，当然要四面透风，其中一面必须做成上下活动可以抽取的，也就是蛐蛐笼要有一道活动的门。

我将几只淘气的知了扔进笼子里，然后扎起笼门。黎明时分，有翅膀敲打秆子的声音传来，知了脱了壳，它们半青的身体爬在秸秆上面。我当然不会放过它们，将半青的知了扔进火中烤熟，院子里全是知了的香味。

比知了更好吃的，就是蛐蛐了。蛐蛐分公母，公的没有尾巴，只是负责交配，母的有尾巴，负责产卵，而父亲告诉我母蛐蛐叫蚰子，可以吃，公的不能吃，肉是酸的。

我曾经吃过蚰子的肉，比知了有弹性，口感十足。而有一次，我却意外地吃了一次公蛐蛐的肉，那是一次意外。一个小伙伴将一只公蛐蛐放在火中烤熟，他对我说这是蚰子，尾巴已经掉了，我的味蕾太宽阔了，对任何食物都是来之不拒，我扔进口中，感觉非常香甜可口。后来，我斩钉截铁地纠正了父亲的谬论：蛐蛐公母都可以吃。

逮蛐蛐可是一门学问，我没有真正意义上地逮住过一只蛐蛐，不是我胆小，而是我从小对万事万物有一种怜悯心，我总是在最后时刻犹豫不决，导致我每次行动均败北。父亲帮助我逮住的那只蛐蛐，我将它挂在房檐下面膜拜，小伙伴们蜂拥而至，他们崇拜的眼神让我有了一种优越感，而我第二天将蟋蟀带到了学校里，将蟋蟀笼挂在教室的门上面。语文老师刚上任，她不想让她的教学生涯有任何阻碍，因此，她喝令蟋蟀的主人将蟋蟀扔了，我语塞不敢吭声，她就将蟋蟀笼（蟋蟀在里面）扔到了垃圾堆上面。

我在下学后，风风火火地往垃圾堆里跑，不知是哪家少年偷着吸烟，烟头点燃了垃圾，我的蟋蟀笼被烧坏了，那只准备逃跑的蟋蟀被烧死了，它一定是挣扎良久，因为地面上全是它努力逃离却依然败北的痕迹。

我感觉对不起一只无辜的蟋蟀，我认真地将它埋了，用铅笔在一块木板上写着：伟大的蟋蟀之墓。

再一次遇到蟋蟀已经是30年后了，我与儿子在花生地里择花生，没有想到，竟然与一只仓皇逃窜的蟋蟀狭路相逢，我打开了话匣子，把父亲曾经告诉我的关于蟋蟀的种种过往告诉儿子。他听得非常认真，但却对蟋蟀没有任何兴趣，家里玩具成堆，一个"零零后"，土地、山川、农作物，对他已经毫无吸引力，他更不会去逮那只怒气冲冲的蟋蟀。

我童心未泯，决心在儿子面前一显身手，几个回合下来，我跌了个鼻青脸肿，那只蟋蟀不知去向，惹得儿子哈哈大笑。我佝偻着腰躯，从未有过的失落。

时光从来没有饶过任何事物，包括心灵。我那扇被打开的童真之门再一次被无情地关闭了，我的脑海中只留下过往的片断记忆：月光华华，一只蟋蟀在笼中歌唱，父亲端着粗瓷大碗，堆在屋檐下。

选自《湘江文艺》2024年第3期

编后记

2024 年精短散文选本，又和大家见面了。

我们选编作品的依据时间，和前面年度的选本基本保持一致。2024 年度选本，收入从 2023 年 10 月到 2024 年 9 月公开发表的作品，2023 年双月刊期刊，包括了第 5 期和第 6 期作品。

根据全部所选作品内容，我们划分了：历史文化类别，情感类别，自然地理（或生态、自然）类别。

2024 年度精短散文选编，我们期待尽量做到：及时跟进文坛最近、最新动态，题材丰富、多彩，表达开阔、饱满，角度别样、新鲜。

"年年岁岁花相似，岁岁年年人不同"，让我们在阅读中相遇。

编后赘述，以此说明编者综意，是为记。

编　者

2024 年 10 月 6 日

2024 年选系列封面绘图画家介绍

段正渠 1958 年生于河南偃师，1983 年毕业于广州美术学院油画系。现为首都师范大学美术学院教授与博士研究生导师，中国国家画院油画所研究员，中国美术家协会油画艺委会委员和中国油画学会理事。

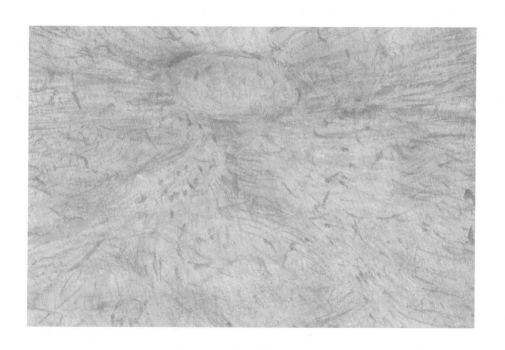

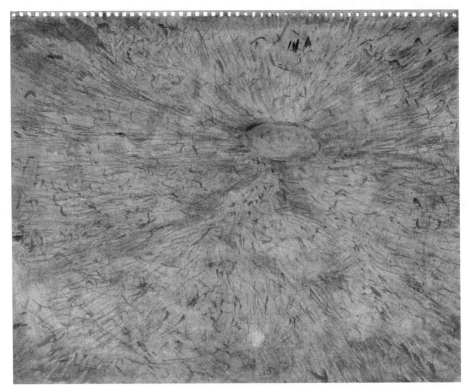

《甘泉》 段正渠　38cm×49cm　皮纸综合材料　2015 年

段正渠画作短评

　　在段正渠建立他的个人语言和风格之初，表现性绘画承载了艺术自由的时代意义，他所选择的对象——陕北的风土人情，则与民族和文化主体的意识有关。现在，复杂多元的画面内容代替了这些具体的文化符码，也使题材的选择上具有了极大的包容度，日常的场景，任何人、动物、植物，没有意义指向的内容，都可以入画。画面的复杂度支撑了一种具有说服力的完整性，也破解了在题材上和精神上对整一性和宏大叙事的某种依赖。借此，创作获得了自主和独立，脱离了借由题材或风格的选取来获得意义的束缚。

——卢迎华《右卫——段正渠的新作》